地獄反轉

上

LEIGH BARDUGO

HELL BENT

A Novel

目錄

獻給Miriam Pastan，她用一杯咖啡解讀我的命運。

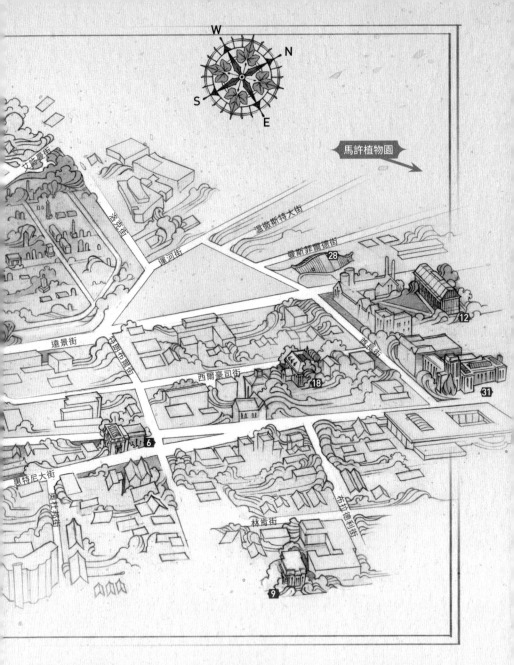

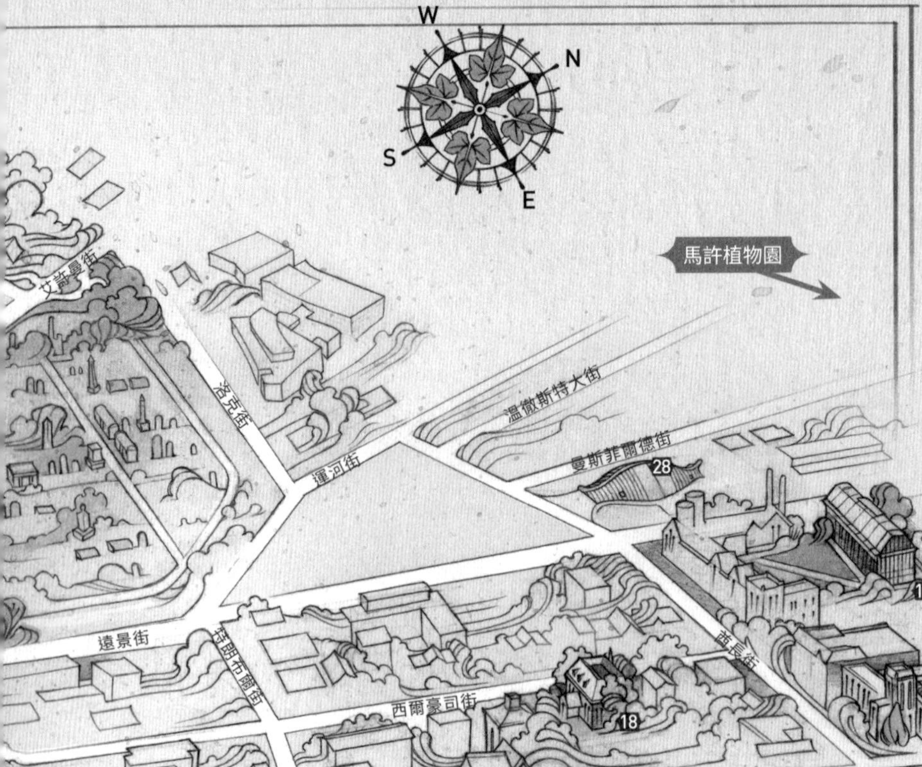

17. 哈克尼斯鐘塔
18. 校長宅邸
19. 戲劇學院
20. 強納森·艾德華茲學院
21. 葛瑞絲·霍普學院
22. 達文波特學院
23. 潘恩·惠特尼體育館
24. 果林街墓園
25. 史特林紀念圖書館
26. 耶魯法學院
27. 法學院圖書館
28. 英格爾斯溜冰場
29. 埃利胡會所
30. 伊麗莎白一世俱樂部
31. 耶魯皮博迪自然史博物館
32. 塔拉陳屍處

1. 骷髏會
2. 書蛇會
3. 捲軸鑰匙會
4. 手稿會
5. 狼首會
6. 貝吉里斯會
7. 聖艾爾摩會
8. 地洞
9. 權杖居
10. 薛菲爾—史特林—史特拉斯科納樓
11. 羅森菲爾館
12. 森林學院
13. 拜內克珍本圖書館
14. 公共餐廳
15. 范德比宿舍
16. 林斯利—齊坦登館

他們蒙昧無知，直到我來臨，
並且教導他們繁星升起，
及其黑暗列陣，我也教導他們數字，
此乃知識之后。我引導他們
拼湊字母，使他們成為奴隸
服侍記憶，繆斯之母。

——古希臘悲劇詩人艾斯奇勒斯，《被縛的普羅米修斯》。
鐫刻於耶魯大學史特林紀念圖書館門楣。

Culebra que no mir morde, que viva mil anos.
願不咬我的蛇長命百歲。

——塞法迪猶太人[1]諺語

1 原定居於伊比利半島並遵守西班牙裔猶太人生活習慣的猶太人，於十五世紀遭到驅逐。使用拉迪諾語（Ladino）。

第一部・承上

十一月

亞麗絲走向黑榆莊的態度，彷彿接近野獸，走上弧形長車道時步步提防，小心不流露恐懼。這條車道她走過多少次？但今天不一樣。從光禿禿樹木的枝枒間，豪宅隱約現身，彷彿在等待她，彷彿聽見了她的腳步聲，正在期盼她的到來。黑榆莊沒有像獵物一樣匍匐瑟縮。兩層樓高的灰色石造建築搭配高聳三角屋頂，宛如野狼四足穩穩踩在地面上，露出尖銳利齒。黑榆莊曾經溫順，光鮮亮麗、富麗堂皇。但被棄置太久了。

二樓用木板封起的那幾扇窗，讓狀況更加危險，野狼側腹受傷，若是沒有治療，最後會讓牠發狂。

她將鑰匙插進老舊的後門，悄悄鑽進廚房。屋裡比室外冷——開暖氣太花錢，也沒有必要。不過，儘管很冷，而且她身負可怕的任務，這間廚房依然讓她感到溫馨。石板地面一塵不染，流理臺擦拭得乾乾淨淨，放著一個插滿冬青樹枝的牛奶瓶，道斯弄得恰到好處。廚房是黑榆莊最常使用的空間，因為有人固定來打理，所以感覺充滿生氣，光亮的整潔殿堂。道斯藉由這種方式面對她們做的所有事，以及潛伏在宴會廳的那個東西。

亞麗絲有一套程序。呃，其實是道斯的程序，亞麗絲只是盡可能遵守，但現在恐懼企圖將她拖到水底，於是這套程序成為唯一能夠攀附的岩石。開門、整理好信件之後放在流理臺上、為柯斯莫準備新鮮食物與乾淨飲水。

柯斯莫的碗一般都是空的，但今天牠打翻飼料碗，小魚形狀的乾飼料灑得滿地都是，感覺像在抗議。達令頓的貓被獨自留在家太久所以生氣了。也可能是因為現在家裡多出來的那個東西讓牠害怕。

「我看只是因為你是個挑食的小壞蛋。」亞麗絲輕聲說，清理掉灑出來的飼料。「我會將您的意見轉達給主廚。」

在安靜的廚房裡，她的聲音感覺有點刺耳，她不喜歡，但她強迫自己有條不紊地慢慢收拾。她裝好水和飼料，將寄給丹尼爾・阿令頓的垃圾郵件丟掉，水費帳單則收進包包，準備帶回權杖居。她慎重執行儀式的每個步驟，但儀式無法提供保護。她考慮要不要煮咖啡。她可以出去外面，坐在冬陽下等柯斯莫來找她，牠八成在亂七八糟的灌木迷宮裡潛伏抓老鼠。她可以這麼做。

將擔憂與憤怒推到一邊，盡可能解決這個謎團，每一條新的線索都流露出惡意，她不願意面對拼湊出的真相。

亞麗絲抬頭看天花板，彷彿能看穿二樓。不行，她不能坐在門廊上假裝一切正常，她的腳想要爬上那道樓梯，她的頭腦很清楚應該盡快逃出去、鎖上廚房門，假裝從來沒聽說過這個地方。亞麗絲今天來這趟有特別的理由，但現在她懷疑自己太傻。這件事超出她的能力。她應該去找道斯商量，甚至是透納。難得一次，她要妥善規畫，而不是橫衝直撞惹禍上身。

她在洗碗槽洗手，轉身要拿擦手巾，才發現那扇門開著。

亞麗絲擦乾手，努力假裝沒察覺心跳突然劇烈加速。總管儲藏室裡有一道門，就在漂亮的玻璃櫃與層架之間，以前她從未特別留意。那扇門從來沒有打開過，現在也不該打開。

*說不定是道斯打開之後沒關好。*但儀式失敗之後，道斯躲在一排排索引卡後面舔傷口。她已經好幾天沒有來過了，她最後一次來的時候在牛奶瓶裡插上冬青枝，營造出正常生活的畫面。乾淨愜意。有如一種解毒劑，舒緩她們日日夜夜的痛苦，對抗樓上那個秘密。

她和道斯從來不會進去總管儲藏室，裡面的架子上擺著灰塵很厚的盤子與玻璃器皿，還有一個尺寸好比小浴缸的湯碗。總管儲藏室有如這棟老屋退化的殘肢，太久沒有使用而遭到遺忘，自從達令頓失蹤之後便逐漸萎縮。屋裡這樣的地方還有很多。她們從來沒有去過地窖。亞麗絲甚至連想都沒有想到過，直到現在。她站在廚房洗碗槽前，四周的漂亮藍色小磁磚上有著手繪的風車與帆船圖案，她注視漆黑的門口，一塊完美的長方形，一個突然出現的空洞。感覺好比有人撕掉了廚房的一部分。感覺很像墓穴。

打電話給道斯。

亞麗絲靠在流理臺上。

後退離開廚房，打電話給透納。

她放下擦手巾，從洗碗槽旁邊的方形木刀架抽出一把刀。她好希望附近有灰影，但她不想冒險召喚。

這棟房子如此巨大，寂靜如此深幽，讓她感覺氣氛很沉重。她再次抬頭看，想著防禦圈微微晃動的金光與散發出的熱。我有許多嗜欲。這句話應該只會引起恐懼才對，但她是否感到一絲興奮？

亞麗絲無聲走向打開的門，敞開的入口彷彿門不復存在。建造這棟房子的時候地基挖了多深？一道樓梯通往地窖，她數著階梯，三、四、五，再下去便陷入一片漆黑。說不定再下去就沒有了。說不定再往前跨出一步就會墜落，一路跌進寒冷中。

她摸索牆壁尋找電燈開關，抬起頭才看到一個光裸的燈泡，一條破爛的細繩垂下。她拉扯細繩，樓梯亮起溫暖黃光。燈泡發出的嗡鳴帶來安慰。

「靠。」亞麗絲吁出一口氣。她的恐懼消散，只留下尷尬。只是普通樓梯，木造欄杆，幾個架子上擺著破布、幾罐油漆，牆上掛著一排工具。下方暗處隱隱飄來霉味，植物的臭味，好像有東西腐爛了。她聽見滴滴答答的水聲，有東西在窸窸窣窣竄動，可能是老鼠。

她看不清樓梯底，但那裡應該有另一個開關或燈泡。她可以下去，確認沒有人跑來查探，看看她和道斯是否該放幾個捕鼠器。

不過，為什麼門沒關好？

說不定是柯斯莫找老鼠的時候推開了。也可能是道斯來過，去地窖拿很普通的東西——除草劑、廚房紙巾。只是她出去的時候門沒關好。

亞麗絲只需要把門關好、上鎖。萬一下面真的有什麼不該出現的東西，那就暫且關在裡面，等她找來援軍再處理。

她伸手要拉細繩但又停住，握著細繩聆聽。她好像聽見——又來了，輕輕的嘶嘶氣音。是她的名字。銀河。

「算了吧。」她看過很多恐怖片，知道出現這種場景會發生什麼事，她說什麼都不要下去。

她拉一下細繩，聽見燈泡熄滅的聲音，然後感覺有隻手用力推她的肩胛中間。

亞麗絲墜落。手鬆開，刀子哐啷落地。她本能地想伸出手阻止跌勢，但她克制住，改為保護頭部，讓肩膀承受大部分的衝擊。她半滑半滾落下樓梯，重重撞上地面，肺裡的空氣一下子全跑光，有如吹過窗口的風。上面的門猛地關上。她聽見上鎖的聲音。四周伸手不見五指。

現在她的心臟跳得飛快。下面有什麼東西？是誰把她和那個東西關在一起？*快站起來，史坦。媽的，振作點。準備迎擊。*

那是她的聲音嗎？還是達令頓的？

當然是她的。達令頓從不說粗話。

她撐著身體站起來，背靠著牆。這樣至少不必擔心背面受到攻擊。她呼吸困難。骨頭一旦斷過就會變成習慣。不到一年前，布雷克·齊利打斷了她的兩根肋骨，她懷疑可能又斷了。她的雙手濕濕滑滑。地面有水，應該是牆壁裡的老舊管路漏水，她的呼吸凌亂急促。黑暗中不知何處傳來抽噎。

「誰？」她嗄聲問，討厭聲音流露的恐懼。「來抓我啊，沒種的混蛋。」

沒反應。

她手忙腳亂拿手機，她需要光，藍光明亮刺眼。她將光束照向架子上放太久的油漆稀釋劑和工具，另外還有幾個箱子，側邊寫著標註，字體有稜有角，她知道那是達令頓的字跡。蒙灰的木條箱上印著圓形商標：阿令頓橡膠靴。接著燈光照亮兩雙眼睛。

亞麗絲強忍住尖叫，手機差點掉下去。不是人，是灰影，一男一女，抱在一起，恐懼顫抖。但他們怕的並非亞麗絲。

她錯了。地上的液體不是漏水、不是雨水、不是老舊水管爆掉。地上濕濕滑滑的液體是血。她的手上也沾滿了血。她還抹在牛仔褲上。

古老紅磚地面上，兩具屍體堆在一起，看起來像不要的舊衣物，兩堆破布。她認識那兩張臉。*天堂為維護其美，而將他們驅逐*[2]。

太多血。不久前流出來的。還新鮮。

兩個灰影到現在還沒有離開他們的遺體。即使在驚恐中，她依然知道這樣很怪。

「誰幹的？」她問，那個女的悲鳴。

那個男的伸出一隻手指按住嘴唇，眼睛四處游移察看地窖，眼神充滿恐懼。他的低語從黑暗中飄來。

「還有別人在。」

1 十月，一個月之前

亞麗絲距離塔拉的公寓不遠。一年級剛開學時，她和達令頓一起駕車經過這條街，追緝殺害塔拉的凶手時也步行走過。那時是冬季，路樹光禿禿，小小的院子到處是髒兮兮的雪堆。十月初還沒真正變冷，這個社區看起來美觀多了，雲朵般的綠葉讓屋頂線條變得柔和，鐵絲網柵欄爬滿長春藤，在柔柔暮色中，車燈投下一個個金黃光圈，讓街景變得溫和夢幻。

她站在兩排房屋中間的陰暗處，看著金牛座酒吧前面的馬路，那家店沒有窗，磚牆上的招牌表明裡面供應基諾彩[3]、樂透彩，以及可樂娜啤酒。雖然門邊掛著「請勿逗留，警察巡邏」的告示，但依然有三三兩兩的人聚在燈光下抽菸聊天。她很慶幸有噪音作為掩飾，但附近人太多，她擔心會被看見。其實最好等白天再來，到時候路上的人會少一點，可惜她沒有那種餘裕。

---

2 引自但丁《神曲》。

3 一種類似樂透彩的賭博，玩家從一到八十的數字中選取二十個，機器抽出號碼之後對獎。

她很清楚酒吧裡一定擠滿了灰影，汗水、緊貼的肉體、凝結水珠的啤酒瓶碰撞，這些都會吸引灰影。她希望能找到距離更近的，要用的時候才方便。

有了——一對情侶不畏過長夏季的悶熱，站在路邊吵架，一個身穿派克大衣、頭戴毛線帽的灰影在他們身邊徘徊。她對上他的視線，他有張娃娃臉，驚恐的表情讓人不舒服。他死的時候還很年輕。

「一起來吧。」她低聲唱，然後厭惡地冷哼一聲。這首白癡芭樂歌佔據了她的頭腦。亞麗絲早上準備離開宿舍的時候，中庭有個無伴奏合唱團在練習。

「他們怎麼這麼早就開始練那個鬼東西？」蘿倫一邊抱怨，一邊在裝黑膠唱片的箱子裡翻找。她暑假時去當救生員了，金髮的顏色變得更耀眼。

「那是歐文．柏林[4]的作品。」梅西表示。

「我才不管。」

「而且種族歧視。」

「那首歌種族歧視！」蘿倫對窗外大吼，然後將AC/DC樂團的唱片放上唱機，把音量開到最大聲。

亞麗絲愛死了這段過程的每一分鐘。暑假的時候她非常想念蘿倫與梅西，她自己都感到不可思議。她想念三個人的談笑與八卦，想念一起為課業傷腦筋，因為音樂與衣服而爭論，這一切就像一條救生索，讓她能抓著回到正常世界。這是我的人生，她告訴自己，她窩在沙發上，吹著很吵的電風扇，看著梅西在新宿舍的客廳壁爐上方掛星星花環。比起之前舊校區狹小的宿舍，這裡好太多了。沙發和安樂椅跟著她們來到新家，一年級開學時她們合力組裝的茶几也搬來了，小烤箱與蘿倫媽媽無限量供應的Pop-Tarts果醬夾心餅也依然在。去年底，亞麗絲向忘川會要了一輛腳踏車、一臺印表機、一個新家教。理事會很樂意配合，害她後悔沒有要更多東西。

舊校區的新生宿舍是亞麗絲住過最美的地方，但住宿學院——真正的強艾學院——感覺真實、可靠、優雅、雋永。她喜歡這裡的彩繪玻璃窗，庭院隨處可見的石雕臉孔，磨損的舊地板，雕花精美的壁爐雖然不能用，但她們擺上很多蠟燭和一個復古地球儀。就連院子裡的小小灰影她也喜歡，那是個小男孩，穿著舊式服裝，一頭整齊鬈髮，很喜歡待在鞦韆上方的樹枝間。

她們抽籤決定誰住單人房，蘿倫勝出，因此亞麗絲與梅西共用雙人房。亞麗絲認定她一定作弊了，但她不太介意。有自己的房間出入比較方便，但夜裡聽著梅西在房間另一頭打呼，給她一種莫名的安心感。至少現在不必睡上下鋪了。

4 Irving Berlin，俄羅斯出生的美國作曲、作詞家，被廣泛認為是美國歷史上最偉大的詞曲作家。他的一些作品在現代被認為有文化挪用的問題，此處的歌曲〈亞歷山大散拍音樂樂團〉（Alexander's Ragtime Band）便是其中之一。

亞麗絲晚一點要去監督書蛇會的儀式，出門之前的這段時間，她原本打算和蘿倫、梅西在宿舍混幾小時，聽唱片，盡可能假裝聽不見人聲合唱團反覆練習〈亞歷山大散拍音樂樂團〉這首歌，發出惱人的嗯嗯喔喔。

一起來吧。一起來吧。讓我牽起你的手。

可惜埃丹的簡訊毀了一切。

就是因為那則簡訊，此刻她才會站在這裡盯著金牛座酒吧。她正要從暗處走出來時，一輛警車經過，新車款，俐落安靜，有如深海掠食動物。警車閃燈、短暫鳴笛，表明紐哈芬警局確實會來巡邏。

「條子了不起喔？幹！」有個人咆哮，但聚集的人群散開，有些進入酒吧，有些在人行道上穿梭找車。現在還不算太晚。還有很多時間可以去尋找另一場派對、另一個撈好處的機會。

亞麗絲不願意想警察、逮捕，她也不願意想像，若是她因為擅闖民宅甚至傷害罪被抓進警局，透納會說什麼。她最後一次見到這位警探，是在一年級學年末，之後再也沒有聯絡。她相信即使在最理想的情境下，他也不想見到她。

警車遠去之後，亞麗絲確認人行道上沒有人會看到她，然後過馬路走向一棟很醜的白色雙聯房屋，就在酒吧隔壁的隔壁。她不懂，為什麼所有悲慘的地方都一模一樣。垃圾滿出來。前院雜草叢生、門廊堆滿廢棄物。等有空再來整理，但可能永遠沒空。不過，眼前這棟房子的車道上停著全新的卡車，就連車牌都是特製的：ODMNOUT（怪咖出巡）。至少可以確定她沒有找錯地方。

亞麗絲從牛仔褲口袋拿出粉盒。暑假時，她幫道斯找出紐哈芬無數的教堂，在地圖上一一標示，剩下的時間她都用來亂翻權杖居庫房的抽屜。她告訴自己只是為了打發時間，而且也可以更瞭解忘川會，順便看看有沒有可以偷去變賣的東西。不過，事實上，當她亂翻庫房的櫃子、閱讀手寫的小小資料卡——奧茲曼迪亞斯[5]的地毯、祈雨季風戒指套組（缺）、上帝的竹籤——她總會感覺好像達令頓也在，站在她身後探頭看。史坦，只要以正確的節奏敲那對響板就可以驅逐吵鬧鬼，不過最後手指會被燒焦。

這種感覺同時帶來安心與煩心。每次到了最後，原本平穩講解知識的學者語調都會變成指責：史坦，妳在哪裡？為什麼還沒有來救我？

亞麗絲轉轉肩膀，試圖甩掉內疚。她必須專注。那天早上她用粉盒的鏡子照電視，想試試能不能捕捉螢幕上名人的幻象。她不確定能不能這樣用，沒想到竟然成功了。現在她打開粉盒，幻

5 Ozymandias，古埃及法老王拉美西斯二世（Ramesses II）的希臘名。

象加身。她小跑步登上門廊臺階敲門。

來應門的男子身材高大壯碩，超粗的脖子泛出粉紅，感覺很像卡通裡的火腿。她不需要拿出手機比對照片。這個人絕對是克里斯．歐文斯，渾名怪咖，前科落落長，列出來不但超過他的身高，還能把他整個人繞兩圈。

看到門口的亞麗絲，他說：「老天爺。」他注視她上方的一英尺處。幻象讓她的身高增加了十二吋。

她舉起一隻手揮了揮。

「我……請問您有什麼事嗎？」怪咖問。

亞麗絲往屋內一撇頭。

怪咖搖搖頭，彷彿剛從夢中驚醒。「啊，快請進。」他讓出門口，一隻手臂往屋內一揮，表示熱烈歡迎。

沒想到客廳竟然這麼整潔：角落擺著一盞鹵素燈，真皮大沙發搭配同款安樂椅，面向巨型平面電視，畫面顯示ＥＳＰＮ體育頻道。「您要喝點什麼嗎？還是……」他猶豫了一下，亞麗絲知道他在想什麼。現在是星期四晚上——其實星期幾都一樣——名人出現在他家門口只有一個理由。「要來點好東西？」

亞麗絲不需要確認，但現在更毫無疑問了。「你欠一萬二。」怪咖蹣跚後退一步，似乎突然失去平衡。因為他聽見的是亞麗絲的聲音。她沒有費事改變聲音，粉盒製造出的幻象是職業美式足球明星湯姆．布雷迪，因為聲音不符，幻象隨之消散。無所謂。亞麗絲使用這個魔法只是為了能順利進入怪咖的家。

「什麼鬼——」

「一萬二。」亞麗絲重複。

現在他看清她真正的模樣，站在他家客廳裡的只是一個嬌小女生，黑髮中分，非常瘦，感覺會從木地板的縫隙掉下去。

「去妳的，我不知道妳是誰，」他怒吼，「不過妳惹錯人了。」

他大步逼近，小山般的身軀讓客廳震動。

亞麗絲朝窗戶伸出一隻手臂，指著金牛座酒吧前面的人行道。她感覺戴毛線帽的灰影迅速進入身體，口中湧現Jolly Rancher青蘋果軟糖的滋味，鼻子聞到大麻菸的臭味。他的情緒充滿不甘與慌亂，有如一次次撞擊玻璃窗的鳥。但他的力量純粹而驚人。她舉起雙手，掌心往怪咖的胸口用力一推。

高大粗壯的男人飛出去，身體砸在電視上，螢幕碎裂，機身摔落地面。亞麗絲不得不承認，竊取灰影的力量很爽，暫時成為狠角色很爽。

她走過去站在怪咖旁邊等他的眼神恢復清醒。

「一萬二。」她重複。「限你一個星期還清，否則我會再來找你，到時候恐怕得斷幾根骨頭。」不過他的胸骨很可能已經裂了。

「我沒錢。」怪咖哀嚎，雙手搓著胸口。「我的外甥——」

亞麗絲很清楚這些藉口；以前她也常用。我媽住院了。我的票款還沒入帳。我的車子變速箱壞了，得換新的，我需要車子才能上班賺錢還債。真假並不重要。

她蹲下。「我很同情你。真的。但我有我的責任、你有你的。下週五前還清一萬二，否則他會再逼我來找你，把你變成殺雞儆猴的教訓，讓這一帶的人都知道欠錢不還的下場。我很不想這麼做。」

她真的不想。

怪咖似乎相信了。「他……抓到妳的把柄？」

「足夠讓我今晚來這裡，下次也來。」亞麗絲的前額突然抽痛一下，口中的青蘋果軟糖甜味變得太濃。「靠，兄弟。你超慘。」

一秒之後亞麗絲才意識到是她在說話——用別人的聲音。

怪咖瞪大眼睛。「德瑞克？」

「沒錯！」那不是她的聲音、不是她的笑聲。

怪咖伸手碰一下她的肩膀，驚奇與害怕交織，他的手顫抖。「你……我去了你的葬禮。」

亞麗絲搖搖晃晃站起來，差點摔倒。她看一眼摔壞的電視，螢幕中映出的人並非穿坦克背心與牛仔褲的瘦小女生，而是一個年輕男子，頭戴毛線帽、身穿派克大衣。

她將灰影推出去。一瞬間，他們四目相對——他肯定就是德瑞克。她不知道他是怎麼死的，也不想知道。他竟然跑到意識最上層，取代她的臉、她的聲音。她無法接受。

「貝拉．盧戈西死了。」[6]她對他怒吼。暑假期間，這句歌詞成為她最愛的死亡真言。他消失。

怪咖整個身體貼在牆上，好像想鑽進去消失。他的雙眼漲滿淚水。「媽的，剛才是怎麼回事？」

「不用放在心上。」她說。「快點還錢，這種事就不會再發生了。」

亞麗絲多希望她也能如此輕易脫身。

6 英國搖滾樂團包浩斯（Bauhaus）一九八二年推出的出道單曲〈Bela Lugosi's Dead〉中的一句歌詞。貝拉．盧戈西（一八八二～一九五六）是匈牙利裔美國演員，一九三一年在電影《德古拉》中飾演德古拉而聞名。

為什麼書蛇會那些傢伙每次用法術都無法達成預期的效果？他們先是復活一堆只會講愛爾蘭文的水手。接著，他們花光不甚充裕的經費買下一封經過認證的古埃及中王國時期[8]信件，趁狼首會還沒籌到錢捷足先登。他們打算用那封信復活一個王。但他們在會墓中焚燒那玩意之後召來的是哪個王？不是阿蒙霍特普[9]，也不是大家都很熟的圖唐卡門[10]，甚至不是被砍頭的查理一世[11]，而是活生生的貓王[12]——疲憊、臃腫，等不及想吃花生醬香蕉三明治。他們費盡千辛萬苦才把他偷偷送回曼菲斯。

——忘川會日誌，戴斯·卡西爾，
（布蘭福德學院，一九六二）

8 古埃及歷史上的一個時期，包括第十一、第十二、第十三與第十四王朝，通常劃定在西元前二一三三～一七八六年。

9 Amenhotep，古埃及歷史上共有三位阿蒙霍特普王，全部屬於第十八王朝，其中最著名的是三世，也被稱為「華麗的阿蒙霍特普」。統治期間約為公元前一三八六～前一三四九年，在他的統治下，埃及達到了藝術和國際力量的巔峰。

10 Tutankhamun，古埃及第十八王朝的法老，（在位時期大約是公元前一三三二～前一三二三年）。圖唐卡門為現代人熟知是因為他位於國王谷的墳墓在三千年的時間內從未被盜，直到一九二二年才由英國人霍華德．卡特（Howard Carter）發現，挖掘出近五千件珍貴陪葬品，震驚了西方世界。

11 英國國王，統治期間為一六二五～一六四九年，由於企圖推翻國會兩度引發內戰皆落敗，最後被以叛國罪處死，他是史上唯一遭到處死的英國君王。

12 本名艾維斯．普里斯萊（Elvis Presle，一九三五～一九七七），美國搖滾樂歌手，被視為二十世紀中最重要的文化標誌性人物。

奇蹟之網

出處：愛爾蘭高威；十八世紀

捐贈者：書蛇會，一九六二

大約一九二二年，書蛇會購入這個所謂的「奇蹟之網」。確切的製造日期不明，也不知道由誰製作，但口述歷史暗示可能是透過賽爾特歌謠魔法所製造，也可能是以北海賽爾魔法製造（請參考北海女巨人瀾[7]）。實驗分析發現此網使用一般棉質素材與人類筋腱一同編織而成。親人在海上遇難時，當地人會將此網用繩索繫在岸邊的木樁上，然後拋入海中。第二天早上遺體便會回歸，根據遺體狀態，親屬可能感到欣慰或哀慟。

書蛇會企圖以此網召回特定遺體，失敗後捐贈予忘川會。

——引自《忘川會庫房目錄》，眼目潘蜜拉・道斯修訂

7 Rán，北歐神話中的女神，被視為海洋中的死神，喜歡在危險的礁石旁或海上發生暴風雨時撒網捕捉失事船隻的亡者。

2

回校園的路很長，高溫有如一隻動物緊緊跟隨，對著她的後頸呼出潮濕熱氣。但亞麗絲沒有放慢腳步。她想盡快拉開與那個灰影之間的距離。剛才到底是怎麼回事？她要怎麼做才能避免再次發生？汗水滴落她的背脊。她好希望身上穿的是短褲，但是穿剪短的牛仔褲來暴力討債感覺就是不對。

她大步前進，路線與運河小徑平行，邊走邊數步伐，想在回到校園之前讓頭腦冷靜下來。這條小徑去年她和梅西走過一段，她們來賞紅葉，一片火紅金黃，有如煙火停留在最燦爛瞬間。那時候她感慨這條運河與洛杉磯河之間的差異，洛杉磯河兩岸都鋪了水泥，她曾經在骯髒的河水中漂流，體內充滿海莉的力量，希望能一起漂流出海，成為屬於她們自己的島嶼。她很想知道海莉葬在哪裡，希望是個漂亮的地方，千萬不要像那條只能勉強流動的可悲河流，那條塌陷的靜脈。

現在運河小徑應該是一片翠綠，滿是夏季生長的植物，但灰影很愛去那裡，此刻亞麗絲一點也不想接近他們，於是她走在外面，經過無趣的停車場、科學園區千篇一律的建築、工業風住宅，終於到了遠景丘。只有達令頓的殘影會跟到這裡。他的聲音述說溫徹斯特家族[13]的故事，他們的後代如何與耶魯菁英交流、聯姻，以及位在紐哈芬另一頭的莎拉．溫徹斯特[14]墓——高達八英尺的不規則巨岩，十字架歪斜卡在上面，感覺像小朋友的勞作。亞麗絲猜想，溫徹斯特夫人之所以選擇安葬於長青墓園而不是果林街墓園，可能是因為步槍工廠就在果林街上，距離這麼近她會無法安眠，畢竟她丈夫製造了無數槍管、無數槍械。

亞麗絲一路疾行，到了新學院區、穿過川布爾學院才終於放慢腳步。回到綠樹成蔭的校園真的好舒服。她怎麼變成了現在這樣？竟然覺得校園比金牛座酒吧外面的街道更有家的感覺。舒適是一種她沒碰過的毒品，當她驚覺不對的時候已經太遲了，她再也戒不掉，從此深陷其中：溫暖熱茶、排列整齊的書架、寧靜的夜晚，路上沒有警笛聲，天空中也沒有持續不斷的直昇機噪音。剛才讓灰影進入的時候，湯姆．布雷迪的幻象已經解除了，至少她不必擔心會在校園引起騷動。

許多學生在戶外享受溫暖的夜晚，有人合力搬運沙發搖搖晃晃走著，也有人發送派對傳單。

13 Winchester Family，紐哈芬當地的名流家族，以製造連發式步槍致富。

14 Sarah Winchester，來福槍發明者威廉．溫徹斯特的遺孀，以建造詭異的豪宅而聞名，人稱溫徹斯特神秘屋或鬼屋。

一個女生在路中間滑直排輪，一點也不害怕，她穿著比基尼上衣搭配小短褲，在深藍色夜色中她的肌膚顯得格外耀眼。秋季學期剛開始的這段時間是學生的夢幻時光，因為與同學在校園重聚而歡喜，利用課業變重之前的時間重燃友誼火花。亞麗絲也想沉浸在這種氣氛中，想要記住現在她很安全、過得很好。可惜她沒有時間。

「地洞」離這裡不遠，只隔幾個路口，現在她不必繼續保持頭腦冷靜了，史特林圖書館前面有道矮牆，她靠在上面休息。那個灰影怎麼會佔據她？之前她為了抵抗貝爾邦所做的事導致她和亡靈的關係加深。當時她召喚灰影，並且讓他們知道她的名字。他們回應。他們救了她。但拯救當然不是沒有代價。她從小就能看見灰影；現在，她也能聽見他們的聲音。他們變得更加接近、更難忽視。

說不定其實她並不明白拯救的代價。在怪咖家裡發生的狀況非常糟糕，她無法解釋。她應該要控制鬼魂、利用鬼魂，而不是反過來。

她拿出手機，看見道斯傳了兩則訊息，精準相隔十五分鐘，內容全部大寫。緊急，回電。

亞麗絲不理會，繼續往下滑，然後匆匆輸入：完工。

對方立刻回覆：我拿到錢才算。

她真的很希望怪咖搞定債務。她刪除埃丹的訊息，然後打電話給道斯。

「妳在哪裡？」道斯好像快喘不過氣了。

道斯竟然沒有遵守規範，看來出大事了。亞麗絲能夠想像她在黑榆莊的起居室來回踱步，紅髮紮成包頭往側邊滑落，脖子上掛著耳機。

「史特林。我正要去地洞。」

「今晚不是要監督儀式？妳會遲到——」

「假使我繼續站在這裡和妳說話，就真的會遲到。怎麼了？」

「理事會選出了新的執政官。」

「靠。這麼快？」執政官是忘川會的教職員聯絡人，負責忘川會與大學行政單位的溝通。只有耶魯校長與校務長知道秘密社團真正在做什麼，忘川會的責任則是不讓秘密外流。執政官就像童子軍領隊，負責管理的大人。至少理論上如此。誰都想不到前任的桑鐸院長竟然是殺人犯。

亞麗絲很清楚，忘川會執政官必須曾經是忘川會監察員，同時必須是耶魯大學的教職人員，至少必須定居紐哈芬。符合條件的人應該很難找。亞麗絲與道斯原本以為理事會至少要花上一個學期，才能找到合適的人選取代死掉的桑鐸院長。只有這樣，她們的計畫才能行得通。

「這位接手的老兄是誰？」亞麗絲問。

「不確定，也可能是女性。」

「可能嗎？」

「不可能。不過安賽姆沒有告訴我名字。」

「妳沒有問？」亞麗絲逼問。

道斯許久沒回答。「我沒有問太多。」

責怪道斯也沒意義。她像亞麗絲一樣不喜歡人，但亞麗絲不怕衝突，道斯則極力避免。說真的，這不是她的職責。眼目的工作是維持忘川會運作——補充冰箱的食物與庫房的用品，安排儀式時間，維護會所。她是忘川會的研究人員，脅迫理事會並非她的工作。

亞麗絲嘆息。「他什麼時候上任？」

「星期六。安賽姆希望安排一次會面，或許喝個茶。」

「不要。辦不到。我需要時間準備，兩天根本不夠。」亞麗絲轉身背對來來往往的學生，抬頭望著史特林圖書館大門上方的浮雕文字。達令頓帶她來過這裡，解析耶魯的神秘。「古埃及象形文字、瑪雅文字、希伯來文、中文、阿拉伯文，加上法國孔巴萊勒岩洞的史前洞穴壁畫。應有盡有。」

「這些文字是什麼意思？」亞麗絲問。

「各圖書館的格言、宗教經典的內容。中文那段是一位文官的墓誌銘[15]。瑪雅文那段則是取自十字神殿，但只是隨便選了一段，因為那時候沒有人看得懂，二十年後才研究出如何翻譯。」

亞麗絲大笑。「就好像喝醉的人在身上刺漢字。」

「借用妳常說的話，他們真的很瞎。不過看起很厲害，對吧，史坦？」

當時她覺得很厲害，現在也一樣。

亞麗絲彎腰駝背抱著手機對道斯低聲說話，她知道自己看起來八成像在談分手。「盡可能拖延。」

「拖延有什麼好處？」

亞麗絲不想回答。她們花了一整個暑假的時間尋找地獄通道，但毫無收穫。「我去了第一長老教會。」

「結果呢？」

「什麼都沒有。至少我看起來不像有。我再把照片傳給妳。」

桑鐸院長的葬禮過後，她們和蜜雪兒．阿拉梅丁去藍州咖啡館討論。蜜雪兒說：「前往地獄的通道不會那麼容易找到，也不會讓人隨意進入。這樣太危險。可以把通道想像成一條密道，只

15 此段文字取自顏真卿的《顏家廟碑》，乃顏氏家廟之碑文。

有說出咒文才會出現。差別在於，這裡需要的不是咒文，而是一連串步驟，一條必須走過的路。必須先走進迷宮，道路才會顯現。」

「所以我們要找的東西根本看不見？」亞麗絲問。

「會有暗示、符號。」蜜雪兒聳肩。「至少理論上應該有。地獄與死後世界不就是這樣嗎？理論而已。因為去了另一邊的人不會回來述說見聞。」

她說得沒錯。亞麗絲之前與鬼新郎談條件時去過地獄邊界，只是邊界就差點要了她的命。人本來就不該去到另一個世界又回來。不過，如果想把達令頓帶回來，她們就必須這麼做。

蜜雪兒接著說：「據說愛爾蘭德爾格湖中的車站島上有一條地獄通道。君士坦丁堡帝國圖書館據說也有，但後來毀於戰火。達令頓說過，一群秘密社團的成員在校園裡建了一條。」

道斯嘴裡的茶差點噴出來。「達令頓說的？」

蜜雪兒困惑地看她一眼。「他有個鍾愛的小小計畫，想要畫出紐哈芬的魔法地圖，標示出所有魔力湧現流動的地方。他說過，幾個秘密社團的人為了打賭而弄出那條通道，他打算找出來。」

「然後呢？」

「我罵他白癡，勸他多花點時間煩惱他的未來，不要整天想著挖掘忘川會的過去。」

亞麗絲發現自己的臉浮現微笑。「他有聽嗎？」

「妳說呢？」

「我真的不知道。」那時候她說，因為太累、太痛而無法假裝。「達令頓愛忘川會，但他也很服從味吉爾。他十分認真看待師徒關係。」

蜜雪兒端詳沒吃完的司康。「我很欣賞他這一點。他認真把我當師傅。即使我自己有時候也沒那麼認真。」

「是啊。」道斯輕聲說。

但暑假期間蜜雪兒只回來過紐哈芬一次。整個六月和七月，道斯都在西港的姊姊家，遠距指揮亞麗絲搜索忘川會圖書館的書籍與契約。她們努力想找出正確的查詢關鍵詞寫進阿貝馬雷之書，但圖書館每次給的都是神秘學家和殉教烈士造訪地獄的古老故事——胖子查理[16]、但丁的波隆納雙塔[17]，瓜地馬拉與貝理斯有幾個洞穴，據說可以通往瑪雅神話的冥界西巴巴。

道斯搭火車從西港來過幾次，和亞麗絲面對面討論，試著找出著手的切入點。每次她們都有

16 聖羅馬帝國皇帝查理三世（Charles III，八三九～八八八），人稱胖子查理。他曾在幻覺中遊歷地獄。

17 在《神曲》中，從第八層地獄下第九層時，但丁將巨人誤認為波隆納的塔樓。

邀請蜜雪兒，但她只來過一次，她在哥倫比亞大學的巴特勒圖書管禮品部上班，那個週末她剛好休息。她們花了一整個上午的時間鑽研秘密社團紀錄，以及伊夫舍姆修士[18]的相關書籍，然後在起居室吃午餐。道斯準備了雞肉沙拉和包在格紋餐巾紙裡的檸檬方塊，但蜜雪兒只是撥弄食物，不停看手機，等不及想離開。

蜜雪兒離開權杖居時，門一關上，道斯就說：「她根本不想幫忙。」

「她想，」亞麗絲說，「只是她會怕。」

亞麗絲無法責怪她。忘川會理事會清楚表明他們相信達令頓已經死了，他們不想聽到其他說法。去年發生太多亂七八糟的事，太多紛擾。他們希望畫下句點。但蜜雪兒來訪之後過了兩週，亞麗絲與道斯終於有了重大突破：一九三八年忘川會日誌當中一個單獨的段落。

現在，亞麗絲離開史特林圖書館外面的矮牆，快步從榆樹街走向約克街。「告訴他們我星期六沒空。就說我要參加……迎新會之類的。」

道斯唉聲嘆氣。「妳明知道我很不會撒謊。」

「多練習才會進步。」

亞麗絲鑽進巷子、進入地洞，後巷樓梯清涼幽暗，感覺很舒服，空氣中飄散著丁香與黑醋栗的秋季香氣。這間公寓很乾淨，但沒有人使用，老舊的格紋布面沙發與牧羊人畫作感覺陰沉沮喪。她不喜歡在地洞待太久。去年有一段時間她躲在這個秘密藏身處，當時的她受傷、絕望、可悲，她不願意回想起來。今年她絕不會重蹈覆轍。她要找出辦法掌控局勢。她拎起背包，裡面裝著她事先準備好的用品——墳土、骨粉筆，以及她在忘川會庫房偷拿出來的魔法道具，標籤上的名稱是「鬼魅圈」，造型很像華麗的袋棍球桿。

難得一次，她事先做了功課。

亞麗絲很喜歡書蛇會的會墓，因為果林街墓園就在對面，不會有太多灰影出現，尤其是晚上。舉行葬禮的時候灰影偶爾會被吸引過來，尤其是死者特別受到愛戴或憎恨的狀況。有一次，亞麗絲被迫欣賞格外噁心的場面：一個灰影企圖舔痛哭婦女的臉頰。不過晚上的墓園只有冰冷石頭與腐敗屍體——灰影根本不會想來這裡，而且旁邊就有大學校園，到處是學生，他們調情、流汗，喝太多啤酒、太多咖啡，緊張與自大讓他們靜不下來。

會墓本身的造型有點像希臘神廟，也有點像特大陵墓——沒有門窗，整體使用白色大理石，正面豎立高聳柱子。「這棟建築的設計原本是要仿效雅典衛城的厄瑞克忒翁神廟，」達令頓告訴

18 The Monk of Evesham，中世紀英格蘭伊夫舍姆修道院的院長聲稱天使降臨，並且帶他參觀天堂與各層地獄。

她，「也有人說是雅典娜勝利神廟。」

「所以究竟是哪個？」亞麗絲問。她自以為進入了相對安全的領域。她記得以前學過衛城和阿哥拉市集，她很喜歡希臘神話的故事。

「都不是。那裡基本上就是死靈殿，用來迎接亡靈，並且與他們溝通。」

亞麗絲大笑，因為那時她已經很清楚灰影多討厭想起死亡。「所以他們造了一座大陵墓？他們應該要蓋賭場才對，還要在外面放個牌子，寫上**女士免費暢飲**。」

「史坦，太粗俗了。不過妳說得沒錯。」

到現在已經快滿一年了。今晚她一個人來這裡。亞麗絲登上臺階，敲敲古銅色大門。這是她這學期監督的第二場儀式。第一場是手稿會的回春術。新任會員全身脫光，將一位頭髮花白的新聞主播滾進鋪了迷迭香與熱炭的溝裡。兩個小時後他從溝裡出來，滿臉通紅、滿身大汗，年輕了十歲。

門開了，一個穿黑袍的女生站在門口，臉上蒙著繡黑蛇圖案的薄紗。她掀起面紗。

「味吉爾？」

亞麗絲點頭。秘密社團的人已經不會再問起達令頓了。對於社團新成員而言，她就是味吉爾，是專家、權威。他們從來沒見過忘川會紳士。他們不知道眼前這個人是個冒牌貨，只受了一半的訓練。在他們眼中，亞麗絲就是忘川會，一直都是。「妳是卡麗斯塔？」

女生燦爛微笑。「新任會長。」她是四年級生，很可能只比亞麗絲大一歲，但她感覺有如另一種生物——肌膚光滑、眼眸有神，柔軟鬈髮有如天使光環。「我們差不多可以開始了。我好緊張喔！」

「別緊張。」亞麗絲說，因為這是她該說的話。味吉爾沉著冷靜、無所不知；她什麼都見識過。

他們經過門楣的石雕銘文：Omnia mutantur, nihil interit，萬物常變，易而不朽。

有一次他們來這裡的時候，達令頓翻譯給她聽，同時嫌棄地翻了個白眼。「明明是以希臘召靈術為根基的社團，竟然認為引用羅馬詩人的作品很合適。如果問我為什麼，只能說Omnia dicta fortiori si dicta Latina。」

「我知道你想要我問，所以我偏不問。」

他被逗笑了。「任何話用拉丁文說感覺就是比較厲害。」

那時候他們相處得很不錯，亞麗絲心中隱約懷抱希望，他們之間的和諧說不定有朝一日能夠成為信任。

可惜她任由他死去。

會墓內部清涼，以火把照明，上方高處的抽風機清掉火把的煙。大部分的房間都很普通，但中央神殿是正圓形，濕壁畫色彩鮮豔，主角是幾個戴著桂冠的裸男。

第一次看到那幅壁畫時，亞麗絲問：「為什麼那些人要爬梯子？」

「妳不問為什麼他們沒穿衣服？這是象徵手法，史坦。那些人在攀爬的其實是更上層的知識。而且是踏在死亡的背上。看看底部。」

地上有幾個跪著的骷髏，那些人爬的梯子架在骷髏拱起的背上。

神殿中央矗立著兩尊高聳的女性雕像，臉上戴著面紗，腳下有許多石雕的蛇。雕像的手緊緊牽在一起，中間垂掛一盞燈，裡面的火是柔和的藍色。下方站著兩個比較年長的男子，他們靠在一起談話。其中一個穿著金黑雙色長袍，他是校友，今天擔任大祭司。另一個人感覺像非常嚴格的父親，灰髮剃成平頭，襯衫整齊塞進燙平的卡其褲。

另外兩個穿長袍的人進來，扛著一個很大的木條箱。亞麗絲猜想裡面應該不是Ikea的沙發。地上有兩個黃銅符號——希臘字母，在大理石地板上向外延伸形成螺旋，他們將箱子放在中央。

「為什麼你們這麼拚命爭取在這週舉行？」亞麗絲問卡麗斯塔，看著幾個書蛇會員用鐵撬打開木條箱。一般而言，秘密社團會遵守分配的時間，但偶爾也會要求緊急特許，每次發生這種狀況都會徹底打亂時間表。但書蛇會非常堅定地表明一定要在這週四晚上舉行儀式。

「只有今天……」卡麗斯塔遲疑一下，她很想炫耀，但又必須保密，因此左右為難。「因為一位四星上將的行程非常忙碌，我們必須配合。」

「我懂了。」亞麗絲瞥一眼那個神情嚴肅的平頭男子。她拿出粉筆和筆記，開始畫防禦圈——慎重、精準。她沒有意識到自己的手多用力，粉筆斷成兩半時她才猛然察覺，她只能用其中一截繼續畫完。她有點緊張，但不是那種沒讀書就上考場的恐慌。她溫習過資料，在權杖居舒適陰涼的起居室一次又一次練習畫符號，小小的音響系統播放新秩序樂團的歌曲。她感覺權杖居讚賞她全新的勤奮態度，門有鎖和結界的雙重保護，厚重窗簾阻擋陽光。

「可以開始了嗎？」大祭司搓著雙手走過來。「不能耽誤時間。」

亞麗絲不記得這位校友的名字，但她去年見過他。他來督導新會員的儀式。在他身後，她看到那兩個會員從木條箱搬出一具屍體。他們將慘白赤裸的屍體放在地板上。濃濃的玫瑰香氣飄散，大祭司一定發現到亞麗絲的神情，因為他說：「我們都這樣處理屍體。」

亞麗絲自認神經很大條；她從小離死亡太近，不會因為斷肢或槍傷而害怕——至少灰影無論多慘她都無所謂。不過真正看見屍體的感覺不一樣，僵硬、沉默，那種一動也不動的樣子比鬼還奇怪。感覺就好像她能感覺到人離開後留下的空洞。

「他是什麼人？」她問。

「已經什麼人都不是了。他生前是傑可布．葉許夫斯基，矽谷寵兒，認識一大堆俄國駭客。他死在遊艇上，還不到二十四小時。」

「二十四小時。」亞麗絲重複。書蛇會八月就申請在要今晚舉行儀式。

「我們自有門路。」他朝墳場一撇頭。「死人知道他的時間快到了。」

「他們的預測甚至精準到一天都不差，還真貼心。」

傑可布．葉許夫斯基是被謀殺的。她十分確定。即使不是書蛇會策畫的，但他們很清楚他會被殺。不過，她不是來這裡找碴的，反正傑可布．葉許夫斯基早就死透了，她也無能為力。

「防禦圈畫好了。」亞麗絲說。儀式必須受到防禦圈保護，她在東南西北四個點各設了門，其中一個會保持開啟，讓魔法能夠流入。亞麗絲要看守那道門，灰影會受到渴望、貪婪與任何強烈情緒的吸引，她負責不讓他們搗亂。不過，除非場面真的非常激動，否則地上剛死的屍體加上這種豪華葬禮的氣氛，灰影應該不會想靠近。

「以前達令頓總是跟著一個女生跑來跑去，妳比她可愛多了。」大祭司說。

他微笑，亞麗絲沒有回應。「你高攀不起蜜雪兒．阿拉梅丁。」

他反而笑得更得意。「沒有我把不到的女人。」

「不要勾搭幫手，快開始吧。」將軍厲聲斥責。

大祭司又笑了笑之後才離開。

在屍體旁邊企圖把妹，亞麗絲不知道該說他有種還是噁爛，但她打算一有機會就盡快離開書蛇會，越遠越好。她必須維持正經的形象。完成工作。不出差錯。她和道斯不想惹麻煩，要是讓理事會抓到把柄，他們可能會禁止她們接觸，也可能阻止她們的計畫。新執政官來攪局已經夠難應付了。

低沉的鑼聲響起。書蛇會員站在防禦圈外，面紗遮住臉，一身黑衣的悼客，圈中只剩下將軍、大祭司和屍體。

「吾人端坐勤研讀，」大祭司朗誦，聲音在殿堂中迴盪，「逝去偉人共高談[19]。」

書蛇會每次舉行儀式都以這段話作為開端，有一次達令頓悄悄告訴她：「雖然煞有其事，但這段詩句講的其實是圖書館，不是召靈術。史特林圖書館的石雕上也有。」

亞麗絲常常去史特林圖書館，大部分的時候只是窩在自習室把腳架在暖氣上打瞌睡，但她不想承認。

大祭司朝著上方的燈灑了一把東西，火光冒出藍藍的煙，先是往上飄，然後好像固定住，開

19 引自蘇格蘭詩人湯森〈James Thomson，一七〇〇～一七四八〉的長篇詩作〈The Seasons〉。

始落到兩座雕像的赤腳邊。一條石雕蛇動了起來，白色鱗片在火光中閃耀。蛇蜿蜒穿過大理石地面，朝屍體爬過去，然後又停住，彷彿在嗅聞屍體的氣味。接著蛇突然撲過去，一口咬住屍體的小腿，亞麗絲硬是把驚呼吞回去。

屍體開始抽動，肌肉痙攣，在鐵板地面上彈跳，有如熱鍋裡的爆米花。蛇鬆開牙齒，葉許夫斯基跳起來蹲低，雙腳距離很寬，雙手放在膝蓋上，像螃蟹一樣左右移動，但速度快到令亞麗絲全身發毛。那個東西——那個人的臉——像是誇張的鬼臉，眼睛瞪得很大，感覺非常驚恐，嘴角下垂，有如劇場使用的悲傷面具。

屍體在神殿中四處橫行，將軍說：「我需要密碼，必須是可靠的情報，不是……」他揮了揮手，用一個動作譴責拱頂地窖、穿長袍的學生、死掉的傑可布．葉許夫斯基。「占卜。」

「我們會取得你需要的資料。」大祭司不以為忤。「不過，如果有人要求你透露來源——」

「你以為我會讓監察單位調查這種光明會的怪力亂神？」

大祭司戴著面紗，亞麗絲看不清他的臉，但能清楚感受到他的不屑。「我們不是光明會。」

站在亞麗絲附近的一個書蛇會員低聲說：「他們只會裝模作樣。」

「快點讓他說。」

幌子，亞麗絲想著。將軍的粗魯抱怨、正經八百，全都是為了掩飾而做出來的表演。將軍八成是透過位高權重的校友和書蛇會搭上線，當初達成協議時不知道會看到這種場面。他以為會是怎樣？低聲念幾句咒語，另一個世界的死人就會說話？他以為會是莊嚴的儀式？但這才是魔法的真面目——卑劣、墮落、變態。**長官，歡迎光臨耶魯大學。**

傑可布．葉許夫斯基在等待，保持那種很低的不自然蹲姿，嘴角垂下一條口水，身體不停緩緩左右搖動，腳趾微微扭動，眼白翻出，有如醜惡的雕像，有如古老建築的滴水獸。

「抄寫員就位了嗎？」大祭司問。

「就位。」一個書蛇會員回答，他戴著面紗，站在上方的小看臺上。

「趁你能說話的時候快說吧。」大祭司朗聲命令，「回答我們的問題，然後重歸安息。」

他對將軍點頭，後者清清嗓子。

「你在俄國聯邦安全局[20]的主要接頭人是誰？」

葉許夫斯基的屍體橫向移動，左、右、左，速度很快，讓人看了非常不舒服。去年亞麗絲研究過魔偶與使靈，但假使那個東西朝她撲過來，她不知道該如何抵禦。屍體在地面的黃銅字母間移動，彷彿將整個神殿當作巨大通靈板，屍體有如指標移動，上方的紀錄員寫下每次停頓的字

20 FSB，俄羅斯負責國內事務的情報機構，為前蘇聯時期KGB的繼承組織。

母。

偶爾屍體的動作會變慢，大祭司就會在火裡加一點東西，製造出同樣的藍色煙霧。那條蛇會抬起頭，遊過地面，再次咬葉許夫斯基，重新注入毒牙裡的詭異毒液。

只是屍體罷了，亞麗絲提醒自己。但其實並非如此。葉許夫斯基的意識有一部分被拉回身體裡，為霸道的將軍解答。噁心的儀式結束之後，他會回到界幕之後消失嗎？他的魂魄會完好無缺嗎？還是說遭到強行塞回屍體裡的驚恐會造成傷害，即使回到另一邊也無法復原？

就是因為這樣，灰影才不願意接近書蛇會。不只是因為會墓的造型像陵墓，也是因為死者不該受這種對待。

亞麗絲打量那些蒙面低頭的書蛇會員、紀錄員，心中想著：你們遮住臉真是正確的選擇。等你們的時候到了，會有人在另一頭等著討回這筆債。

3

沒想到把復活屍體要說的話一一寫下來，會花這麼長的時間，儀式終於結束時，已經凌晨兩點了。

亞麗絲擦掉粉筆圈，盡可能遠離大祭司的視線。要是用膝蓋頂校友的蛋蛋，絕對會毀了她不惹是生非的新原則。

「卡麗斯塔。」她小聲叫現任會長，同時偷偷招手。

「真是非常感謝妳，亞麗絲！不對，是味吉爾。」她傻笑。「儀式非常順利。」

「傑可布．葉許夫斯基可能不這麼想。」

她再次傻笑。「也是啦。」

「接下來要怎麼處理他？」

「家屬以為他被送去火化，所以把骨灰交給他們就好。皆大歡喜。」

亞麗絲瞥一眼放屍體的木條箱。將軍得到他想要的答案之後，鑼再次敲響，儀式結束，但屍體並沒有隨之倒下。屍體繼續在字母上跑來跑去，他們得等到他累了才能收工，只是現在沒有人在乎他想說什麼。看著屍體在地板上狂亂奔跑，組出一個又一個文字，可能是胡言亂語，可能是來自陰間的怨恨吶喊，也可能是他外婆的香蕉蛋糕食譜。總之，這個場面比之前更讓人不舒服。

「皆大歡喜。」亞麗絲跟著說。「最後他拼出了什麼字？」

「什麼星星還是星河的。」

「沒有意義。」大祭司說。他脫掉了面紗和長袍，現在穿著白色亞麻襯衫和長褲，彷彿身在希臘度假勝地聖托里尼島。「只是一點雜訊。偶爾會這樣。屍體放越久越嚴重。」

亞麗絲將背包掛在一邊肩膀上，等不及想離開。「這樣啊。」

「說不定是在說太空計畫。」卡麗斯塔看著校友，好像想得到他的贊同。

「我們要去喝一杯——」大祭司開口邀約。

但亞麗絲已經匆匆離開神殿，迅速往門口移動。走出書蛇會墓、遠離過濃玫瑰味之後她才終於放慢腳步，紐哈芬沒有星星的夜空下，夏季的尾聲依然很熱。

回到地洞，亞麗絲愕然發現道斯竟然在那裡。她穿著工裝短褲配白T恤，赤腳盤腿坐在地毯上，索引卡整整齊齊堆放在四周，頭髮紮成歪歪的丸子頭。她的運動涼鞋整整齊齊放在門邊。

「結果呢？」她問。「順利嗎？」

「屍體失控暴衝，我得用鬼魅圈制服他。」

「噢，我的天。」

「嗯。」亞麗絲邊說邊走進浴室。「把那玩意緊緊綁住，一路拖去斯坦福。」

「亞麗絲！」道斯斥責。

「儀式很順利。只是……」亞麗絲脫掉衣服，等不及想擺脫超自然的惡臭。「我不知道怎麼說。最後屍體有點亂跑，開始說什麼星河、星星，難道死人也愛看星星？讓人超毛。」她打開蓮蓬頭的水。「妳有沒有告訴安賽姆星期六我們沒辦法去見執政官？」道斯沒有回答，於是亞麗絲重問一次。「星期六我不能去見新任執政官，知道嗎？」

許久之後，道斯說：「我跟安賽姆說過了。可是這樣只能爭取到一週的時間。說不定……說不定執政官很開明。」

亞麗絲沒這麼樂觀。忘川會的歷史上出過不少混世魔王——李．德佛瑞斯特造成全校大停電，因此遭到停學處分；最誇張的莫過於創會元老亥倫．賓漢三世，他根本不懂考古學，卻魯莽跑去秘魯偷文物——儘管如此，去年發生了那種事，現在的忘川會不可能選這種異類當執政官。

更何況還有亞麗絲牽涉其中。她是個太不確定的變數，一個還沒看到結果的實驗。

「道斯，相信我。無論新人是誰，他絕不可能同意我們去地獄郊遊。」亞麗絲點燃香爐裡的檀香與秘魯聖木，然後走到蓮蓬頭下，用馬鞭草香皂洗去超自然力量的惡臭。

她和道斯花了幾個月的時間調查地獄通道，卻只找到一條線索，一九三八年達文波特學院的尼爾森．哈特威爾在《忘川會日誌》裡寫的一小段話：

邦其喝醉了，硬是要我們相信強尼和龐特的朋友建造了一座通道，讓他們可以打開那個大火坑的門去看看。當然啦，我要求他拿出證據。「不、不。」邦其說。「不能留下文字紀錄，太危險了。」他們互相發誓要保密，只肯透露建造地點是聖地。我覺得未免太老套。不過他們跳過禮拜堂，最後選了一個更有意思的秘密地點。

聖地。這就是她和道斯唯一的線索，一段關於醉鬼邦其的敘述。儘管如此，她們還是一一造訪了一九三八年之前在紐哈芬建造的所有墳地、墓園、猶太會所、教堂，到處尋覓暗號。可惜一無所獲，現在又多了新執政官來監督。

「不如乾脆放棄地獄通道，再試一次桑鐸的獵犬術？」她在水聲中問。

「上次的結果不太好。」

確實不好。他們費了那麼多工夫，最後差點被地獄獸吃掉。

「不過桑鐸院長沒有認真想救他，不是嗎？」亞麗絲邊說邊沖掉頭髮的泡泡。「他以為達令頓永遠不會回來了，以為他下地獄一定不可能活下來。他施法只是為了證明達令頓死了。」

那個夜晚非常驚恐，但儀式確實帶回了達令頓，至少傳回他的聲音，讓他得以指控桑鐸。

亞麗絲關掉水，從架子上拿起毛巾。公寓感覺太過安靜。

她聽到很輕聲的：「好吧。」還以為是她聽錯。

亞麗絲頭髮擦到一半停住。「什麼？」

「好。」

亞麗絲認定道斯一定會反對，找出一堆阻止的理由——時機不對、她們需要仔細規畫、太危險。她是不是在客廳擺出了塔羅牌？她是不是算出不會發生大災難？

亞麗絲穿上乾淨的短褲和坦克背心。道斯依然坐在原處，但立起膝蓋抱在胸前。

「妳說好是什麼意思？」亞麗絲問。

「妳知道星河這個詞的希臘語怎麼說嗎？」

「妳明知道我不知道。」

「Galaxia。」

亞麗絲坐在沙發邊緣，盡可能忽視內心那一絲寒意。

Galaxia。銀河。屍體一次又一次拼寫的是這個詞？

「他嘗試聯絡妳。」道斯說。「聯絡我們。」

「不見得吧？」但之前發生過。塔拉遇害當晚的臟卜儀式上發生過一次，後來在新月儀式上達令頓也試圖示警，要她們小心桑鐸。現在他想做什麼？警告她？責怪她？還是他在界幕另一邊向她哭喊求救？

「有……一個辦法……可以試試。」道斯說，斷斷續續的感覺有如摩斯密碼、求救訊號。

「我有個想法。」

亞麗絲很想知道，這句話開啟了多少災難。「希望是好事。」

「可是，萬一理事會發現——」

「不會。」

「我不能失去這份工作。妳也一樣。」

亞麗絲現在不打算想這麼多。「要去黑榆莊嗎？」

「不。我們需要捲軸鑰匙會的那張桌子。我們要開啟傳送門。」

「通往地獄？」

「我想不出其他辦法。」道斯感覺山窮水盡。

她們花了一整個暑假研究，但毫無成果。不過，亞麗絲真的有用心嗎？還是她只是以研究為藉口躲在權杖居，因為這樣很安全？她在紐哈芬到處亂跑，尋找教堂與聖地，搜索地獄通道的蹤跡，結果卻一無所獲，這樣算什麼研究？她是不是任由自己忘記達令頓失蹤了，正在地獄受苦？

「好，」亞麗絲說，「那就開啟傳送門。」

「我們要怎麼進去捲軸鑰匙會？」

「我會想辦法。」

道斯咬著下唇。

「道斯，我不會揍人。」

道斯將一綹紅髮塞到耳後，因為天氣太熱，她的頭髮變鬈了。

亞麗絲轉轉肩膀。「也不會威脅任何人。我會客客氣氣。」

她真的會。她要找回去年練就的偽裝本領，而且要攀上新高峰。她們要把達令頓帶回來。她們要讓一切恢復正常。在忘川會理事會的眼中，她只是一個大一過得非常倒楣的學生。他們不知道桑鐸偷偷幫她加分，也不知道他的死與她有關，更不知道在凡奈斯區那個血腥的夜晚她得到怎樣的能力。

但達令頓知道。假使他提出她不適任，那麼她就完了。到時候她該怎麼辦？只能用她一慣的辦法。找到出口。趁真正的麻煩還沒黏上之前快點逃。途中順手牽羊幾件值錢的東西。她在心中不斷重複這套閃人程序，有如念誦經文，多少帶給她安慰，讓她暫時不去擔心未來。但現在狀況變複雜了。以前她也遭遇過選項一個比一個糟的狀況，但現在更是惡劣透頂，她無處可逃了。因為埃丹。因為無論以什麼方式去到另一個世界，地獄通道、傳送門、搭公車，都必須付出慘烈的代價。

4 夏季

若非埃丹來攪局，她原本打算整個暑假都待在紐哈芬。

亞麗斯告訴媽媽她在校園找到工作，對米拉而言這個理由便足夠了。她認為洛杉磯對亞麗絲的誘惑太大，她擔心女兒一下飛機就會立刻和那些壞朋友混在一起。

根本不可能，儘管如此，媽媽，他們死光了這句話不可能讓米拉安心，老實說，亞麗絲不想回家。她不想睡在以前的臥房裡，聽著遠方一〇一號公路如洶湧大海喧囂。她不想聽媽媽說她最近迷上的玩意——寶石按摩、靈氣潔淨、精油，不斷尋求能夠輕易得到的奇蹟。離開耶魯感覺很冒險，有點像殘酷的童話故事那樣，一旦離開了魔法城堡，便再也找不到回去的路。

她原本以為暑假會和道斯與蜜雪兒．阿拉梅丁一起研究拯救達令頓的計畫。但道斯得去西港幫姊姊帶小孩，蜜雪兒很難找到人，於是亞麗絲大部分的時候都獨自待在權杖居。上個學期發生流血事件，漂亮的彩繪玻璃雖然復原了，但感覺就是沒有以前那麼完美，地上依然有著布雷克．

齊利留下的血跡，現在蓋上一塊新地毯。她很擔心權杖居會不讓她進去。萬一她去到門口，但門不肯為她開啟，那該怎麼辦？

不過，春季的那一天，亞麗絲將家具存放在強納森．艾德華茲學院的地下室，與梅西、蘿倫道別之後，她去到權杖居，門把在她手中開心震動，門立刻大大開啟，有如歡迎的擁抱。

她原本真的打算要去找暑期打工，但校園周邊的生意變得太冷清，最後她只好放棄。忘川會給了她一小筆暑期津貼，她用來買垃圾食物、冷凍春捲，以及可以用小烤箱加熱的酥皮小熱狗。她甚至沒有先取得許可就直接住進權杖居了。畢竟她為這個地方流血了，不是嗎？

亞麗絲花了好幾天研究選課表，和梅西一起討論。她們盡可能拼湊出亞麗絲完整的課程，讓她在暑假先開始讀書。她也讀了很多通俗小說，像老菸槍抽菸一樣一本接一本——羅曼史、科幻小說、舊的聳動小說。她只想安安靜靜坐在一圈燈光下體驗別人的生活，不受打擾。但每天晚上她都待在圖書館。她在阿貝馬雷之書寫下道斯建議的關鍵字，她自己也想到一些，然後等著看圖書館會提供什麼資料。一本書的書脊是真正的脊椎骨，另一本則每次翻開都會冒出薄霧，還有一本燙到不能碰，她特地去廚房翻出烤箱手套。

庫房裡的魔法道具需要小心呵護，因此只有這裡有空調，天氣太熱的時候，她會從但丁臥房抱著一堆毯子和枕頭過去，在亥倫坩堝裡做一個窩。達令頓要是知道一定會氣死，但為了空調她在所不惜。有時當她睡在坩堝裡，會夢見綠油油的山頂。她曾經來過這裡，熟門熟路地沿著階梯往上走，穿過有潮濕石頭氣味的狹窄甬道。裡面的一個房間有三道窗，以及觀星用的圓形水池。她在水面看見自己的倒影。醒來時，她很清楚自己從來沒去過秘魯，只在書裡看過。

亞麗絲側躺在權杖居起居室的絲絨沙發上，讀著她在青年學院圖書館找到的《紋身人》[21]，這時她的手機響了。她不認識那個號碼，所以沒有接。她離開洛杉磯時把聯絡資料全部刪除了。但電話第二次打來時，她接起。

她立刻認出埃丹的聲音，那麼濃的口音不會錯。「亞麗絲．史坦。我們需要談談。妳懂吧？」

「不懂。」她說，心臟在胸口瘋狂跳動。那天下雨了，她拉開所有窗簾欣賞暴風雨，一道道閃電如同鞭子甩過，照亮黑暗天空。她坐起來，用一張收據充當書籤。她有種不安的預感，說不定永遠讀不完這篇故事了。

「我不想在電話上說。妳來我家。」

他以為她在洛杉磯。很好，亞麗絲告訴自己。他不知道他無法輕易抓到她。不過，他為什麼

21《The Illustrated Man》，美國作家雷．布萊伯利（Ray Bradbury，一九二〇～二〇一二）創作的科幻短篇小說集。

打電話給她？埃丹是里恩的上游供應商，他是以色列黑道，大本營在四〇五號公路上方恩西諾丘頂端的時尚豪宅。她以為他早就忘記她了。

「我才不要去穆荷蘭大道呢。」她說。「我沒車。」即使她在洛杉磯，也不會自願開車跑去恩西諾丘，那裡沒有外人，很適合埃丹送她的腦袋一顆子彈。

「妳媽有車。很舊的福斯Jetta。不太可靠。」可想而之，埃丹知道她媽媽住在哪裡。埃丹這種人很清楚要在哪裡找把柄。「我派胥羅莫去監視妳家，他在那裡盯梢很久，但只看到妳媽出出入入。妳從來沒出現過。亞麗絲，妳在哪裡？」

「現在？」亞麗絲看看起居室，蒙灰的地毯，雨滴拍打窗玻璃，明亮夏季也變得柔和。她聽見廚房裡冰箱的製冰器啟動。等一下她要去做三明治，道斯發現亞麗絲幾乎每餐都吃炸雞柳條，於是向店家訂購了麵包和午餐肉，每個星期都會自動送來，像魔法一樣。「和朋友一起窩在托班加峽谷[22]。這個週末我會過去。」

「星期六不行。明天就來。星期五五點之前。」

埃丹遵守猶太教戒律，從不違背安息日的規定。殺人、勒索是週日到週五的活動。

「我要上班。」她說。「星期日可以。」

「好孩子。」

她掛斷電話，將手機抱在胸前，抬頭看著格子天花板。燈光閃爍，她知道權杖居感應到她的恐懼。她伸手向下按住光亮的木地板。出事那天晚上，亞麗絲差點在二樓的走道上流血致死，權杖居也受傷了，一扇漂亮的窗戶打破，地毯染血。亞麗絲幫忙收拾善後。道斯請人來修理窗戶的時候，亞麗絲一直守在旁邊。她用蒸氣清潔、也用刷子清洗，努力清除走道地板與地毯上的血跡。她的血、桑鐸院長的血、布雷克．齊利的血。他們兩個死了，亞麗絲沒死。亞麗絲活下來了，權杖居也是。

地板傳來震動，她無法分辨是真的還是幻覺，但她因此冷靜下來。校園裡的師生都走光了，這裡是她的安全天堂——有結界保護，幽暗、清涼。她只有偶爾會外出，去山丘上散步，走去看埃利．惠特尼博物館旁邊的廊橋，造型像橫跨河面的穀倉，如果這是一幅畫，梅西一定會大肆取笑。她牽著新拿到的自行車去艾其頓公園，騎車在花圃間徜徉。每兩天一次，她一早騎車去黑榆莊餵柯斯莫，在蔓生的灌木迷宮中遊蕩。但最後她一定會回到橘街上的權杖居。她以為少了道斯和達令頓，她一個人在這裡會很孤單，但她從老式冷藏箱拿出汽水直接對著瓶子喝，在裝飾日月彩繪玻璃的華麗臥房睡午覺，去庫房東翻西翻。這棟房子永遠有看不完的新鮮事。

22 Topanga Canyon，加州洛杉磯市郊的小型城鎮，靠近馬里布（Malibu）海灘。

亞麗絲不想離開。她不想回凡奈斯區媽媽的寒酸公寓。她不想去見埃丹。他和里恩還有什麼沒解決的問題，擱置了一年現在才想到？該不會他知道亞麗絲做了什麼？難道他發現是她殺死他表哥？

其實沒差。她終究得去。她翻找手機通訊錄，找到麥克．安賽姆的電話。他是忘川會理事，桑鐸院長死後由他暫代監督的角色。他是十五年前畢業的校友，亞麗絲與道斯找出他的忘川會日誌看過，發現格外沉悶。除了記錄儀式的名稱與日期，幾乎沒有其他內容。他講電話的感覺也一樣。單調無趣，等不及想回去工作，他好像從事財務或金融相關的行業，總之就是印鈔票。不過他幫亞麗絲弄到腳踏車和筆電，所以她不會抱怨。

電話才響兩聲安賽姆就接了。「亞麗絲？」他的語氣好像很擔憂，她不怪他。畢竟她很可能是要來報告法學院圖書館失火，或活死人大軍佔領公共餐廳。她不太瞭解安賽姆，但她想像他打細條紋領帶，家裡養一隻黃色拉布拉多犬，兩個孩子在仁人家園[23]當志工，妻子認真維持身材。

「嗨，麥克，抱歉在上班時間打擾你——」

「出了什麼事嗎？」

「沒事，一切平安。只是我週末需要回家一趟去探望媽媽。」

「噢，希望她早日康復。」他說，雖然她剛才明明沒有說媽媽生病。但亞麗絲原本就打算這麼說。

「那個，可以請你幫我出機票錢嗎？」亞麗絲知道應該要覺得難為情才對，但因為她差點死在權杖居，所以無論她需要什麼，都可以大大方方向忘川會開口。他們虧欠她、道斯、達令頓。道斯無所求，達令頓在地獄更不可能開口，所以亞麗絲連他們的份一起要了。

「沒問題！」麥克說。「妳要什麼都可以。我幫妳轉接我的助理。」

就這樣。安賽姆的助理安排好機場接送和來回機票。亞麗絲不確定有沒有機會用上回程機票，因為說不定她會死在穆荷蘭大道頂端。她打包內褲和牙刷放進背包，然後去庫房找武器，這才發現她不知道該帶什麼。她感覺像走進陷阱，但忘川會的武器無法制服埃丹那種人。至少能帶上飛機的那些都起不了作用。

她走出大門上鎖，輕聲對權杖居說：「我很快就回來。」她停下腳步聽門廊下胡狼的輕聲嗚咽，希望她真的會回來。

最後亞麗絲順利回來了。她甚至讀完了那本《紋身人》。她只是沒料到，回來時手上又染上別人的血。

23 Habitat for Humanity，國際慈善房屋組織，致力於解決貧窮住屋問題。

多狐之裘

出處：德國戈斯拉爾；十五世紀

捐贈者：捲軸鑰匙會，一九九三

據信是亞拉瑞克·佛司特納所製造，後來他因為幾乎滅絕當地狐狸族群而被處以火刑。這件狐裘多次易手，紀錄顯示曾經落入牛津的一位貴族手中，當時C.S.路易斯[24]剛好在牛津大學任教，但這個說法從未獲得證實。據說只要將這件狐裘掛進衣櫥或衣帽間，就能開啟傳送門，但無論這件狐裘曾經具有怎樣的魔力，現在都已經消失很久了。再次證明傳送魔法不穩定的性質。但有一罕見的特例，請參考泰雅拉魔毯。

——引自《忘川會庫房目錄》，眼目潘蜜拉·道斯修訂

24 英國作家，以兒童文學作品《納尼亞傳奇》而聞名於世，其中的四位主角便是透過魔法衣櫥去到異世界。

5 十月

星期五早上，亞麗絲和梅西一起去上現代詩與基礎電工，她努力專心聽講。學年才剛開始，還沒有到她會睡眠不足的時候。

那天晚上她想留在宿舍休息，把房間裡的海報掛好。梅西那邊早已精心裝飾完畢，她掛上藝術海報以及融合現代插畫的中文詩。她用藍色網紗做了一個床帳，讓整個房間感覺起來夢幻無比。

梅西和蘿倫想出去玩，於是亞麗絲也加入。她甚至穿上有蜘蛛網造型肩帶的黑色小洋裝，梅西和蘿倫的是同款不同色。亞麗絲感覺她們好像一支微型軍隊，三個穿著俏麗睡衣的人一起夢遊。梅西與蘿倫都穿繫帶涼鞋，但亞麗絲沒有其他鞋子，只好還是穿上老舊的黑色靴子。至少這雙鞋很好跑。

她們在鞦韆前拍照，亞麗絲選了看起最開心的那張傳給媽媽。蘿倫站在她左邊——蜜金色豐盈秀髮、牙齒比手電筒光束更亮白。梅西站在她右邊——潤澤黑色鮑伯頭、雛菊造型復古大耳環，眼神警惕。

埃丹的手下還在監視米拉嗎？還是說現在亞麗絲乖乖聽話，他就決定放過她媽媽？加州感覺不只是美國的另一頭，更像是另一個時空，亞麗絲希望發生在那段迷離時光的事永遠保持模糊，那些細節太痛苦，她不忍看清。

派對場地是林伍德街的一棟房子，距離聖艾爾摩會的破爛淒涼公寓不遠，屋頂那隻滿懷希望的氣象雞依然轉個不停。亞麗絲整晚只喝水，無聊到快要靈魂出竅，但她不介意。她喜歡端著紅色免洗杯和朋友站在一起，假裝喝醉。呃，其實不算假裝。她用了顛茄魔藥。她向自己承諾過今年不會再依賴魔藥，但今年太難搞，她必須用上所有能用的東西。

週六早上，她趁梅西還沒起床，偷溜出去打電話給捲軸鑰匙會。她保證過會有禮貌，所以就真的客客氣氣；講完之後她窩回床上繼續睡覺，直到梅西叫醒她。

雖然已經很晚了，但她們還是去餐廳吃早餐，亞麗絲像平常一樣裝了滿滿一盤餐點。她們計畫要開啟通往地獄的傳送門，她應該緊張到吃不下才對。沒想到她竟然覺得怎樣都吃不飽。她想要更多楓糖、更多培根，所有東西都再多來一點。灰影很愛這個地方，因為這裡滿是食物香氣與各種八卦。亞麗絲其實可以在餐廳設置結界，就像她的宿舍房間一樣。但如果有東西追來這裡，她希望就近有灰影可以用——但平常最好不要太靠近她。在這裡，灰影似乎與人群打成一片。氣氛和睦安詳，亡魂與活人一起撕麵包。

亞麗絲知道耶魯有很多更漂亮的地方，但她最愛這裡，屋頂高處的深色椽木，堂皇的石造大壁爐。她喜歡坐在這裡，讓餐具敲擊的聲音與喧譁談笑從身上流過。她跟達令頓說過她有多喜歡強艾學院餐廳，她原本以為他會取笑她，沒想到他只是說：「那個空間太雄偉，很難類比為酒館或客棧的交誼室，但氣氛差不多。感覺就像可以把腳架起來等候外面的暴風雨過去。」對於厭倦奔波的人，或她所假扮的學生而言或許確實如此。但真正的亞麗絲屬於暴風雨，她是專門吸引麻煩的避雷針。等達令頓回來就不一樣了。以後不會只有她和道斯兩個人拚命鬥上門阻擋黑暗。

亞麗絲站起來，將一片奶油吐司塞進嘴裡，梅西問：「妳要去哪？老師給的閱讀作業還沒完成。」

「我讀完了〈騎士的故事〉。」

「〈巴斯婦人〉[25]呢？」

25〈騎士的故事〉（The Knight's Tale）及〈巴斯婦人〉（The Wife of Bath）這兩篇皆為英國中世紀作家喬叟（Geoffrey Chaucer）的作品《坎特伯里故事集》（*The Canterbury Tales*）中的故事。

「嗯。」

蘿倫往椅背上一靠。「等等。亞麗絲，妳竟然進度超前？」

「現在我可是好學生呢。」

「前十八行要背。」梅西說。「不太容易喔。」

亞麗絲放下包包。「什麼？為什麼？」

「為了熟悉發音？畢竟是中世紀英文。」

「我高中就學過了。」蘿倫說。

「因為妳讀的是布魯克林的高級私立預校。」梅西說。「我和亞麗絲只能窩在公立學校學習街頭謀生。」

蘿倫笑到差點把果汁噴出來。

「妳最好當心點，」亞麗絲笑嘻嘻說，「不然梅西會把妳打得滿地找牙。」

亞麗絲大步走出餐廳，蘿倫在她身後大喊：「妳還沒說要去哪裡！」亞麗絲都快忘記編藉口有多累了。

音樂學院的外觀是粉紅搭配白色，感覺像個裝飾度過的大蛋糕，道斯站在外面等她。亞麗絲從來沒有去過威尼斯，很可能永遠沒機會去，但她知道這是威尼斯風格建築。達令頓也很愛這棟建築。

「他們同意了？」

沒有寒暄、沒有問候。道斯穿著過長的老舊工裝短褲搭配V領白T恤，帆布斜肩郵差包掛在身上，整個人顯得超級矬。她感覺哪裡怪怪的，亞麗絲領悟到是因為她太習慣看到道斯脖子上掛著耳機，以致於少了耳機感覺莫名赤裸。

「算是吧。」亞麗絲說。「我告訴他們今天要去視察。」

「噢，很好……等一下，為什麼要去視察？」

「道斯。」亞麗絲斜睨她一眼。「妳覺得我要去視察什麼？」

「妳說要和他們談，沒說要騙他們。」

「欺騙也是一種談話。非常有用的那種。而且不太費事。」捲軸鑰匙會去年捅出那麼大的婁子——當然不是濫用藥物的部分，在忘川會的規定中這完全沒問題。他們最大的錯誤在於讓市區的外人進入會墓，並且讓他們參與儀式。最後還發生謀殺案，醜聞滿天飛。當然啦，他們所受的懲罰只是嚴厲告誡加罰款。

羅比·坎道站在會墓外的臺階上等候，他穿著棉布短褲、淺藍Polo衫，金髮的長度恰到好處，足以表明他愛衝浪，但又不會顯得太叛逆。午後高溫似乎對他毫無影響。他的模樣彷彿這輩子沒有流過一滴汗。

「嗨。」他緊張微笑。「亞麗絲？呃……應該稱呼妳味吉爾嗎？」

亞麗絲感覺身邊的道斯全身僵硬。前兩次監督儀式道斯都沒去。自從達令頓消失之後，這是她第一次聽到這個稱呼。

「對。」亞麗絲回答，偷偷抹了一下手然後才和他握手。「這位是眼目潘蜜拉・道斯。」

「酷。妳們要來視察什麼？」

亞麗絲冷冷打量羅比。「鑰匙給我就好。你在外面等。」

羅比猶豫了。他是新任會長，四年級生，很怕做錯事。可說是非常好騙。

「我不確定——」

亞麗絲回頭瞥她一眼，壓低音量說：「今年才剛開始，你就想惹火我們？」

羅比張大嘴。「我……沒有。」

「去年因為你們的會員不把規定當一回事，差點害死我和眼目。忘川會的兩名成員。你們沒有被暫停舉行儀式的資格，已經算是走運了。」

「暫停資格？」

他的語氣好像從來沒想過這種可能，就好像不可能發生。

「沒錯。一學期、甚至一年無法舉行儀式。我極力爭取從寬處置，不過……」她聳肩。「看來我做錯了。」

「不、不。當然沒有。」羅比急忙掏鑰匙。「絕對沒有。」

亞麗絲幾乎有點同情他。上個學期他才入會，初嘗魔法滋味，第一次窺探界幕另一頭。社團承諾會給他一年的狂野旅程與神秘冒險，他會不惜代價得到手。

厚重大門打開，裡面是精緻的石材門廳，陰暗清涼一解暑熱。走道上有個穿細條紋長褲的灰影，正在自得其樂地哼歌，看著擺滿黑白照片的玻璃櫃。捲軸鑰匙會墓的外觀優美，但內部卻莫名沉重，粗糙岩石搭配摩爾風格拱門。感覺很像走進山洞。

亞麗絲不給羅比時間思考，一把搶手他手中的鑰匙。「請你在外面等。」

這次他沒有意見，只是非常配合地說：「沒問題！妳們慢慢來。」

門關上之後，亞麗絲以為道斯會說教，至少會用眼神譴責她，但道斯好像在想事情。

「怎麼了？」亞麗絲問，她們往聖殿走去。

道斯聳肩，動作好像還穿著厚重的運動衫。「妳的語氣很像他。」

亞麗絲刻意模仿達令頓嗎？可能有。每次她和忘川會的大人物說話，其實都會借用他的語氣——篤定、自信、無所不知。所有她不具備的條件。

她打開儀式聖殿的門。裡面是個星形的房間，空間很大，位在會墓的中心，星形的六個角各矗立著一尊騎士雕像，中央擺著一張圓桌。但那張桌子其實並非桌子，而是傳送門，可以通往任何想去的地方，也通往沒人想去的地方。

亞麗絲伸手摸摸圓桌邊緣刻的字。**擁有照亮這片黑暗之地的力量，擁有復活這個死亡世界的力量。**塔拉生前曾經站在這張圓桌前。她是闖入的外人，像亞麗絲一樣。

「能用嗎？」亞麗絲問。「能量節點不太穩。」就是因為這樣捲軸鑰匙會才不得不使用迷幻藥物，也是因為這樣，他們才必須依賴市區來的塔拉和她的毒販男友幫忙調製特別藥劑，讓他們能夠開啟傳送門，使前往其他地點的過程輕鬆一點。「我們沒有塔拉的特調魔藥。」

「我不確定。」道斯咬著下唇。「我……我想不出其他辦法。我們可以等。我們應該要等。」

她們的視線隔著大圓桌交會，據說這張桌子用的木板取自亞瑟王與圓桌武士用過的那張。

「我們應該等。」亞麗絲附和。

「可是我們不會等，對吧？」

亞麗絲搖頭。桑鐸的葬禮之後已經過了三個月，亞麗絲在葬禮上說出她認為達令頓沒有死，而是受困地獄，成為界幕另一邊亡靈與魔物深感畏懼的紳士惡魔。亞麗絲與道斯在那之後做了很多研究，但全都無法證實這個理論，她的想法很可能只是過度樂觀的臆測。儘管如此，她們並沒有放棄，不斷設法與他接觸。Galaxia。銀河。從界幕另一邊傳來的吶喊。重新變回學徒會有什麼影響？重新變回但丁會有什麼變化？她們花了幾個月的時間搜尋地獄通道的線索卻一無所獲，這次很可能也一樣徒勞無功，但她們至少要試試。安賽姆就像不在家的父母，他雖然盡責固定從紐約打電話來問狀況，但大部分的時候都放任她們自己作主。她們不能期待新執政官也這麼做。

「先布置防禦吧。」亞麗絲說。

她和道斯通力合作，用鹽畫出所羅門結[26]的圖形——簡單的一個圓沒用。畢竟理論上，她們是要打開通往地獄的傳送門，至少是地獄的一個角落，萬一現在達令頓惡魔的部分已經壓過了人性，她們不希望他帶著一群惡魔伙伴在校園肆虐。

所羅門結的每條線都接觸到另一條線，因此無法分辨圖形的起點。亞麗絲參考她從伏魔書描下來的圖案。據說惡魔熱愛謎題與遊戲，這個結會佔據他們的注意力，讓人有時間能夠驅逐他們，而達令頓如果出現，她們會用純銀鏈拴住他。亞麗絲希望她們手中的鏈子真的是純銀。她在庫房找到這幾條銀鏈，希望忘川會沒有省錢買假貨。萬一地獄獸再次企圖跑出來？她們在東南西

26 Solomon's Knot，所羅門是舊約聖經中的王，但這個圖形實際上與他無關，只是借用所羅門王象徵睿智的意義。

北四個角落放上寶石：紫水晶、紅玉髓、蛋白石、電氣石。這些亮晶晶的小玩意可以困住怪獸。

「感覺很單薄耶，妳不覺得嗎？」亞麗絲問。

道斯只是更用力咬下唇。

「不會有問題。」亞麗絲說，雖然她自己都不相信。「接下來呢？」

她們沿著走道每隔幾英呎用鹽畫一條線，加強防禦，以防有東西闖過所羅門結。最後一條線用的鹽是淺棕色的。裡面摻了她們的血，這是最後一道防線。

道斯從包包裡拿出一個玩具小喇叭。

亞麗絲難掩驚愕。「妳要用那個召喚達令頓？」

「我們沒有奧理略會的手搖鈴，而且儀式只要求『能夠激起行動或警覺的樂器』。妳有帶字條吧？」

上次失敗的新月儀式用了黑榆莊的地契，達令頓當初簽署那份文件時滿懷希望與熱切。這次她們沒有類似的文件，但她們在味吉爾臥房的書桌上找到一張蜜雪兒．阿拉梅丁寫的字條，只是幾句詩和一段話：

一座修道院釀造出無比甘醇的雅瑪邑白蘭地，路易十四開玩笑說要殺光裡面的修道士，以免秘訣外流，嚇得他們逃往義大利。這是最後一瓶。不要空腹喝，除非你死了，否則別來煩我。祝你一切順利，味吉爾！

雖然很簡短，但她們把那瓶雅瑪邑白蘭地也帶來了。亞麗絲原本以為會很高貴，但其實只是一個渾濁的綠色玻璃瓶，老舊標籤上的字已經看不清了。

亞麗絲將酒瓶放在所羅門結中央的地板上，道斯一臉譴責地說：「他還沒打開。」

「我們又不是去翻他放內褲的抽屜。只是一瓶酒而已。」

「那不是給我們的。」

「我們又沒有要喝。」亞麗絲沒好氣地說。因為道斯說得沒錯。她們不該偷拿送給達令頓的東西，更不該隨便拿他重視的東西。

等我們帶他回來，他一定會原諒我們，她告訴自己，同時從包包裡拿出一個小玻璃杯倒滿酒，酒的顏色溫暖橘紅，有如傍晚陽光。他會原諒我。原諒我做的一切。

「應該要找齊四個人才對，」道斯說，「這樣東西南北四點才能都有人守。」

她們應該要有四個人。她們應該要找到地獄通道。她們應該要花時間仔細準備，而不是急就章拼湊出儀式。

但她們已經在懸崖邊緣了，亞麗絲很清楚，即使勸道斯懸崖勒馬，她也不會聽。她希望有人把她拖下去。

「來吧。」亞麗絲說。「他在另一邊等。」

道斯深吸一口氣，棕眸太過明亮。「好。」她從口袋拿出一個裝滿芝麻油的小瓶子，開始在桌上塗油，用一隻手指描著桌子邊緣，同時繞著桌子走動，先是順時針然後逆時針，一邊以誇張的語氣念誦阿拉伯文咒語。

回到起點時，她對上亞麗絲的視線，然後手指在油中畫最後一下，關閉那個圓。

圓桌好像突然墜落消失。亞麗絲感覺彷彿注視著永恆深淵。她抬起頭，發現剛才還是玻璃天窗的屋頂現在變成一片漆黑。夜空中繁星閃耀，但現在是大白天。一股暈眩感湧上，她不得不閉上眼睛。

「燒吧。」道斯說。「召喚他。」

亞麗絲劃火柴，舉到字條前面，然後將著火的紙扔進圓桌消失後留下的空洞。紙彷彿飄浮在虛空中，邊緣蜷曲，她趁紙還沒落下，對著火灑上一把鐵粉。文字開始脫離紙張，飄在空中。

順 利 你 死

「後退。」道斯說。她將喇叭舉到唇邊。玩具喇叭的聲音應該扁平低微才對，沒想到卻發出宏亮的聲響在牆壁間迴盪。勝利號角呼喚獵人去收拾獵物。

亞麗絲聽見遠方傳來動物腳掌踏地的輕柔聲響。

「成功了！」道斯低語。

她們俯身靠在原本是桌面的地方，道斯再次吹喇叭，遠處傳來回音。

快來吧，達令頓。亞麗絲拿起那杯白蘭地，倒進滿是繁星的深淵。快回來喝這瓶高級的酒，舉杯慶祝。那首老歌依然在她腦中重複播放。一起來吧。一起來吧。讓我牽起你的手。

腳步聲越來越接近，但越來越不像動物的腳掌。聲音太大，而且越來越大。

亞麗絲環顧房間尋找線索，想知道發生了什麼狀況。「出問題了。」

那個聲音從黑暗中的某處升起。從下面傳來。

亞麗絲透過靴子感覺到巨大聲響震動地板。她低頭望向虛無，聞到硫磺味。

「道斯，快關上。」

「可是……」

「快關上傳送門！」

現在，她在黑暗中看到紅色光點，片刻之後她才明白——是眼睛。

「道斯！」

太遲了。亞麗絲被撞到牆上，一群奔跑的馬匹隨著如雷馬蹄聲從桌子衝出來，噴著熱氣的一整群黑馬。牠們的顏色有如黑炭，紅色眼睛發光。牠們衝出聖殿的門，踏亂了鹽和寶石，朝外面的走道奔去。整群地獄馬踏過一條又一條鹽線。

「攔不住牠們！」道斯大喊。

眼看馬群即將衝破大門跑到街上。

但摻了血的那條線成功擋住牠們的腳步，就好像波浪撞上岩石。馬群左右分開，有如騷亂翻騰的浪潮。一匹馬側躺倒下，尖銳哀鳴有如人類慘叫。那匹馬站起來，然後調頭往聖殿衝去。

「道斯！」亞麗斯大喊。她知道很多死亡真言。她準備了銀鏈、打上許多複雜繩結的繩索，甚至因為惡魔喜歡謎題，而特地弄了個該死的魔術方塊。但她不知道該如何對付一整群從地獄被召喚出來的馬，連牠們的呼吸都噴出硫磺味。

「快閃開！」道斯吼叫。

亞麗絲整個身體緊貼著牆。道斯站在桌子另一邊，紅髮落在臉龐四周，大聲說著亞麗絲聽不懂的話。她舉起喇叭就唇，吹出來的聲音有如一千支號角，霸氣聲勢可比交響樂團。

牠們會踩扁她，亞麗絲想著。她會被踏成粉徹底消失。

馬群跳躍，沉重身體與藍色火焰形成黑色浪濤，道斯將喇叭扔進深淵。馬匹追上去，在空中以難以置信的動作拱起身體，不像馬，比較像海浪翻騰的泡沫。牠們像水一樣流動，接著消失在黑暗中。

「快關上！」亞麗絲大吼。

道斯舉起空空的手掌，互相摩擦一下，動作很像在洗手，彷彿想洗去這一切。「Ghalaqa al-baab ! Al-tariiq muharram lakum !」

接著，一個聲音迴盪穿過空間——可能來自下方，也可能來自上方，難以分辨。但亞麗絲認識那個聲音，他的懇求十分清晰。

等一下。

「不！」道斯尖叫。但已經太遲了。突然響起砰一聲，非常響亮，有如用力關上沉重門扇的聲音。亞麗絲被那股力量推倒。

6

接下來發生的事亞麗絲沒什麼印象。她耳鳴、流淚，硫磺臭味實在太濃，她才剛翻身趴伏就立刻嘔吐。她聽見道斯也在吐，因為太過開心而差點哭出來。道斯在吐就表示她沒死。

羅比衝進聖殿，揮手趕開濃煙，大聲問：「搞什麼鬼？搞什麼鬼？」然後他也吐了。

整個聖殿蒙上一層黑煤灰，亞麗絲與道斯也一樣。那張號稱圓桌武士用過的桌子，從中間裂開。

等一下。

她無法假裝沒有聽見，因為道斯也聽見了。傳送門猛然關上的瞬間，亞麗絲看見她痛不欲生的神情。

亞麗絲爬過去找道斯。她整個人蜷成一團窩在牆邊。「千萬別開口。」亞麗絲低語。「我們只是來視察，沒別的。」

「我聽見他……」淚水湧上道斯的眼眶。

「我知道，可是現在我們得先收拾殘局。跟我說一遍。我們只是來視察。」

「我們只是來視、視察。」

接下來是一片模糊混亂——捲軸鑰匙會的成員怒吼；他們的理事會和校友打電話來抗議；麥克・安賽姆狠狠責備她們，他特地坐大都會北方列車趕來，提出以亥倫坩堝讓圓桌復原。道斯與亞麗絲盡可能清掉身上的煤灰，在捲軸鑰匙會墓的門廳面對安賽姆。

「不是我們的錯。」亞麗絲說。主動攻擊才上策。「我們只是想確定他們沒有擅自開啟傳送門，也沒有進行未經申請的儀式，所以我組織出一個顯現法術。」

她早就準備好了掩飾的說詞。只是她沒想到必須掩飾大規模爆炸，但她也只有這套說詞。

安賽姆來回踱步，他一手拿著手機，電話另一頭，一個捲軸鑰匙會的校友正在大聲怒罵，連亞麗絲都聽得見。他用一隻手蓋住手機。「妳明明很清楚節點不穩定。搞不好會弄死人。」

「圓桌裂成兩半！」電話裡的校友嘶吼。「整個聖殿都完蛋了！」

「我們會派人來清潔。」安賽姆再次蓋住手機，怒氣衝天地低聲說：「去權杖居。」

她們經過一群盛怒的捲軸鑰匙會員，走下臺階到了人行道上。羅比・坎道的樣子像是從煙囪栽下來，他的帆船鞋少了一隻。亞麗絲對道斯說：「安賽姆會怪我，不會怪妳。道斯？」

她沒有在聽。她的眼神震驚、迷離。

因為那句話：等一下。

「道斯，快點振作起來。不管妳受到多大的震撼，千萬不能告訴他們發生了什麼事。」

但是回權杖居的路上，道斯一言不發。

一句話。達令頓的聲音。絕望的要求。等一下。她們差點成功了，差點找到他。只差一點點。

如果是他一定會成功。他總是知道該怎麼做。

她們用西洋芹加杏仁油，花了將近一整個小時才去除身上的惡臭。道斯去用但丁的浴室，亞麗絲去華美的味吉爾臥房，用那裡巨大的獸足浴缸。

她的衣服全毀。

「這該死的工作應該要給衣物津貼才對。」她對權杖居抱怨，穿上忘川會運動服之後下樓去起居室。

安賽姆還在講電話。他比她預期中年輕，三十出頭，長得不錯，商業菁英風格。他看到她，舉起一隻手指要她等一下，於是她去廚房找到道斯。她擺出煙燻鮭魚小黃瓜沙拉，冰桶裡放著一瓶白酒。亞麗絲很想翻白眼，但她確實餓了，而且這就是忘川會的風格。說不定應該邀請地獄獸共進晚餐。

道斯站在洗碗槽前，肥皂水裡堆滿碗盤，她呆望著窗外，水龍頭沒關，剛洗好的頭髮散落。亞麗絲第一次看到她放下頭髮的樣子。

亞麗絲伸手關上水龍頭。「妳沒事吧？」

道斯依然注視窗外。根本沒什麼可看——巷子、旁邊那棟維護良好的維多利亞豪宅外牆。

「道斯？安賽姆還有話要說。我——」

「之前當忘川會得知……黑榆莊可能會有一陣子沒人，於是安裝了保全系統。只是兩臺監視器。」

亞麗絲的胃裡有種不安擾動。「我知道。正門一臺、後門一臺。」桑鐸派人將破掉的窗戶封起來，忘川會也出錢修好了古董賓士車。道斯偶爾會開去辦事，以防太久沒開發生故障。

「有時候……我會收到通知。」她朝放在流理臺上的手機一撇頭。

亞麗絲強迫自己拿起來，滑一下螢幕。什麼都沒有，一片漆黑，邊緣有微微亮光閃爍。

「這是監視器拍到的。」道斯說。

亞麗絲注視螢幕，彷彿想從黑暗中看出什麼圖案。「說不定只是柯斯莫。搞不好牠撞倒了監視器。」

她們試過很多次，想把柯斯莫帶去權杖居，或道斯在神學院附近的公寓，但達令頓的貓說什麼都不肯離開。她們只能定時獻上食物與清水，希望牠會照顧黑榆莊，也希望這棟老房子會照顧牠。

「不要抱太大的希望，道斯。」

「當然不會。」

當然不會。

但道斯依然神情驚恐，亞麗絲知道她在想什麼。

等一下。那句懇求來得太晚，不過，當捲軸鑰匙會的傳送門砰然關上時，達令頓會不會依然設法找到其他出口？她們會不會做對了？她們會不會成功把他帶回來了？

萬一我們犯下大錯呢？萬一在黑榆莊等候的並非達令頓？

「亞麗絲？」安賽姆在另一個房間喊她。「我有話要說。妳一個人來就好。」道斯一動也不動。她雙手抓著洗碗槽邊緣，彷彿抓住雲霄飛車的安全護欄，好像準備要一路尖叫下降。亞麗絲真的明白達令頓對潘蜜拉．道斯的意義嗎？安靜內向的道斯，擅長消失在家具間的道斯。只有他稱之為潘蜜的女孩？

「我們先擺脫掉安賽姆，然後再過去看看。」亞麗絲說。她的語調很穩定，但她的心跳卻在衝刺。

亞麗絲走向起居室去見安賽姆，邊走邊告訴自己一定沒什麼，只是貓。只是闖入的遊民。只是亂跑的樹枝。只是亂跑的小孩。她需要保持頭腦清晰，先設法安撫安賽姆和忘川會理事會。

「我和新任執政官談過了。他本來就不太願意接手這個職位，今天的狀況應該會讓他更沒有信心，因此我打算盡可能低調處置這場小災難。」

現在似乎不太適合說謝謝，於是亞麗絲沒有開口。

「說實話，妳們去捲軸鑰匙會做什麼？」

亞麗絲原本希望安賽姆不會這麼直接。忘川會最喜歡閃避麻煩，他們最擅長掩蓋真相，就像把髒東西掃到地毯底下。她仔細觀察安賽姆——他夏季可能去度假了，膚色依然黝黑，因為今晚的混亂場面所以有些狼狽。他鬆開領口，自己倒了一杯威士忌。他很像在扮演被老婆要求離婚的男子。

「我聞到硫磺味。」他厭倦地接著說。「方圓兩英里的人八成都聞到了。說說看，顯現法術究竟怎麼會出那麼大的問題？不但搞出那種味道，連數百年歷史的圓桌都裂成兩半？」

「你自己說了：節點不穩定。」

「沒有不穩定到會搞出地獄的程度。」他舉起酒杯，同時伸手一指，感覺像要再來一杯。「妳們企圖打開通往地獄的傳送門。我以為我已經說得夠清楚了。丹尼爾·達令頓——」

亞麗絲思考對策。他不會接受意外或顯現法術出錯這種藉口。但她也不能承認她們試圖尋找達令頓，因為現在他可能已經回來了，因為現在可能有更恐怖的東西在黑榆莊等待。

「其實不是意外。」她撒謊。「我是故意的。」

安賽姆愣了一下。「妳故意弄壞圓桌？」

「沒錯。他們去年做出那種事，不該輕易脫身。」

「亞麗絲，」他溫和責備，「我們的工作是提供保護，不是給予懲罰。」

少自欺欺人了。我們的工作是看好那些小鬼，不要讓他們鬧得秘密外洩，然後還要替他們擦屁股。

「他們應該被取消儀式資格才對。」她說。「怎麼可以讓他們若無其事地繼續用魔法？」她語氣中的憤怒是真的。

安賽姆嘆息。「或許吧。不過圓桌是無價的文物，能用亥倫坩堝復原算我們走運。我理解妳的……正義感，但至少道斯應該知道不能這樣亂搞。」

「道斯只是被我拉去而已。我只告訴她儀式需要助手，沒有告訴她我打算做什麼。」

「她不是笨蛋。我不相信這種說法。」安賽姆端詳她。「妳用什麼咒語？」

他在測試她，而她像平常一樣沒有準備。

「是我自己拼湊出來的。」安賽姆的表情像牙疼。很好。他已經認定她是廢物了。這樣一來就能蒙混過去。「我在忘川會日誌找到一個臭彈的老法術，以前有人拿來惡作劇。」

「妳主持正義的方式就是這樣？用臭彈？」

「狀況失控了。」

安賽姆搖頭，將酒喝光。「這裡實在發生過太多蠢到極點的事。真不敢相信竟然有人活下來。」

「看來我只是延續偉大傳統。」

安賽姆似乎不覺得好笑。他不像達令頓，甚至不像桑鐸。忘川會這個組織以及其中的所有奧秘，對他而言都只是人生中一段無足輕重的插曲。

「沒有弄死人算妳走運。」他放下酒杯，注視她的雙眼。亞麗絲盡可能裝無辜，但她太少練習。「我倒是有個理論。今晚妳們去那裡不是為了破壞圓桌，而是企圖打開通往地獄的傳送門，設法找到丹尼爾・達令頓。」

這世上有那麼多笨蛋，為什麼他偏偏不是？

「很有意思，」亞麗絲說，「但不是那樣。」

「就像妳之前說達令頓在地獄的理論？純粹臆測？」

「你是律師？」

「沒錯。」

「從你說話的感覺聽得出來。」

「我不認為那是一種污辱。」

「本來就不是。如果我想污辱你，會說你是兩磅屎裝在一磅的袋子裡。舉例而已。」亞麗絲知道應該要控制怒火，但她厭倦又挫敗。理事會表明他們不相信亞麗絲的理論、不相信達令頓在地獄，禁止她充英雄試圖救他出來。不過，即使安賽姆覺得不爽，他也沒有表現出來。他只是一臉厭煩。「我們至少該為達令頓盡一點力。要不是因為桑鐸院長的陰謀，他也不會在下面。」

其實都是我的錯。

「在下面？」安賽姆重複，語帶困惑。「妳當真以為地獄是個藏在下水道底下的大坑？只要挖得夠深，就能去到那裡？」

「我不是那個意思。」不過她確實是如此想像的。她不關心操作細節，如何開啟傳送門、該怎麼走才能進入地獄通道。那是道斯的工作。亞麗絲是砲彈，道斯負責搞清楚發射的方向，她負責飛過去爆炸。

「亞麗絲，我不想說難聽話。但妳甚至不明白會惹出多大的麻煩。有什麼意義？為了讓妳有機會平息罪惡感？為了證實一個妳甚至無法清楚表達的理論？」

要是達令頓在這裡，他一定能表達得清清楚楚。道斯太膽小，不敢大聲說話，否則她也一定能嗆爆他。

「那去找有足夠學歷的人來說服你。我知道他……」她差點又說出在下面。「沒有死。」此刻，他說不定正在黑榆莊的宴會廳舒舒服服休息。

「妳失去了導師和朋友。」安賽姆的藍眸眼神穩定、仁慈。「或許妳不相信，但我真的懂。可是妳企圖打開一扇不能開的門。妳不知道會有什麼東西跑出來。」

這些人為什麼從來都不懂？保護自己人、償還自身債。這是唯一的生存之道，想要活得堂堂正正就必須做到。

她雙手抱胸。「我們虧欠他。」

「亞麗絲，他不在了。現在妳也該接受現實了。即使妳的想法沒錯，在地獄活下來的那個東西，也早已不是妳認識的達令頓。我欣賞妳的義氣。但如果妳再冒險做這種嘗試，忘川會將不再歡迎妳和潘蜜拉·道斯。」

他舉起酒杯，彷彿以為裡面還有酒，然後又放下推到旁邊。她雙手交疊，她看出他正在思考該說什麼。安賽姆等不及想離開，想回到紐約，回去過他的生活。有些人永遠無法放下忘川會，他們會四處尋找魔法道具或研究奧秘學撰寫論文，這樣的人可能整天關在圖書館，也可能走遍天下尋找新魔法。但麥克．安賽姆不是那種人。他進入法律界，從事需要穿西裝、做業績的工作。他沒有桑鐸院長那種散漫溫和的學者氣質，沒有達令頓的無窮好奇心。他以金錢與規範為支柱，建立起平凡的人生。

「亞麗絲，妳聽懂了嗎？妳沒有下一次機會了。」

她懂。道斯會失去工作。亞麗絲會失去獎學金。一切都會完蛋。「我懂。」

「我需要妳保證這是最後一次，一切都會恢復正常，每個星期四妳都會做好準備去監督儀式。我知道妳沒有受過應有的訓練，但妳有道斯，而且妳似乎相當……足智多謀。蜜雪兒．阿拉梅丁也會幫忙……」

「我們兩個就夠了。我和道斯能夠應付。」

「我不會再為妳護航。亞麗絲，不要再惹麻煩。」

「不會了。」亞麗絲承諾。「你可以信任我。」反正都是撒謊，不分大小一樣簡單。

7

亞麗絲以為安賽姆一走，她們就可以全速直奔黑榆莊，但他讓助理和她們通電話，助理轉接一個又一個捲軸鑰匙會的校友和忘川會理事，讓亞麗絲和道斯一次又一次解釋事情的始末並且沉痛道歉。

亞麗絲按下靜音鍵。「這實在太不健康了。我實在受不了一直假裝懺悔，恐怕隨時會撐不住爆粗口。」

「唉，既然如此，勸妳真心懺悔吧。」道斯沒好氣地說，然後解除靜音，動作彷彿叉起雞尾酒蝦。「部長女士，關於我們今晚造成的損害……」

連環道歉終於在午夜時分畫下句點，她們坐上停在權杖居後面的古董賓士。亞麗絲總覺得這時候開達令頓的車很怪，感覺好像她們只是要順路去接他，他會站在黑榆莊長長的車道盡頭等待，行李掛在一邊肩膀上，準備坐上後座，他們就這樣一直開下去，直到車子拋錨或長出翅膀。

道斯即使在狀況最佳的時候也是個神經兮兮的駕駛，今晚更是誇張，她似乎擔心要是時速超過四十英里車子就會爆炸。她們好不容易才看到黑榆莊入口的石柱。

豪宅四周的森林夏季綠葉依然濃密，因此，當她們看到磚牆與屋瓦的時候已經太接近了，房子好像突然跳出來嚇她們。廚房燈亮著，但她們設了定時開關。

「快看。」道斯的音量很小，幾乎聽不見。

亞麗絲已經在看了。之前舉行儀式要帶達令頓回家時，桑鐸院長刻意搞鬼導致失敗，二樓所有窗戶都破了，先用木板封起來。現在木板邊緣透出琥珀色微光，輕柔閃爍。

道斯把車停在車庫外面。她雙手抓著方向盤，用力到指節發白。「說不定沒什麼。」

「那就沒什麼吧。」亞麗絲說，很高興自己的語氣如此平穩。「方向盤快妳被勒死了，放開下車吧。」

她們不約而同輕輕關上車門，亞麗絲知道她們都怕會驚動在樓上等待的東西。空氣中有股寒意，宣告著夏季即將結束、秋季即將到來。不會再有螢火蟲、不能繼續在門廊上喝酒，小朋友玩鬼抓人遊戲到天黑的嬉戲聲也會消失。

亞麗絲打開廚房門，柯斯莫突然從櫥櫃後面跳出來，嚇得道斯驚呼一聲，牠慘叫著經過她們身邊跑進後院。

亞麗絲的心臟差點從胸口跳出來。「真是的，臭貓。」

道斯將郵差包抱在懷中，彷彿當作護身符。「妳有沒有看到牠的毛？」

柯斯莫身體一邊的白毛好像燒焦了。亞麗絲很想找個合理的解釋。柯斯莫很愛闖禍，動不動就出現新傷疤，不然就是弄得滿身灌木刺，嘴裡叼著慘遭毒手的老鼠。但她無法強迫嘴巴說出來。

離開權杖居之前，她們先去庫房拿鹽，銀鏈也一起帶來了。這些東西現在感覺很傻很沒用，只是小朋友的玩具、老太太的迷信。

道斯站在廚房門口不敢進去，彷彿那真的是通往地獄的門。「要不要打電話給蜜雪兒或……」

「安賽姆？要是我們召喚出怪物，妳真的想讓他知道？」

「哪有這麼安靜的怪物？」

「搞不好是超級大蛇。」

「妳幹嘛嚇我啦。」

「不是蛇。」亞麗絲說。「也可能沒什麼。說不定……只是電線走火或其他狀況。」

「我沒有聞到煙味。」

那麼，閃爍的火光是哪來的？

無所謂。如果今天是達令頓站在這扇門前，他絕不會遲疑。他會是英勇的騎士。雖然他不會像我們毫無準備，但他一定會上樓去。保護自己人、償還自身債。

「我要上去，道斯。妳不想去就算了。我不會覺得妳膽小。」

她真的不會。但道斯還是跟上了。

她們快速經過明亮的廚房，走進黑暗。亞麗絲來餵貓、拿信的時候從來沒有順便進其他房間探險，整棟房子都太安靜、太沒有生氣。感覺像走進被炸毀的教堂。

道斯在大樓梯底停下腳步。「亞麗絲——」

「我知道。」

硫磺。不像剛才在捲軸鑰匙會那麼濃，但絕對不會錯。

亞麗絲感覺冷汗滑下頸子。她們可以轉身離開，準備好充足的武裝、打電話給蜜雪兒·阿拉梅丁，說明她們不顧警告還是做了蠢事。但亞麗絲感覺無法停下腳步。她是砲彈。她是子彈。當道斯告訴她黑榆莊有狀況的時候，就等於扣下扳機。妳企圖打開一扇不能開的門。沒有別的辦法了，只能繼續前進。

到了樓梯頂，她們再次停下腳步。走道上也有同樣的閃爍金光，從宴會廳關閉的門下方透出。接近門口時，道斯深呼吸——鼻子吸、嘴巴呼——想讓情緒平靜下來。亞麗絲伸手握住門把，但嘶了一聲急忙放開。門把很燙。

「我們究竟做了什麼？」道斯顫抖著低聲問。

亞麗絲用上衣裹住手，抓住門把、拉開門。

高溫撲面而來，有如打開烤箱門，裡面沒有硫磺臭；氣味幾乎可說是香甜，類似燃燒木柴。宴會廳裡灰塵很厚，用木板封起的窗戶一樣淒涼，牆邊放著啞鈴和健身器材。桑鐸院長的新月儀式失敗後，她們沒有清除防禦圈。沒有人想回到宴會廳，沒有人想重溫那一夜的恐怖，地獄獸雄踞眾人頭頂，控訴殺人的吶喊，以及那種再也無法挽回的痛苦遺憾。

現在，亞麗絲很慶幸她們那麼孬。粉筆畫出的防禦圈散發金黃光輝，不再是平面的圈，而是微微閃爍的牆，丹尼爾．泰博．阿令頓五世盤膝端坐正中央，像浴盆裡的小寶寶一樣光溜溜。兩隻犄角從他的前額冒出往後彎，隆起處閃耀金光，彷彿注入了融化的黃金，他的身上滿是發光圖案。他的脖子上戴著寬版金項圈，綴著一排排石榴石與碧玉。

「噢。」道斯說，她的視線到處亂飄，好像生怕停留在任何一點，最後終於停在對面的角落——離達令頓的老二最遠的一點，因為那玩意不但一柱擎天而且還發光，活像充電過頭的巨大螢光棒。

他閉著眼睛，雙手輕輕放在膝蓋上，掌心朝下，好像在冥想。

「達令頓？」亞麗絲哽咽說。

沒有回應。高溫似乎直接從他身上輻射而出。

「丹尼爾？」

道斯拖著腳上前一步，運動涼鞋拍打滿是灰塵的地板，但亞麗絲伸出一隻手臂攔住她。

「不要過去。」她說。「我們無法確認那是不是他。」在地獄活下來的那個東西，也早已不是妳認識的達令頓。

道斯神情無助。「他的頭髮長長了。」

亞麗絲花了一秒才理解，但道斯說得沒錯。達令頓一向維持整齊但又不會太整齊的髮型，就像他整個人一樣，不刻意就很出色。現在鬈髮長到了頸子的長度。看來地獄沒有理髮師。

「他……好像沒受傷。」亞麗絲試探著說。沒有疤、沒有瘀血，四肢俱全。但她很清楚，她和道斯有著同樣的想法：當她們努力破解進入地獄這個難題，當她們過日子、看電視、吃冰淇淋、規畫新學年的課程，這段時間達令頓一直活生生受困地獄，很可能受到凌虐。

難道其實連她都不太相信？儘管她提出紳士惡魔的理論？儘管她拚命說服安賽姆和理事會？她心中是否有一部分也相信其他人才是對的，這個荒謬的任務只是她再次企圖傷害自己，想藉此平息害死他的罪惡感？

但現在他在這裡。至少是個外型非常像他的人。

「防禦圈限制住他的行動。」道斯說。「那是桑鐸之前用的法術。」

聆聽空屋的寂靜。這裡不歡迎任何人。桑鐸發現達令頓可能還在另一邊活著，於是利用儀式最後的一點時間，讓他無法回到黑榆莊與人世。

道斯歪著頭。「他好像被困在裡面。」接著她彷彿大夢初醒，表情近乎驚恐。「我們得想辦法把他弄出來。」

亞麗絲看一眼那個全裸長角盤腿的東西，她媽媽一定會稱讚他的瑜伽簡易坐式非常漂亮。

「我不確定那樣做好不好。」

但道斯已經大步走向防禦圈了。她伸出手。

「道斯——」

道斯的手一進入圓中，她立刻尖叫。她踉蹌後退，抓住手指抱在胸前。

亞麗絲衝過去拉開她。硫磺的臭味再次變濃，她強忍住噁心。她蹲在道斯身邊，強迫她放開手。道斯的指尖燒黑了。亞麗絲想到剛才柯斯莫慘叫跑出廚房。牠也試圖接近防禦圈。牠也試圖接觸達令頓。

「走吧。」亞麗絲說。「我送妳回權杖居。那裡一定有魔法藥水或藥膏可以治療吧？」

亞麗絲動手拉她站起來，道斯抗議：「我們不能丟下他。」

達令頓一動也不動默默坐著，有如黃金打造的神像。

「反正他不會跑。」

「都是我們害的。要是我完成儀式，要是傳送門——」

「道斯。」亞麗絲搖她一下。「事情不是這樣的。桑鐸召喚地獄獸——」

低沉咆哮響徹宴會廳。達令頓沒有移動，但那個聲音絕對是他發出來的不會錯。亞麗絲感覺自己全身冷顫。

「他好像不喜歡那個詞。」道斯小聲說。

是你嗎？亞麗絲好想問。她好想直接衝進防禦圈。她會變成一堆灰嗎？一堆鹽？那層閃爍的薄紗另一頭有什麼？達令頓？還是穿著他的皮的怪物？

「走吧。」她說，拖著道斯離開宴會廳下樓。她不想丟下他，但她也不想在那裡多停留，一分鐘也不要。

亞麗絲鎖上廚房門的同時手機發出聲響。她從口袋拿出來，一邊顧著道斯、一邊留意樓上封起的窗戶。看到螢幕上顯示的名字，她猶豫了一下。

「是透納。」她說，將道斯推向車子。

「透納警探？」

打給我。

亞麗絲蹙眉回覆：你打給我。難道你忘記怎麼打電話了？

她不知道為什麼態度這麼差。透納已經好幾個月沒有聯絡過她了。她很清楚，桑鐸院長死去之後他很生氣，但她以為他欣賞她，而且他們合作調查案件很成功。沒想到她的手機幾乎立刻響了。她還以為透納不會理她。他不喜歡別人命令他。

亞麗絲開擴音。

「原來你沒忘記呀？」她說。她將道斯推向副駕座，小聲說：「我開車。」道斯一定很痛，因為她沒有抗議。

「醫學院有具屍體。」透納說。

「醫學院應該有很多屍體吧？」

「我需要妳來看一下，派其他人來也行。」

這句話也有點傷人。透納很清楚去年她的遭遇，但顯然現在她只是忘川會的一個成員了。

「為什麼？」

「感覺不太對勁。快來就對了，如果只是我想太多，那我們就可以繼續不說話了。」

亞麗絲不想去。她不希望透納在需要她幫忙的時候就一通電話過來，平常根本不聞不問。但他是百夫長，而她是但丁。味吉爾才對。

「好吧。你欠我一次。」

「我才不欠妳咧。這是妳真正的工作。」

他掛斷。亞麗絲很想放他鴿子，給他個教訓。但比起煩惱坐在黑榆莊宴會廳的那個東西，她寧願去看屍體。她倒車的速度太快，輪胎激起一片塵土。

史坦，現在不是要逃離犯罪現場。冷靜一點。

她不肯看後照鏡。她不想看到閃爍金光。

道斯縮在副駕座上，身體緊貼著車門。她好像快吐了。「又發生命案？」

「他沒有說是命案。只說有屍體。」

「妳覺得……會不會是我們造成的？」

可惡。亞麗斯沒有想到這種可能。感覺機率不高，但儀式會造成各種魔法反撲，尤其是出錯的時候。

「不會啦。」她說得篤定，但其實心中沒把握。

「要我一起去嗎？」

她心中有一部分很想。道斯更有資格代表忘川會，亞麗絲永遠望塵莫及。她會知道該留意什麼、該說什麼。但道斯內心和身體都受傷了。她需要時間療傷，也需要稍微沉溺於內疚與哀傷。亞麗絲懂那種感覺。

「不用，妳是眼目。這是但丁的工作。」

這句話似乎讓道斯大大安心。她並非因為恐懼而放棄，只是遵守程序。

她們搖下車窗，夜晚涼風吹拂。此刻，她們可以假裝自己在任何地方。可以假裝自己是任何人，沒有恐懼、沒有責任，出發去一個好地方。度假。熬夜跑趴。海邊的豪宅。她們可以假裝達令頓躺在後座，行李塞在座位下面，雙手交疊枕在腦後。她們可以假裝一切平安。

「是他嗎？」道斯在黑暗中低語，晚風劫走她的話語，投向沉睡的城市，以及更遠處的房屋與原野。

亞麗絲不知道該說什麼，於是她打開收音機，駕車朝校園前進，等著權杖居的燈光告訴她，她到家了。

達令頓輕輕鬆鬆就通過了胡狼挑戰——一點也不意外。他整個人充滿忘川會的氣質，很高興終於有人真心熱愛權杖居所給予的一切。我說明亥倫魔藥的特性時，他背誦葉慈[27]的詩句。「世間充滿神奇事物，靜候人類感官發展得更加敏銳。」我不忍心告訴他，我知道這首詩，而且一直很討厭。人類只要蒙著頭奔向那個永恆開悟的時刻，自有耐心無限的神靈加以照看，抱持這種信念未免太輕鬆。

我的新但丁滿懷熱忱，恐怕我最重要的工作將是保護他不被自己的熱血害死。他說起魔法的態度如此自在，彷彿那並非禁忌，也不會索取恐怖的代價

——忘川會日誌，蜜雪兒·阿拉梅丁
（霍普學院）

27 Yeats，愛爾蘭詩人、劇作家。

8

回到庫房之後，道斯一步步指導亞麗絲治療她燒傷的手指，同時不斷堅持說她沒事，不用管她沒關係。亞麗絲看得出來她狀況很糟，但假使道斯想要戴上耳機花兩個小時對著論文發呆，一個字也不寫，亞麗絲絕不會阻止。她把賓士車停在權杖居後面，以免道斯因為擔心她獨自駕駛那輛車而驚慌不安，然後叫車去醫學院。

透納傳訊息告訴她地址，但校園的那一區她不熟。她只去過醫學院圖書館一次，那時達令頓帶她去地下室，走進一個牆上裝著漂亮飾板的房間，靠牆的架子上放著一個個玻璃罐，黑色蓋子，罐身貼上四四方方的標籤，每一個裡面都有一塊人類大腦漂浮。

「庫興[28]的私人珍藏。」他打開架子下面的一個抽屜，裡面存放著一排排迷你嬰兒顱骨。他

28 哈維·威廉斯·庫興（Harvey Williams Cushing，一八六九～一九三九），美國神經外科名醫、腦外科學的先驅，後世稱之「現代神經外科之父」。耶魯大學與醫學院畢業生。

戴上丁腈橡膠手套，然後選了兩個，骷髏會即將舉行的期中預言儀式需要用到。

「為什麼要用嬰兒的？」亞麗絲問。

「嬰兒的顱骨還沒有完全成形，可以顯現出未來的所有可能。別擔心，不會弄壞，我們會再拿回來存放。」

「我才不擔心呢。」畢竟只是骨頭而已。但將顱骨歸還庫與收藏室時，她讓達令頓一個人去。

醫學院圖書館造型美觀、歷史悠久，天花板點綴星星，但是位在喬治街三百號的校舍截然不同。精神醫學系大樓幾乎佔據整條街，灰色的巨型現代風建築。亞麗絲以為會有警車和犯罪現場封條，甚至有記者來採訪。但現場非常安靜。透納的道奇車停在大門前面，旁邊還有一輛深色廂型車。

她在人行道上站了很久。去年她千方百計求透納讓她參與調查，但現在她卻裹足不前，想著坐在金色防禦圈裡的那個東西，可能是達令頓也可能不是。她已經有太多問題要擔心、太多秘密要隱瞞，實在沒有餘力扯進命案。她心中一個神經質的角落也懷疑這是不是精心設下的陷阱，說不定透納發現她幫埃丹討債。

但她只有兩個選擇：回家或直闖烈火，而亞麗絲不太知道怎樣才能不引火上身。她傳簡訊給透納，一分鐘後，大門開了。

他揮手要她進去。透納看起來很帥氣，但他一向如此。他很會穿衣服，身上那套卡其色夏季薄西裝剪裁時尚、摺線筆挺。

看到她身上的全套忘川會運動服，他說：「妳活像剛從少年觀護所逃出來。」

「我正在鍛鍊心肺。我跑步來的。」

「真的？」

「假的。發生什麼事了？」

透納搖頭。「很可能只是普通的死亡事件，沒有牽扯到……怪力亂神。不過呢，經過去年妳搞的那場鬧劇，我決定還是徵詢一下專家意見。」

「透納，去年我可是幫你解決了一件大案。你才是不知道在搞什麼。」

「我已經後悔了，真是不該打給妳。」

「彼此彼此。」

進去之後，大廳安靜昏暗，只有窗戶透進路燈的光。他們搭電梯上三樓，亞麗絲跟著透納走過一條毫無裝飾的走道，頭頂的日光燈很亮。她看到一張輪床，兩個法醫處的人穿著藍色風衣，靠在牆上埋頭滑手機。

他們在等著運走遺體。

「怎麼只有這幾個人？」亞麗絲問。她忍不住想起塔拉命案現場宛如馬戲團的盛況。

「目前看起來還是自然死亡，所以我們盡可能低調處理。」

透納帶她走進狹小雜亂的辦公室，窗戶很大，白天風景應該不錯。現在只有一片黑，像鏡子一樣光滑，倒映出的影像讓亞麗絲有種不自在的感覺，好像跑進了另一個版本的人生。她進過幾次少年觀護所，成年後之所以沒有進監獄，單純是運氣好。看到自己一身運動服站在西裝筆挺的透納身邊，使她感到渺小，她不喜歡這樣。

「她是誰？」亞麗絲問。

那個女人趴在辦公桌上，伸長手臂、頭枕在上面，好像只是小睡一下。花白長髮編成一條麻花辮垂落肩頭，脖子上一條五彩繽紛的鍊子掛著眼鏡。

「妳去參加營火大會了嗎？」透納問。「妳身上的味道……」他遲疑，亞麗絲知道是因為她身上的味道不全然是煙。

「儀式弄的。」她這樣一說，透納果然擺起臭臉。

但他不愧是警探。「今天不是星期四。」

「我想趁課業忙起來之前多多練習。」

他好像知道她在撒謊，無所謂。她沒興趣說明她和道斯想要將達令頓從地獄救出，但結果卻出乎意料。透納甚至不知道她們在設法救人。

「有人發現她死在這裡？」她問。

「她的名字叫瑪珠麗．史蒂芬，擁有終身教職的精神病學教授。在系上任教將近十二年，掌管一間實驗室。夜班清潔人員發現遺體打電話給我。」

「打給你？不是打緊急專線？」

他搖頭。「他是我的鄰居，也是我媽的朋友。他不想惹上警察。」

「我也不想。」

透納揚起一條眉毛。「那就不要惹事。」

亞麗絲全身的反骨都想叫他去死。「為什麼叫我來？」

「仔細看看。鑑識人員已經來過又走了。」

亞麗絲不太想看。加入忘川會之後她已經看過太多屍體了，這更是三天內的第二具。

她繞著遺體走一圈，盡量拉遠距離，不想接近那種失去生命的冰冷。走到另一邊時，她不由得驚呼：「老天。」教授的眼睛瞪得很大，瞳孔變成朦朧的灰色。「怎麼會這樣？中毒？」

「我們還不確定。什麼都有可能。動脈瘤、中風。」

「中風不會變成這樣。」

「對。」透納承認。「我從來沒看過這種狀況。」

亞麗絲謹慎地靠近。「還沒……」

「還沒味道。我們估計死亡時間應該在今晚八點到十點之間，但要等解剖過後才能確認。」

亞麗絲盡可能不表現出鬆了一口氣。她心中有一部分擔心道斯說中了，她們的儀式造成了這起命案。她知道散逸的魔法會造成真正的危害。但這個女人幾個小時之前便過世了。

教授一手放在一本書上。「聖經？」亞麗絲錯愕地問。

「她可能是受不了疼痛而尋求宗教安慰。」透納說。接著又不太情願地表示：「但也可能是刻意布置的。」

「真的假的？」

「仔細看。」

瑪珠麗．史蒂芬一手抓著聖經，一隻手指塞在書頁間，彷彿倒下死亡時，還不忘標記讀到哪裡。

「她標記的段落是哪裡？」

透納用戴著手套的手翻開。亞麗絲強迫自己靠近看。

「士師記？」

「妳熟聖經？」透納問。

「你呢？」

「還可以。」

「這也是警察的訓練？」

「整整六年的主日學校，把我原本可以去打棒球的時間都耗在那裡了。」

「你很會打棒球？」

「沒有。但我也沒有很懂聖經。」

「所以問題是什麼？」

「我不知道。士師記無聊得要命。一堆人名，沒什麼內容。」

「你有沒有調監視器畫面？」

「有。那段時間這棟大樓有很多人在，但我們必須過濾大廳的影像確認有沒有不該出現的人。」他用戴著手套的手指點點桌曆。今天星期六的那一格上，死去的瑪珠麗．史蒂芬——或其他人——寫了一句話：隱藏被趕散的人。「有印象嗎？」

亞麗絲猶豫一下，然後搖頭。「或許。應該沒有。」

「這也是聖經的內容。」

「士師記？」

「以賽亞書。毀滅摩押[29]。」

透納仔細觀察她，想知道她有沒有想起什麼。亞麗絲莫名覺得讓他失望了。

「教授的家屬呢？」她問。

「我們通知了她的丈夫。明天就會約談。三個孩子，全都長大了。他們都會回來，有的開車、有的坐飛機。」

「她丈夫有沒有說她信仰虔誠？」

「根據他的說法，她最接近上教堂的行為就是每週日固定做瑜伽。」

「可是有聖經在，表示她信教。」亞麗絲知道深受喜愛的書是什麼樣子，書脊有裂痕，書頁捲邊、有標記。

透納挑起嘴角笑了一下。「確實。不過妳再仔細觀察。看看她。」亞麗絲不想看。剛才在黑榆莊看到的畫面依然令她震撼，現在透納還要考她。不過她看出來了。

「她的戒指全都鬆了。」

「沒錯。看看她的臉。」

亞麗絲說什麼也不要再次注視那雙蒙上一層白的眼睛。「就是死人的樣子啊。」

「她的樣子像八十歲的死人。瑪珠麗・史蒂芬才剛滿五十五歲。」

亞麗絲的心猛然吊起來，感覺像下樓梯時漏了一階。難怪透納會懷疑秘密社團介入。

「她沒有疾病。」他接著說。「這位教授喜歡去東岩山和沉睡巨人山健行，每天晨跑。我們和兩位辦公室在同樓層的人談過，他們今天稍早才見過她。他們說她看起來很正常、很健康。我們給他們看遺體的照片，他們差點認不出來。」

果然充斥濃濃的超自然嫌疑。但聖經又是怎麼回事？秘密社團不會引用經文。他們喜歡引用的內容更生僻、更奧秘。

「不知道。」亞麗絲說。「感覺不太像。」

透納搓搓臉的下半部。「好吧。如果只是我反應過度，那就直說吧。」

亞麗絲很想這麼說。但確實有問題，不只是一名女性抓著聖經孤獨死去，那雙朦朧的灰眼睛感覺很不對勁。

「我可以搜尋一下忘川會圖書館。」亞麗絲說。「但我希望有來有往。」

29 Moab，中東一個古老民族的名稱，居住在今日約旦死海東岸的山區。舊約聖經中記載因為摩押人與以色列人敵對而遭上帝毀滅。

「規矩好像不是這樣的吧，但丁。」

「現在我是味吉爾了。」亞麗絲說，雖然可能很快就會被開除。「規矩是忘川會定的。」

「史坦，妳感覺不太一樣。」

「我剪頭髮了。」

「才沒有。不過就是怪怪的。」

「我怪的地方可多了，不如我列份清單給你？」

他帶她走出辦公室，對法醫處的人揮揮手要他們進去，他們將瑪珠麗．史蒂芬裝進屍袋運走。亞麗絲很想知道他們有沒有闔上她的眼睛。

快到電梯的時候，透納說：「如果妳在圖書館查出什麼，一定要告訴我。」

「給我毒物分析報告。」亞麗絲回答。「假使真的與秘密社團有關，這是可能性最高的關聯。不過你說得沒錯，很可能根本沒什麼，只是白白浪費我一個晚上的時間。」

電梯門快關上了，透納伸手擋住，門重新打開。「我知道了。」他說。「以前妳感覺好像一直被麻煩追逐。」

亞麗絲按下關門鈕。「喔？」

「現在妳像是被追上了。」

8 夏季

星期日早上九點，亞麗絲搭乘的飛機在洛杉磯機場降落。麥克・安賽姆和忘川會很大方，給她買頭等艙，因此她點了兩杯免費威士忌，喝醉之後一路睡到終點。她夢見在原爆點的最後那一夜，海莉冰冷的遺體躺在她身邊，手裡握著球棒的感覺。這一次，在她揮出第一棒之前，里恩說話了。

亞麗絲，有些門不會永遠鎖住。

然後他不說話了。

她醒來時滿身大汗，洛杉磯驕陽透過飛機窗戶霧霧的玻璃照進來。

天氣這麼熱其實不適合穿連帽外套，但她擔心埃丹會監視從機場抵達的人，於是還是穿上、拉上拉鍊。她搭計程車去到媽媽家附近的7-Eleven便利商店，車資將近一百元。市區感覺飄著一層霾，氣氛蒼涼，鬱悶的灰黃色調有如煮過頭的蛋黃。

她買了冰咖啡和多力多滋，坐在距離媽媽家半條街的地方等。她想看媽媽，確認她平安無事。她考慮過直接去敲門，但沒有先說就跑回家會嚇壞米拉。更何況，要是媽媽問她哪來的機票錢，亞麗絲要如何解釋？

看到媽媽的朋友安卓雅出現在對講機前，她依然感到心中一揪。一分鐘後，米拉出來了，她穿著瑜伽褲、印著繁複法蒂瑪之手[30]圖案的寬鬆T恤，一邊肩上背著環保袋。她們一起出發，以強力健走的動作前進，手臂與雙腿大幅度擺動。亞麗絲跟了一段路。她知道她們要去小農市集，她們會買骨頭高湯、藍藻、有機苜蓿芽。媽媽看起來開心又耀眼，金髮最近才挑染過，柔軟雙臂膚色健康。感覺很陌生。亞麗絲熟悉的米拉總是為了憤怒瘋狂的女兒憂心忡忡。眼前這個人的女兒讀耶魯大學。她暑假忙著打工。她經常傳照片給媽媽：和室友合照、春季鮮花、美味湯麵。

亞麗絲在公園外的長凳坐下，目送媽媽與安卓雅走進市集白色帳棚。她感覺呼吸困難、泫然欲泣，也很想揍人。米拉不是好媽媽，她自己都被人生風暴吹得東倒西歪，根本不可能成為給女兒安定的錨。亞麗絲曾經恨過她，至今心中有一部分仍然恨她。她沒有遺傳到媽媽善於遺忘與原諒的天賦。米拉有著陽光般的金髮、溫柔藍眸、熱愛和平的性格，她的書架上滿是心靈書籍，教人如何變得仁慈、有同理心、溫柔對待世界、成為行善的力量，這些亞麗絲都沒有。無情的事實就是，要是能停止愛媽媽，她早就這麼做了。她可以任由埃丹威脅恫嚇，她只要永遠不回來就好。但愛米拉已經變成一種習慣，她改不掉，她想要更像媽媽的媽媽，但也想要保護現在這樣的媽媽，這兩種心情糾纏在一起，難分難解。

她打電話給埃丹。他沒有接，但一分鐘後她收到一封簡訊。

今晚十點來。

我現在就可以去。這個回答比較安全。她總不能寫：你明明說午餐時間，愛耍人的王八蛋。

幾分鐘的時間過去。沒有回應。他應該不會回了。他是大王，想怎樣就怎樣。不過，假使他想殺她，沒理由等到天黑。她幾乎因此感到安慰。這次召見到底是怎麼回事？陷阱？企圖拐騙亞麗絲說出里恩或埃丹表哥慘死的真相？亞麗絲說服自己她能靠辯解脫身。埃丹認為她是毒蟲、廢物，只要他不把她放在眼裡，她就安全了。

亞麗絲坐著繼續觀察市集片刻，然後跳上一輛公車去凡度拉大道。她告訴自己只是為了打發時間，儘管如此，她還是在以前經常下車的那一站下車，還是走上通往原爆點的路。為什麼？自從被救護車載走之後她再也沒有回來過，她不確定是否準備好去看以前那棟公寓，髒兮兮的外

30 西亞以及北非地區常見的一種掌型護身符，穆斯林認為這一手掌為先知穆罕默德之女法蒂瑪的右手，因此得名。

牆，毫無景觀可言的寒酸陽臺。
不過，那棟建築消失了，不留一絲痕跡，只剩一個巨大的土坑，旁邊堆著大量鋼筋，看來要準備蓋新建物，整塊地用鐵絲網圍起來。
不奇怪。沒有人想租發生過多屍命案的公寓。而且到現在還沒有抓到凶手。沒有人會在這裡立紀念碑，甚至不會放那種單薄的白色十字架，旁邊堆滿廉價鮮花、動物玩偶、手寫卡片。沒有人在乎死在這裡的那些人。罪犯。毒販。魯蛇。
亞麗絲好希望她有帶些漂亮的東西給海莉，一朵玫瑰或那種雜貨店賣的廉價康乃馨，不然也可以從海莉用過的那副塔羅牌裡抽一張帶來。星星。太陽。海莉兩者都是。
難道她以為能在這裡找到海莉？化做灰影在這個悲慘的地點徘徊？不。假使海莉從界幕另一邊回來，一定會去海灘、棧道，那裡有很多人玩滑板、有澆上糖漿的雪花冰沙，製作甜味爆米花的大鍋飄散出香甜熱氣，情侶在刺青店親吻，衝浪客挑戰大海。亞麗絲有點想去找她，在威尼斯海灘待上一個下午，每次看到金髮女生就心跳加速。算是一種贖罪。
「我應該想辦法救我們兩個。」她對著空無一物的前方說。她站在太陽下流汗，直到再也受不了，然後走回公車站。這整座城市感覺像墳場。

剩下的幾個小時，亞麗絲一直待在蓋提博物館，看太陽在霧霾中落下，吃附設簡餐店賣的巧克力脆片餅乾。她強迫自己參觀藝廊，因為她覺得來都來了。現在剛好有傑洛姆[31]特展。她從來沒聽說過這位藝術家，但她詳讀每幅畫作旁邊的資料卡，她在《帕夏的悲痛》前方駐足許久，看著溫柔放在花床上的老虎屍體，想著原爆點變成的那個坑。

快到十點的時候，她叫車去埃丹位在穆荷蘭大道頂端的豪宅。她看到下方四〇五號公路的車流，紅血球、白血球，小燈組成的激流。

到了鐵閘門前面，司機問：「要等妳嗎？」

「不用了，我不會有事。」或許只要重複夠多次就會成真。

她考慮要不要乾脆爬欄杆進去，不過埃丹養了很多狗。她考慮要不要傳訊息給道斯，這樣至少有人知道她來過這裡。不過就算傳了又有麼意義？道斯會幫她復仇嗎？還是透納會拉關係找人關心她的命案，把埃丹叫去，在昂貴律師的陪同下接受問話？

亞麗絲正準備按門鈴，鐵門自動打開，鉸鏈沒有發出半點聲音。她抬頭看，對牆上的監視器揮揮手。**我人畜無害。我只是小人物，不值得為我費心。**

31 Jean-Léon Gérôme，十九世紀法國歷史畫畫家，強烈反對當時盛行的印象派畫風，堅守學院派。

她走上長長的小徑，運動鞋踩在碎石地面上發出喀喀聲響，她可以聽見山下高速公路的聲音。那種聲音就像用雙手摀住耳朵時聽到自己血液流動的聲音。小徑兩旁長著橄欖樹，圓形車道上停著六輛車。一輛賓利、一輛Range Rover、兩輛雪佛蘭Suburban、一輛亮黃色賓士。

豪宅燈火通明，透出光的窗戶看起來像金條，游泳池有如一塊明亮的松綠石。她瞥見幾個人聚集在泳池邊。男性一律頂著精心整理的髮型，上衣不紮進褲腰，牛仔褲非常昂貴；女性一律身材修長苗條、充滿流線感，彷彿從昂貴的瓶子倒出來，她們穿著比基尼搭配絲質罩衫，行走時會隨著身體飄動。她看到一個灰影站在旁邊，是個女鬼，穿著緊身亮片禮服，頭髮剪出羽毛層次，這裡有很多吸引灰影的東西：古柯鹼或K他命帶來的瞬間刺激，以及隨時能夠感受到的欲望搏動，無論聚集在這裡的是二十個人或兩百個人都一樣。以前亞麗絲來這裡，都是為了參加埃丹的大型派對，場面喧譁混亂，超重低音節奏撼動整個山丘，半裸人體泡在游泳池裡，一箱箱以色列伏特加。她和海莉跟在里恩後面，每一次他都好像第一次看到這座豪宅，總是大言不慚地說：「就是這個。我們要分一杯羹。靠。埃丹也沒有多聰明。只是天時地利人合。」

但埃丹很聰明。他的頭腦足夠讓他知道不能信賴里恩，不能讓他經手大批毒品。也足夠讓他察覺亞麗絲有問題。

她瞥一眼泳池邊尋歡的人，想著是不是該打扮得好看一點，不是為了派對，而是為了表現敬重。太遲了。

「嗨，茨維。」她對站在門邊的保鑣打招呼。他不是那種肌肉發達的大塊頭。他很高，但身材精瘦，據說他曾經是以色列國家情報局的特務。亞麗絲只看過他出手一次，有個人帶來的朋友發酒瘋，在派對上開槍。槍聲還在山丘上迴盪，茨維已經奪走槍，並且把那個人扔出門外。後來她得知那個人的一隻手臂兩處骨折。

茨維對她頷首，打手勢要她舉起雙臂。她忍受搜身——迅速有效率，不像埃丹的其他手下那樣拖拖拉拉趁機吃豆腐。結束之後，她跟著茨維進去。埃丹的豪宅地板全鋪大理石，天花板高到有回音，掛著奢華水晶燈。曾幾何時，對亞麗絲而言這些就代表財富、高尚，要價不斐、令人垂涎的寶藏。但耶魯大學讓她變成勢利眼。黃金、嵌入式照明、大理石，這些東西在如今的她眼中只覺得炫富、粗俗。一看就知道是暴發戶。

埃丹坐在大型白色真皮長沙發上，外面大聲播放的R&B音樂透過巨大玻璃門傳進來。

「亞麗絲！」他熱情地說。「真是驚喜。我以為妳不會來呢。」

「我怎麼可能不來？」她問。無害、隨和，只是一隻小兔子，不值得費力去捉。

他大笑。「沒錯、沒錯。妳應該不希望我過去找妳。想吃東西嗎？還是來點喝的？」

永遠都想。「不用麻煩了。」

「亞麗絲。」他溫柔責備，語氣像寵孫的爺爺。「吃東西是好事。」不管了。亞麗絲需要他相信她很無辜，無辜的人沒理由緊張。她不需要隱瞞。「好，謝謝。」

「妳總是很有禮貌。不像里恩。愛莉薩做了派。」他對另一個帶槍的男子揮揮手，後者走進廚房。

「愛莉薩過得好嗎？」愛莉薩是埃丹的廚師，她對這棟房子裡發生的事很有意見。

埃丹聳肩。「她就是愛抱怨。我送她……那叫什麼來著？迪士尼年度套票。現在她每個星期都去。」

埃丹的小弟回來了，手上端著一大塊櫻桃派，附一球香草冰淇淋。

透過玻璃門，亞麗絲看到那個穿亮片緊身禮服的灰影在舞池旋轉，雙手高舉過頭，鬼魂身體緊貼著其他跳舞的人，但他們完全不知道。

亞麗絲強迫自己吃一口派。

她還沒吞下去就忍不住說：「老天。這應該是我吃過最好吃的東西。」

「對吧？」埃丹說。「所以我才一直留著她。」埃丹看著她吃。亞麗絲再也吃不下的時候，將盤子放在玻璃大茶几上，然後擦擦嘴。

「我以為現在妳應該死了。」他說。

照理來說應該如此。

「我以為妳會嗑太多藥死掉，」他接著說，「不然就是又交到爛人男友？」

確實很有可能。「對，我認識了新對象。他很好。我們要搬去東岸。」

「紐約？」

「還沒決定。」

「住在那裡很花錢。現在就連王后區也不便宜了。我始終沒有查出是誰殺死艾瑞奧。就連流言也沒有。那天晚上發生了那麼大的事，不可能沒有人八卦。我自己盯著消息，也要大家都盯著。但什麼都沒有。」

「真是遺憾。」

埃丹再次聳肩。「很怪，妳知道吧？因為那件案子一點也不乾淨俐落。手法粗糙，一看就是外行人幹的。這樣的人不可能躲得太好。」

「我不知道那天晚上發生了什麼事。」亞麗絲說。「那些人殺了我的朋友，要是我知道他們是誰，絕不會幫忙掩護。」

「里恩是妳的朋友？」

這個問題讓她吃了一驚。「算是吧。」

「應該不是。」他比比後院。「那些人不是我的朋友。他們喜歡我的食物、我的房子、我的毒品。一群吸血鬼。妳知道，就像湯姆·佩蒂的那首歌[32]？」

「當然知道。」

「我好愛那首歌。」他拿出手機點了幾下，吉他刷弦的演奏響徹整個客廳。「茨維在翻白眼。」亞麗絲回頭看面無表情的保鑣。「他覺得我需要聽新音樂。但我喜歡這首歌。我不認為里恩是妳的朋友。」

亞麗絲和里恩在一起很多年，和他住在一起、和他上床、為他跑腿、為他運毒。她曾經為他偷盜、扒竊，她曾經為他和陌生人性交。即使她不想要的時候也讓他上。他從來沒有給過她高潮，一次也沒有，但他偶爾會逗她笑，這或許更有意義。她很高興他死了，她從來沒有費事打聽他葬在哪裡、父母有沒有去認領遺體。如果是朋友，她應該要感到內疚、悔恨或其他心情，但她完全沒有。

「或許不是吧。」亞麗絲讓步。

「很好。」埃丹說，彷彿他是心理治療師，他們終於有了突破。「警察的毛病就是他們只看——」他舉起一隻手放在臉前面。「這裡。只調查那些理所當然的事。所以他們調閱道路監視器找車。幹下這種殘忍罪行的人怎麼可能走路？」他的兩隻手指前後擺動，像一個沒有頭的人在空中行走。「走路。傻瓜才會這麼做。但是有所謂睿智的傻瓜。」

大二生這個詞的英文sophomore源自於希臘語，sophos的意思是睿智，moros則是傻瓜。這是教授講的一個小笑話。亞麗絲沒有說話。

「於是我想，多少調查一下，反正沒有壞處。」

看來壞處很大，亞麗絲想。埃丹已經知道她殺死了艾瑞奧？他叫她來這裡真的是為了復仇？難道她像個蠢蛋一樣自己來送死？

「妳知道瓦諾文街上那家當鋪吧？」

亞麗絲知道。全谷典當交易中心。有一次她急需現金，在那裡當掉了外公的猶太逾越節儀式銀杯。

「他們有一臺監視器全天候對準店前面的人行道。」埃丹說。「沒事他們不會查看影片。但我有事。艾瑞奧有事。於是我去看了。」

32 Tom Petty（一九五〇～二〇一七），美國歌手、音樂製作人。這裡提到的歌曲是他一九八九年推出的〈Free Fallin'〉，其中有一段歌詞：那些吸血鬼在谷區走動，往西去到凡度拉大道（All the vampires walkin' through the valley. Move west down Ventura Boulevard）。

他舉起手機。亞麗絲知道會看見什麼，但還是接過去。

人行道微微泛著綠光，馬路上幾乎沒有車，有如河流一般漆黑。一個女生走進鏡頭。她只穿著坦克背心和內褲，雙手緊握著一個東西。亞麗絲知道那是什麼：里恩的木球棒最後剩下的殘骸。她用那支球棒殺死了里恩、貝恰、科克、卡邁。以及埃丹的表哥艾瑞奧。

她伸出手指滑過螢幕倒轉。她感覺到埃丹注視著她在算計，但亞麗絲的視線無法離開螢幕上的那個女生。她感覺太亮，像是在發光，在夜視攝影的綠光中，她的眼睛感覺很怪。*海莉和我在一起*，她想著。*在我身體裡*。最後那一夜，海莉給她力量，幫她湮滅證據，帶她去洛杉磯河洗掉血跡。海莉直到最後都在保護她。

「小女生。」埃丹說。「那麼多血。」

畫面上的人就是她，不需要否認。「那時候我嗑藥了，完全不記得——」

她沒有說完。一隻粗壯的手臂勒住她的喉嚨，讓她無法呼吸。茨維。

亞麗絲拚命想掰開他的手臂，用指甲抓茨維的皮膚。她感覺到整個身體被他從沙發上拉起來，雙腿在空中亂踢。她甚至無法尖叫。她看到埃丹坐在白沙發上，看著她的眼神帶著冷漠的好奇，她透過玻璃門看到狂歡的人聚集在泳池邊，完全不知道裡面發生了什麼事。穿亮片緊身裝的女鬼依然在跳舞。

亞麗絲沒有思考。她伸出一隻手，心靈向灰影索求力量。她口中瞬間湧出香菸和櫻桃唇蜜的味道，喉嚨後方發癢，就像剛剛吸了K他命。她聞到香水與汗水的氣味。力量在體內爆發。

亞麗絲抓住茨維的手臂用力捏。他錯愕痛呼。她感覺到他的骨頭在手中扭曲。他放開她，亞麗絲往後翻過沙發。她手腳並用站起來，抓起邊桌上的大雕像一揮。但茨維動作太快，而且儘管她體內充滿力量，但她沒有受過打鬥訓練。她只有蠻力。他輕易躲開那一下攻勢，慣性讓雕像砸向牆壁，因為力道太大而直接穿透。她感覺到茨維一拳打在她的肚子上，她吐光肺裡的所有空氣。亞麗絲單膝跪下抓住茨維的一條腿，用灰影的力量拽倒他。

「夠了、夠了。」埃丹拍手大聲說。

茨維立刻退開，他瞇起眼睛、舉起雙手，動作彷彿安撫野獸。亞麗絲蹲在地上，準備逃跑，拚命喘息。她看到茨維的手臂上有她的指痕，已經開始瘀血了。

埃丹依然坐在沙發上，但現在他滿臉笑容。「看到艾瑞奧的慘狀時，我想著，怎麼可能。這個小丫頭不可能把人打成這樣。」

亞麗絲領悟到她犯了大錯。他叫她來不是為了殺她。如果要殺她，茨維不會空手，他會用刀或繩索。他會出殺招，而不是只打她的肚子。

「嗯，」埃丹說，「現在我懂了。亞麗絲．史坦，我們來談個生意吧。」

這只是一場遊戲。不對，是面試。她知道會有陷阱，但沒想到他設下的會是這種陷阱。她自投羅網。睿智的傻瓜。

10
十月

亞麗絲離開犯罪現場之後叫車坐了一小段路回宿舍。她好像應該走路才對，但醫學院附近治安不佳，她很累，沒精神和歹徒搏鬥。

等到她盥洗完畢、上床蓋被，已經凌晨三點了。梅西睡得很熟，亞麗絲非常慶幸不必回答任何問題。她睡著了，夢見自己走上黑榆莊的樓梯。她進入宴會廳、穿過金色防禦圈屏障，溫熱的感覺很舒服，就像進入熱水池。達令頓在等她。

亞麗絲不記得醒來的經過。上一刻她在睡覺，下一刻就站在防禦圈裡和達令頓在一起；再下一刻，她獨自站在黑榆莊門外，秋季天空下只有她一個人。整棟房子黑漆漆，只有二樓封起的窗戶邊緣透出金光。她聽到風吹過樹梢搖動葉片的聲音，呢喃叮嚀著：夏天快結束了、夏天快結束了。

她低頭看腳，全是污泥與鮮血。

我真的在這裡？還是作夢？她在精神醫學系大樓和透納分開之後就直接回宿舍，刷牙、上床。或許她還在床上。

但她的腳很痛。她的手臂冒出雞皮疙瘩。她只穿著當作睡衣的短褲和坦克背心。

她慢慢意識到現實。她很冷，自己一個人在黑暗中。她走路來到這裡。赤腳。沒帶手機。沒帶錢。

她這輩子從來沒有夢遊過。

亞麗絲伸手按住廚房門。玻璃映出她的身影，在黑暗中慘白如骨。她不想進去。她不想走上那道樓梯。她撒謊。她感覺到夢境拉扯。剛才，她和達令頓一起站在金色防禦圈裡，現在她想回去。

她抬頭看窗戶。他是不是知道她在這裡？他要她來的？

「見鬼了。」她說，音量太大，因為被四周的樹林吸收而消失得太突然，彷彿禁止聲音傳到外面的世界。

她必須回宿舍。她可以召喚灰影，借灰影的力量回家，但她的腳已經痛得要命了。此外，經過在怪咖家的那起小變故，現在她覺得不該讓灰影進入身體。她可以跛腳走去加油站，也可以打破玻璃進去打電話給道斯，前提是屋裡的電話還能用。

這時她想到了：監視器。有人出現在門口時，道斯會收到通知。她瘋狂對門鈴揮手，感覺像個白癡。「道斯，」她說，「妳在嗎？」

「亞麗絲？」

亞麗絲把頭靠在冰冷的石牆上，她從來沒有這麼高興聽見道斯的聲音。「我好像夢遊了。妳可以來接我嗎？」

「妳走路去黑榆莊？」

「我知道。現在我半裸，快要凍死了。」

「旁邊那盆繡球花下面有鑰匙。進去取暖。我會盡快過去。」

「好。」亞麗絲說。「謝謝。」

她將花盆掀開，拿出鑰匙。然後發現自己站在餐廳。開門、走過廚房的這一段她毫無印象。她甚至沒有開燈。大餐桌上蓋著舊床單擋灰塵。她拿起床單裹在身上，因為急著取暖也顧不得髒了。

等道斯來。她全心全意想等她，但剛才她也全心全意打算待在廚房爐臺邊。

她感覺好像還在睡、還在作夢，好像沒有拿鑰匙，也沒有和道斯說話。她的腳想要動。房子為她開啟，因為他在等。

可惡，達令頓。亞麗絲抓住樓梯扶手。她站在樓梯底。她回頭看寬敞客廳與窗外的花園。她雙手抓住扶手，希望能不要動，但她是不聽話的人偶，企圖抗拒操縱的線。她必須繼續往上爬。上樓、走向宴會廳。沒有地毯，她的腳步聲無法變輕。

經常出現在黑榆莊的灰影，她只看過一個。老年男性，浴袍永遠半開，嘴裡刁著菸。他來來去去，好像無法決定該不該留下。此刻屋裡沒有他的蹤影。她的口袋裡沒有鹽，沒有墳土，沒有任何保護。

她用意志力命令自己不准開門，但她還是開了。她的手指勾住門把。「道斯！」她大喊。但道斯還沒到黑榆莊。這棟老屋裡沒有別人，只有亞麗絲和那個惡魔，那個曾經是達令頓的東西坐在防禦圈中央，用明亮的金色眼眸看著她。

他依然盤腿坐著，雙手掌心朝下放在膝上。但現在他的眼睛睜開，閃耀金黃，和他身上的紋路一樣。

「史坦。」

光是他的聲音便足以讓她震撼到鬆開緊握門把的手。但她沒有蹣跚上前。他用來控制她的那種力量消失了。

「你搞什麼鬼？」

「不打招呼嗎，史坦？現在是下午嗎？還是早上？在這裡很難判斷。」

亞麗絲強迫自己站著不動，不逃跑、不哭泣。那個聲音，確實是達令頓。全然人類、全然是他。只有一點點回音，彷彿他在山洞深處說話。

「現在是深夜。」她擠出回答，聲音粗啞。「我不確定幾點。」

「麻煩妳幫我拿幾本書來。」

「書？」

「對，我很無聊。我知道這代表心靈怠惰，但……」他輕輕聳肩，身上的圖案隨之閃爍。

「達令頓……你知道你一絲不掛吧？」

像一尊淫穢的雕像，雙手放在膝蓋上，犄角發光，勃起的陽具也發光。

「我是惡魔，不是笨蛋，史坦。不過我的尊嚴早已損耗殆盡。妳自己的打扮也沒多端莊。」

亞麗絲用力抓緊床單。「你要哪些書？」

「妳選吧。」

「你大老遠把我拖來這裡，就是為了給你拿書？」

「我沒有拖妳去任何地方。」

「我大半夜赤腳走過整個紐哈芬，總不會是因為覺得這樣很爽吧？我被控制了。」但這麼說好像也不對。那種感覺和使役金幣或星光粉不一樣，也不像她遭遇過的其他詭異魔法。感覺更深層。

「有意思。」他的語氣好像一點也不覺得有意思。

亞麗絲後退，每一步都想著她腳會不會突然不聽話，她會不會被留在這裡。走出門外之後，她停下來片刻調整呼吸。

是他。他活著。

而且他沒有生氣。除非這是一場騙局。他回來了，而且沒有誓言復仇，也沒有要懲罰亞麗絲見死不救。但這究竟怎麼回事？是什麼帶她來這裡？

她考慮要不要乾脆逃跑。道斯很快就會到。說不定她已經到這條街了。但亞麗絲衝出去的時候要說什麼？*惡魔強制我服從命令！他要我幫他拿書！*

說實話，她不想走。她不想離開他。她想知道接下來會發生什麼。

她爬樓梯走上三樓，去到達令頓在塔樓裡的圓形臥房。自從新月儀式失敗後，她再也沒來過，那天她來這裡尋找鬼新郎命案的真相。

她望向窗外。弧形車道延伸到樹林中，從這裡看不到外面的馬路。道斯還沒有出現。她不確定心裡的感覺是擔憂或慶幸。

無論如何，幫達令頓選書這件事本身就是惡夢任務。要為品味高尚的惡魔提供娛樂，該選什麼書？最後她選了一本探討現代主義都市計畫的書、一本線圈裝訂的伯特倫・古德修[33]傳記、一本平裝版的黛安娜・韋恩・瓊斯[34]小說《神犬天狼星》。

她回到宴會廳，忍不住問：「書不會燒起來嗎？」

「先拿一本試試。」

亞麗絲將那本平裝書放在地上用力一推。書滑進屏障，似乎沒有損傷。

達令頓伸出一隻手抓住書。他脖子上的項圈閃閃發光，石榴石有如紅色眼眸注視。

「你的珠寶可真炫。」她說。那個東西太大，其實不能稱之為項圈。從他的喉嚨延伸到雙肩，感覺像法老王會戴的東西。

「那是枷鎖。想拿去典當？」

「反正你戴著沒什麼好處。」

他一手衷情撫摸那本書。文字似乎閃動了一下，變成陌生的符號。「願吾得以令汝等愛書勝於愛母。」他喃喃說。

33 Bertram Goodhue，二十世紀美國建築師，以其在哥德復興式和西班牙殖民復興式建築設計方面的工作而聞名。
34 Diana Wyne Jones，英國奇幻小說家，《霍爾的移動城堡》原著作者。

他的指尖長出金黃利爪，回憶突然湧上她的心頭，他從身後貼著她身體的感覺。我會服侍妳到世界末日。

儘管宴會廳很熱，她還是打了個寒噤。

「怎麼會那樣？」她問。「為什麼沒有燒起來？」

「故事存在於所有世界，永垂不朽。就像神一樣。」

她不確定該作何感想。她將其他書也推進防禦圈的屏障中。

「可以嗎？」她問。她的整個身體都在徬徨，她很想逃跑，也渴望留下。獨自和他站在宴會廳裡感覺很危險，這個不全然是人的人，這個她認識也不認識的生物。

達令頓瀏覽書名。「現在這些就可以了。不過呢，比起《神犬天狼星》，作者的另一本作品《火與毒芹》似乎更合適。來，」他說，「接住。」

他將平裝書拋向空中，亞麗絲想都沒想就接住，驚覺會碰到防禦圈時已經太遲了。她伸長的手臂碰上屏障的瞬間，她嘶聲抽氣。

但什麼都沒有發生。書「啪」一聲落在她手中。亞麗絲呆望著書，以及伸到金色屏障另一邊的手臂。

為什麼她沒有像道斯那樣燒傷？

她的刺青變了。發出金光，而且好像有了生命：命運之輪轉動；上方的獅子在她的手臂上來回潛行；牡丹花綻放之後凋謝，接著又再次綻放。她收回手，書掉在地上。

「搞什麼鬼？」

惡魔注視著她，亞麗絲蹣跚後退一步，她這才理解剛才發生的事。既然她能進去，是否他也可以……

「我不能出去。」他說。

「口說無憑。」

「證明恐怕是不智之舉。」

「為什麼？」

他的眉間皺起，她感覺到心中一揪。儘管頭上長了犄角、身上多了圖案，但那個表情是達令頓沒錯。

「因為每次接近防禦圈，我就覺得更不像人類。」

「達令頓，你究竟是什麼？」

「那妳又是什麼，輪行者？」

那個詞讓亞麗絲感覺有如挨了一巴掌。他怎麼知道？他知道多少？貝爾邦稱呼她輪行者。她宣稱自己也是，但亞麗絲在忘川會的藏書中沒有找到任何提到這種人的資料。

「你怎麼會知道這個詞？」她問。

「桑鐸。」他說出這名字時，咆哮震動地板。

「你在……界幕另一邊見到他？」

達令頓那雙奇特的金眸注視她。

「史坦，妳不敢說出那個詞嗎？妳很清楚這段時間我在哪裡，過了邊境很遠的地方、過了界幕很遠的地方。桑鐸進入那個領域時，我的主人熱烈歡迎。那是個為了私利行凶的殺人犯。在所有語言中，貪婪都是罪孽。」他的臉上輪流閃過兩個表情，互相角逐，一個是厭惡，另一個則是近乎惡毒的滿足。一部分的他很高興能懲罰桑鐸，另一部分的他感到厭惡。

「達令頓，小小復仇對靈魂有益。」

「那個詞最好不要隨便亂用，史坦。」

她猜想他說的應該不是復仇。

「亞麗絲？」道斯的聲音從一樓傳上來。

「最好不要讓她看見妳在這裡。」

「到底怎麼回事？達令頓？」亞麗絲低聲問。「我們要怎麼幫你？怎麼把你弄出來？」

「找到地獄通道。」

「相信我，我們很努力在找。你該不會知道在哪裡吧？」

「要是知道就好了。」他的語氣有種走投無路的感覺，但同時他大笑一聲，讓亞麗絲的手臂汗毛直豎。「不過呢，我只是個凡人，沒有繼承任何力量。找到通道下去。我不能存在於兩個世界之間太久。繫繩遲早會斷裂。」

「你會永遠困在地獄？」

他的表情再次閃過兩種表情。絕望，期待。「也可能是我現在變成的東西會在人間肆虐。」他很接近防禦圈邊緣。亞麗絲沒有看到他移動，甚至沒有看到他站起來。「我有各種嗜欲，史坦。不見得全都……健全。」

他指尖的利爪刺透金色屏障，亞麗絲蹣跚後退，發出尖銳驚呼。

達令頓似乎變形了。他變得更高、更壯；犄角看起來更尖銳。口中冒出獠牙。我覺得更不像人類。

接著，他似乎把自己拽回防禦圈中心。他恢復坐姿，雙手放在膝上，彷彿根本沒有動過。說不定他真的在冥想，希望能約束惡魔的那一面。

「找到通道下去。史坦，來救我。」他停頓一下，金色眼眸猛然睜開。「拜託。」

那個詞，如此痛苦、如此人類，讓她再也無法承受。亞麗絲逃跑，衝過走道、奔下樓梯。她在樓梯底一頭撞上道斯。

雙方都奮力保持平衡，道斯大喊：「亞麗絲！」

「走吧。」亞麗絲拉著道斯往廚房走去。

道斯任由亞麗絲拉著她走，同時追問：「發生了什麼事？妳不該上去——」

「我知道。」

「我們不知道上面那個是什麼——」

「我知道，道斯。我們先出去，我會慢慢解釋。」

亞麗絲打開廚房門，撲面而來的清新冷空氣讓她滿心感激。她還記得貝爾邦說的話：所有世界都對我們開啟。只要我們有勇氣就能進入。包括地獄嗎？剛才穿透屏障時她毫髮無傷，就像夢裡一樣。要是她進入防禦圈，會發生什麼事？

亞麗斯赤腳踩到碎石子，痛得悶哼，差點跌倒。

道斯抓住她的手肘。

「亞麗絲，別急。來。」她遞上一雙柔軟的白色長筒襪和一雙運動涼鞋。「我帶來給妳穿的。尺寸太大，但總比赤腳好。」

亞麗絲坐在門墊上穿上鞋襪。她不想重新進去。她的頭嗡嗡作響，身體感覺很奇怪。

「妳上去做什麼？」道斯問。

亞麗絲聽出她語帶責備，因此不知道該怎麼回答。她考慮撒謊，但要解釋的事太多了。例如，她怎麼會穿著睡衣跑來黑榆莊。

「我一醒來就在這裡了。」她說。現在恐慌退去，她冷得發抖。「我夢見……我夢見我在這裡，然後就真的在這裡了。」

「妳夢遊？」

「應該是。後來我感覺好像還在夢遊。我不太清楚是怎麼去到宴會廳的。但……他說話了。」

「他跟妳說話？」道斯有點太大聲。

「嗯。」

「這樣啊。」道斯似乎縮進內在，關切的朋友讓位給盡責的保母。「先讓妳暖起來吧。」

亞麗絲任由道斯扶她站起來、護送上車，道斯將暖氣開到最強，自從新月儀式那晚之後，暖氣總是會飄出淡淡硫磺味。道斯一手放在方向盤上，彷彿在思考該怎麼做。

接著，她開車往校園去。路上幾乎沒有車，亞麗絲很想知道有沒有人看到她夢遊，有沒有人攔住她問她需不需要幫助，半裸的女生赤腳在黑暗中行走，就像海莉過世那夜。

她們回到權杖居時才一點，亞麗絲的腳塗上厚厚一層治療藥膏，放在鋪了毛巾的抱枕上，手邊擺著一杯茶，道斯坐下，翻開筆記本。「好，說吧。」

亞麗絲沒想到她會如此沉著，她以為道斯會咬嘴唇甚至流眼淚。但現在道斯進入眼目的角色，開啟研究模式，準備記錄、調查，亞麗絲非常慶幸。

「他說快沒有時間了。」亞麗絲開個頭，然後盡力說明其他部分：他差點碰到防禦圈，他拜託她們去找地獄通道，但他不知道在哪裡。

道斯輕聲嗯了一下。

「他沒有理由不告訴我們。」亞麗絲說。

「說不定他沒辦法說。這要看……要看他變成惡魔的程度。惡魔熱愛猜謎，記得嗎？他們從來不會有話直說。」

「他也提到桑鐸。他在另一邊見到他。他說那裡的主人歡迎他。」

「這就是我的意思。」道斯說。「無論他服侍的惡魔或地獄獸是誰，他大可以直接說出，但他不說。關於這個主人的事，他還說了什麼？」

「不太多。他只說桑鐸是為了私利而殺人。他說在任何語言中，貪婪都是罪孽。」

「那麼達令頓的主人可能是瑪門[35]、普利圖斯[36]，古爾維格[37]或其他貪婪之神。等我們找出地獄通道的位置以及顯現的方式，或許有幫助。還有嗎？」

「沒有了。他要書，我去幫他拿。他說他很無聊。」

「就這樣？」

「就這樣。他還說了什麼愛書勝過愛母親的。」

道斯柔和微笑。「那是古埃及諺語。非常適合他。」

埃及。亞麗絲坐直，腳從抱枕滑落。

道斯驚呼。「拜託不要把藥膏弄到地毯上！」

「書沒有燒起來，他說故事永垂不朽。」

「所以？」道斯問，慌慌張張去廚房拿抹布。

亞麗絲回想起和達令頓一起走進史特林圖書館，入口上方有四個石雕銘文，其中一個是古埃及文。

35 Mammon，在基督教中掌管七宗罪中的貪婪，被形容是財富的邪神，誘使人為財富互相殺戮。

36 Plutus，古希臘神話中財富的神明。在但丁的〈地獄篇〉第七章中，普利圖斯是財富的魔鬼，守護著他的地獄第四層「囤積者和揮霍者」。

37 Gullveig，北歐神話中的女神。

「史特林圖書館是哪一年建造的？」

「印象中是一九三一？」道斯在廚房說。「那時候大家真的非常討厭圖書館的設計。印象中他們形容為『雜交大教堂』。他們說看起來太像……」道斯在門口停下腳步，手裡拿著濕抹布。

「他們說太像教堂。」

「聖地。」

早已死去的邦其留下的那段話，她和道斯的解讀都太表面。她們找錯地方了。

道斯魂不守舍地慢吞吞回到起居室，手裡的抹布還在滴水。「約翰．史特林捐款建造那座圖書館。」她坐下。「他是骷髏會的成員。」

「這不代表什麼。」亞麗絲謹慎地說。「骷髏會有很多有錢人。」

道斯點頭，動作依然很慢，彷彿身在水中。「最初選定的建築師突然過世，另一個人接手。」

亞麗絲等候。

「詹姆士．甘博爾．羅傑斯接手設計工作。他是捲軸鑰匙會的成員。他的中間名甘博爾有賭博的意思，而龐特同樣有賭博的意思。」

強尼和龐特的朋友建造了一座通道。建造地點是聖地。

現在道斯雙手緊握抹布，像拿著麥克風準備唱歌。「願吾得以令汝等愛書勝於愛母。史特林圖書館的入口上方也有這句諺語，在銘文上方。是用象形文字寫的。」

故事永垂不朽。圖書館不正是裝滿故事的建築嗎？

「是史特林。」亞麗絲說。「那座圖書館是通往地獄的門戶。」

謹以此紀念
約翰・威廉・史特林
生於一八四四年五月十二日
歿於一九一八年七月五日
一八六四年獲學士學位；一八七四年獲碩士學位
一九八三年獲法學博士學位：律師
忠義益友
可靠顧問
進取領袖
慷慨校友
建築師詹姆士・甘博爾・羅傑斯

——史特林紀念圖書館入口之紀念銘文

若我必成為囚徒，那麼圖書館是我唯一選擇的監獄。

——英王詹姆士一世，
史特林紀念圖書館展覽藝廊入口門楣之銘文

11

亞麗絲誠心誠意打算幫助道斯研究，但她在權杖居起居室醒來時，早晨的陽光從窗戶照進來。她的胸口上放著一本翻開的書，彷彿當作被子蓋，那是一九三一年版《耶魯校刊》，裡面詳細描述了史特林圖書館的裝飾。

她感覺溫暖輕鬆，彷彿昨夜在黑榆莊發生的事全都是想像，今天可以是單純平凡的週日。她伸手摸摸地板，感覺好像在輕輕震動。

「是你弄的嗎？」她問權杖居，往上望著格子天花板，以及用黃銅鏈掛在高處的吊燈。霧玻璃燈罩中的燈泡輕柔閃爍。權杖居知道她需要休息，所以在看顧她。至少感覺如此，或許亞麗絲需要這麼相信。

道斯在茶几上留了一張字條：我要去拜內克圖書館。早餐在流理臺上。睡醒打電話給我。壞消息。

什麼時候才會有好消息？什麼時候道斯才留字條給她說：一切平安。快去寫報告吧，這樣妳的進度才不會落後太多。廚房有剛出爐的司康，還有兩隻可愛小狗狗喔。

亞麗絲必須回宿舍，但她快餓死了，早餐都準備好了，浪費掉太可惜，於是她穿著道斯的巨大運動涼鞋拖著步伐走進廚房。

「靠。」她說。流理臺上擺著好幾盤鬆餅，一大盆點綴細香蔥的炒蛋，小山般的培根，花卉壺裡裝著溫熱的荷蘭醬，而且還真的有一堆草莓司康。這裡的食物足夠餵飽一整個無伴奏合唱團，只要他們願意暫時停止哼哼唱唱，把嘴用來吃東西。道斯用烹飪安撫自己，這麼大量的食物表明那個消息真的非常壞。

亞麗絲每種都拿了兩個，盤子裡堆得高高的，然後打電話給道斯，但是她沒有接。妳嚇到我了，她傳訊息。所有東西都超好吃。

吃完之後，她拿隨行杯裝了咖啡，在塑膠袋裡塞了三片巧克力脆片鬆餅準備晚一點吃。她考慮要不要去一下忘川會圖書館，查查透納那件案子的聖經句子和會讓人變老的毒藥，但這件事不急。她需要先洗個熱水澡，換上真正的衣服。離開時，她拍拍門把，心中質疑自己一下，她究竟是在和房子交朋友還是瘋了。

她穿過校園，回到強艾住宿學院，正要上樓去宿舍時，她的手機終於傳來訊息通知。

中午來史特林會合。我們需要四個殺人凶手。

亞麗絲呆望著道斯的訊息，然後回覆：我去超市看看有沒有。要不要乾脆來個半打以防不夠用？

手機鈴聲響起。「我不是在開玩笑。」

「為什麼要四個，道斯？」

「為了進入地獄。我認為達令頓提起桑鐸就是為了這個。他在給我們暗示。地獄通道開啟之後，需要四個人完成儀式，四個朝聖者站在四個方位。」

「我們真的要——」

「捲軸鑰匙會那次我們想抄捷徑，妳也看到後果了。我不想炸掉圖書館。而且我認為……」

道斯欲言又止。

「什麼？」亞麗絲催促，早晨的樂觀徹底煙消雲散。

「要是出差錯，我們可能會回不來。」

亞麗絲靠在牆上，聽著在石造樓梯間迴盪的交談聲，大學清醒的聲音，古老水管傳來水流聲，有人在唱一首老歌，歌詞提到貝蒂・戴維斯[38]的眼睛。她無法假裝驚訝。地獄通道、名叫邦其的青年，這些話題談久了，會讓人以為這一切只是遊戲，這樣很危險。魔法變得太容易。有太多機會讓人想要輕率嘗試，只因為反正可以。

「我懂，道斯。不過我們已經騎虎難下了。」從新月儀式那次，亞麗絲提出紳士惡魔的瘋狂理論，她們就知道只要達令頓可能還活著，她們就無法放棄。但現在的風險比春天那時更高。她想起夢中里恩說：**有些門不會永遠鎖住**。唉，捲軸鑰匙會的儀式失敗那次，她們等於把這扇門炸開，現在，一個半人半怪物的東西受困黑榆莊的宴會廳。「我們要救他。」她說。「要是無法救他，就必須阻止他。」

「這……這是什麼意思？」道斯問，她的恐懼有如探照燈尋覓答案。

意思是，要是她們無法讓達令頓重獲自由，那就不能冒險讓惡魔解脫束縛，如此一來，可能必須將達令頓連同惡魔一起毀滅。**我現在變成的東西會在人間肆虐**。但道斯還沒準備好，不能告訴她這句話。

「史特林見。」亞麗絲說完之後掛斷。

她走完剩下的樓梯，感覺又累了。不然先睡一下再去圖書館見道斯。她推開門走進宿舍客廳，以為會看到梅西窩在安樂椅上，抱著電腦和一杯茶。但梅西直挺挺坐在長沙發上，身上穿著風信子睡袍——對面坐著蜜雪兒・阿拉梅丁。達令頓的導師，他的味吉爾。

暑假的時候蜜雪兒參加她們的研究會議，最後卻落荒而逃，那之後她就沒見過蜜雪兒了。她穿著格紋連身裙、毛線外套、編織平底鞋，豐盈長髮編成麻花辮，脖子上繫著俏皮的絲巾。她的樣子很有格調。她的樣子像大人。

「嗨。」亞麗絲說，因為太過驚訝，一時說不出別的話。「我……妳等很久了嗎？」

「不久，不過我要趕火車。妳怎麼穿那樣？」

亞麗絲忘記了她還穿著短褲、忘川會運動衫、道斯的泡泡襪和運動涼鞋。「我先去換衣服。」

亞麗絲匆忙走進臥室，梅西趁機用嘴型問：她是誰？但這個問題，亞麗絲很難用比手畫腳回答。

她進臥房關上門，打開窗戶用冷冽的清晨空氣醒腦。就這樣，夏季結束了。她穿上黑色牛仔褲與黑色圓領開襟上衣，脫掉運動涼鞋換上她的靴子，最後隨便刷兩下牙。

亞麗絲從臥房出來，蜜雪兒問：「有沒有方便談話的地方？」

「我可以出去讓妳們聊。」梅西主動說。

「不。」亞麗絲說。她才不要把梅西趕出宿舍。「我們出去。」

38 Bette Davis，活躍於二十世紀三〇～八〇年代的美國好萊塢女演員。那首歌則是一九八一年由 Kim Carnes 演唱的〈Bette Davis Eyes〉。

她帶蜜雪兒下樓。她原本想去強艾圖書館，但那裡已經有人在排桌子了。

「我們去雕塑園好了。」蜜雪兒提議，推開雙扇門。亞麗絲有時會忘記還有這麼個地方，就在閱覽室外面，一大片空地鋪滿碎石，擺著少少幾件藝術裝置。其實沒什麼好看，只是夾在兩棟建築之間的一片安靜園地和幾棵樹。

「結果妳還是闖禍了。」蜜雪兒說。她坐在長凳上，雙手抱胸。「我不是叫妳不要試？」

「這種話我聽多了。安賽姆告訴妳的？」

「他想知道妳和道斯有沒有聯絡我，也想知道妳們是不是企圖把達令頓帶回來。」

「他怎麼會——」

「有人看到我們桑鐸的葬禮上站在一起說話。而且我是達令頓的味吉爾。」

「所以？」亞麗絲問。

「我沒有……當抓耙子。」

她好像在模仿刑偵影集《法網遊龍》的台詞。

「但妳也不會幫我們。」

「幫妳們什麼？」蜜雪兒問。

亞麗絲猶豫了。如果告訴蜜雪兒，她很可能轉頭就會告訴安賽姆。但達令頓認為蜜雪兒是忘川會的高手。雖然她不願意惹得一身腥，但說不定她還是願意幫忙。

「我們找到地獄通道了。」

蜜雪兒瞬間坐直。「達令頓說得沒錯？」

亞麗絲不禁莞爾。「當然囉。地獄通道真的存在，而且就在校園裡。我們可以——」

但蜜雪兒舉起一隻手。「不要告訴我。我不想知道。」

「可是——」

「亞麗絲，我是因為得到獎學金才能上耶魯。忘川會很清楚。他們之所以選上我，這也是部分原因。我需要他們的錢，很樂意聽從他們的命令。我的味吉爾是傑森・巴克雷・卡萊特，他很懶惰，因為他有錢，不需要努力。我沒有那種本錢。妳也一樣。希望妳想想這件事會讓妳付出多大的代價。」

亞麗絲想過了。但她的決心沒有改變。「我虧欠他。」

「呵，我沒有。」

簡單明瞭。「我以為妳欣賞達令頓。」

「確實。他是個好孩子。」她只比他大三歲，但蜜雪兒就是這麼看他的，扮演騎士的孩子。

「他想要相信。」

「相信什麼？」

「一切。道斯有沒有說清楚妳加入了什麼？這種儀式需要做什麼？」

「她說過我們需要四個殺人凶手。」唉，只需要再找兩個，因為她和道斯已經滿足這個特殊要求的一半了。

「那只是開始而已。地獄通道不是魔法傳送門，不是走進就好。必須死掉才能進入地獄。」

「我死過。」亞麗絲說。「我去到了邊境。這次我也能平安回來。」

蜜雪兒搖頭。「妳根本不在乎，對吧？妳打算蠻幹。」

我是輪行者，亞麗絲很想說。一定要由我去。但是就連她自己也不清楚輪行者是什麼。感覺很傻、很幼稚——我很特別、我身負使命——但儀式其實更接近蜜雪兒的描述。亞麗絲當然打算蠻幹。她是砲彈。她不擅長其他事，但只要給她足夠的推力，讓她積蓄足夠的動能，她可以一拳打穿任何東西。

「死亡其實沒有那麼糟。」亞麗絲說。

「我知道。」蜜雪兒遲疑一下，然後拉起袖子，亞麗絲第一次看到她手臂上的刺青。一個分號。她懂那個符號的意義[39]。

「妳自殺未遂過。」

蜜兒點頭。「高中的時候。忘川會不知道，否則他們絕對不會用我。風險太大。我去過另一邊。其實我什麼都不記得，但我知道不像跳上公車那麼簡單，我永遠不要再回去。亞麗絲……我不是來幫安賽姆刺探消息的，我是想警告妳。界幕另一邊的東西，絕對不只是灰影而已。」

亞麗絲想起邊境的水，她在對岸看到的奇怪形體，水流拉扯她的腳。她想起將她拉去黑榆莊的那股力量，想要她去宴會廳，甚至進入防禦圈。「他們企圖把我留在那裡。」

蜜雪兒點頭。「因為他們很餓。妳有沒有讀過《齊闕爾惡魔論》？」

當然沒有。「沒有，不過聽說那本書令人愛不釋手。」

蜜雪兒翻白眼。「達令頓一定很受不了妳。忘川會有一本。勸妳做出瘋狂的事之前先讀讀那本書。死亡不只是去陰間遊覽。我用盡全力好不容易才回來，我不要冒險再去一次。」

亞麗絲無法反駁。就連道斯對她們的計畫也有疑慮，蜜雪兒有權好好活下去，和忘川會一刀兩斷。這讓亞麗絲很憤怒，幼稚的憤怒，不想被丟下的憤怒。只憑她和道斯沒辦法成功。

「我懂了。」她說，一聽就知道在嘔氣，讓她覺得很丟臉。

39 美國女性 Amy Bleuel 於二〇一三年為了悼念死於自殺的父親而發起「分號計畫」（Project Semicolon）。目的在於鼓舞參與的人。飽受心理疾病的人們在手上或其他地方紋身或是畫上分號（因為分號用於原本可結束的句子結尾，暫時不畫上句號，可以接著將想說的講完），當受到情緒所困擾時，可以告訴自己要堅強活下去，拒絕將生命畫上句號。

「希望妳真的懂。」蜜雪兒深深嘆息，很高興終於能甩脫肩上的重擔。她閉上眼睛吸一口氣，嗅到最初的秋季氣息。「以前達令頓很喜歡這裡。」

「他又沒死。」亞麗絲糾正。

蜜雪兒的笑容溫柔憂傷。亞麗絲嚇壞了。她認為我們會失敗。她知道我們會失敗。

「妳有沒有看過紀念銘板？」她問。

亞麗絲搖頭。

蜜雪兒帶她走到一扇窗前。「建築師喬治．道格拉斯．米勒是骷髏會的人。他做了很大規模的計畫，打算要擴建骷髏會墓，增建宿舍。」她指著通往雕塑園的階梯，兩旁各矗立著一座塔。亞麗絲腦中響起達令頓的聲音，低聲說：還弄了雉堞，仿造中世紀風。亞麗絲從來沒有注意過這兩座塔。「那兩座塔是從舊的校友會館搬來的。一九一一年耶魯拆除校友會館，米勒把塔搬來這裡，這是他偉大計畫的第一步。但後來他沒錢了，也可能是失去幹勁。」

她點點窗臺下方的銘板。上面寫著：原衛爾館之部分建築，一九一七年由耶魯大學購入。大學部一八七〇年畢業生喬治．道格拉斯．米勒於一九一一年動工建造，他夢想「在紐哈芬的心臟地帶重現牛津大學的經典四方庭院」，此即為其中一部分。但令亞麗絲訝異的其實是第二段。以其授意，特立此銘板以紀念其獨子山謬．米勒（一八八一～

一八八三），生於斯亦歿於斯。

「以前我沒注意過。」蜜雪兒接著說。「認識達令頓之前，我根本不知道這些事。我希望妳能帶他回來，亞麗絲。但千萬記住，忘川會不在乎妳我這樣的人。沒有人會關心我們的安危，我們只能靠自己。」

亞麗絲伸出手指輕撫銘板上的文字。「達令頓在乎。為了妳、為了我、為了任何需要拯救的人，他一定願意下地獄。」

蜜雪兒拍拍裙子。「亞麗絲，就算只是為了記錄地獄的氣象，他也願意去。」

亞麗絲討厭她高高在上的語氣，但蜜雪兒說得沒錯。達令頓不計代價想到得到所有知識。她很想知道他變成的那個東西是否也一樣。

「妳搭火車來的？」亞麗絲問。

「對，我還得趕回去，晚上要和男朋友的爸媽吃飯。」

非常合理。但亞麗絲總覺得蜜雪兒隱瞞了什麼。她揮手道別，蜜雪兒走下拱頂樓梯，那條樓梯通往高街，她可以在那裡搭計程車去火車站。

亞麗絲身邊響起一個聲音：「那是我。」她努力控制不做出反應。那個滿頭小螺絲鬈的小灰影，坐在銘板上方的窗臺上。「我很高興他們把我的名字寫上去。」

亞麗絲不理他。她不希望灰影知道她能聽見他們的故事與抱怨。活人的故事和抱怨就已經夠煩了。

梅西在客廳等。她換上南瓜色毛衣和燈芯絨裙子，彷彿空氣中一出現入秋的訊號，她就必須以服裝應景。亞麗絲進去時，她的腿上放著筆電，但沒有打開。

「看來今年也會像去年一樣？」梅西問。「妳動不動就搞消失然後差點被殺？」

亞麗絲坐在安樂椅上。「第一部分沒錯……第二部分希望不會？」

「我喜歡有妳在。」

「我也喜歡能存在。」

「剛才那個人到底是誰？」

亞麗絲猶豫了。「她說她是誰？」

「妳表哥的朋友。」

亞麗絲說謊不用打草稿。一向如此。從她發現能看見別人看不見的東西，從她意識到「瘋狂」、「不穩定」這種標籤很容易黏上但很難拔掉，她就開始學習說謊。她感覺到那所有善意的謊言在舌頭上蓄勢待發，就像三流魔術師變出來的一串絲巾。忘川會與秘密社團要求她撒謊。保密。忠誠。

哼，去他媽的。

「達令頓不是我的表哥。他也沒有去西班牙。我需要和妳談一下去年發生的事。」

梅西撥弄筆電的電源線。「妳腰上出現巨大咬傷，我不得不打電話給妳媽媽那件事？」

「不是，」亞麗絲說，「是發生在妳身上的事。」

她不確定梅西會有何反應。但如果她不願意觸碰，亞麗絲隨時可以停止。

梅西將筆電放在旁邊，然後說：「我好餓。」

亞麗絲沒想到她會說這句話。「如果妳想吃果醬餡餅，我可以幫妳加熱，不過我這裡有……」她從包包拿出道斯做的巧克力脆片鬆餅。

「妳在包包裡放早餐帶著到處走？」

「說實話？隨時都有。」

梅西幾乎吃光了鬆餅，亞麗絲泡了兩杯咖啡，然後開始說出一切。秘密社團、達令頓、大一發生的鳥事。亞麗絲說得越多，梅西的眉毛揚得越高。她偶爾會點頭，但亞麗絲不確定只是要她繼續說下去，還是梅西真的明白了。

最後亞麗絲不是講完了，而是講不下去了，彷彿沒有足夠的詞彙可以敘述那麼多的秘密。四周的所有東西感覺都那麼平凡，不適合這樣的故事。回音很大的樓梯間傳來開關門的聲音，中庭有人在大聲喊叫，約克街上匆匆駛過的車輛。亞麗絲知道她和道斯約好的時間可能已經過了，但她不想低頭看手機。

「那麼，」梅西緩緩說，「妳的刺青就是在那裡弄的？」

亞麗絲差點笑出來。上個學年尾聲時，她的手臂上突然冒出整片包手刺青，牡丹、蛇、星星，但沒有人提起。就好像他們無法接受這種事竟然可能發生，於是頭腦自動進行必要的修正。

「不是在那裡弄的，只是達令頓幫我藏起來一陣子。」

「用魔法？」梅西問。

「嗯。」

「魔法真的存在？」

「嗯。」

「而且超級危險，會弄死人？」

「沒錯。」亞麗絲說。

「還有點噁心？」

「非常噁心。」

「今年暑假我常常祈禱。」

亞麗絲盡可能不表現得太過驚訝。「有幫助嗎？」

「有時候。我也接受心理治療。我用了一種特殊的APP，也和專業人士談過去年發生的事。這些都有助於讓我不要一直想。我也和我們的牧師談過。但我還是無法為布雷克的死感到遺憾。」

「應該要嗎？」

梅西大笑。「亞麗絲！大家都說寬恕是療癒的第一步。」

但布雷克沒有要求寬恕。他從來不會提出要求。他只是在世上橫行，看到想要的東西就強取豪奪，直到終於被阻止。

「我不知道如何寬恕。」亞麗絲承認。「我好像也不想學。」

梅西用手指捏著毛衣下襬搓揉，研究毛線的織法，彷彿那是一篇需要翻譯的文章。「告訴我他怎麼死的。」

亞麗絲說了。她沒有提起新月儀式或達令頓。她從布雷克闖進權杖居開始說起，兩人打鬥，他控制住她，讓她無法動彈乖乖挨揍，以及最後道斯用亥倫・賓漢三世的半胸像砸破他的頭。她說出布雷克哭了，以及後來她發現他手中握著使役金幣。他企圖殺害她的時候，其實是受到桑鐸院長的操縱。

梅西注視著那一塊南瓜色毛線布料，手指不斷來回搓動。「我不只不感到遺憾……」她終於說。她的聲音低微、顫抖，有如動物哀鳴。「我很高興他死了。我很高興他能體會身不由己、驚恐害怕的感覺。我……很高興他在恐懼中死去。」她抬起視線，眼眶漲滿淚水。「為什麼我會這樣？為什麼我還是這麼憤怒？」

「我不知道，」亞麗絲說，「但我也是那樣。」

「我不斷回想派對前的每個時刻，好多、好多次。我穿了什麼衣服、說了什麼話。為什麼那天晚上他會選我？他在我身上看到什麼？」

亞麗絲不知道該如何回答這些問題。原諒去了那個派對的自己。原諒認定世界很安全、不會到處有禽獸躲在門邊伺機襲擊的自己。但她知道沒有這麼容易。

「他根本沒有看見妳。」亞麗絲說。「那樣的人……他們看不見我們。他們只看到機會。能夠掠奪的東西。」至少這部分蜜雪兒說得沒錯。

梅西抹去眼淚。「妳說得好像在商店偷東西。」

「有一點像。」

「不要再騙我，好嗎？」

「我盡量。」

這是亞麗絲所能給最好的回答，不然她又得撒謊了。

12

接下來一個小時，梅西問了很多問題，全都關於魔法與忘川會。感覺很像口試，但亞麗絲認為她虧欠梅西，於是盡可能解釋，她不得不接受一種很不舒服的領悟：梅西比她更適合加入忘川會。她頭腦聰明，法語流利，拉丁語也不錯。但她沒有殺過人，所以不符合資格，無法參與此次的活動。

亞麗絲準備出門去見道斯，梅西說：「祝妳順利。盡可能不要死掉之類的。」

「至少今天不會。」

「妳不交男朋友是因為達令頓嗎？」

亞麗絲握著門把停住。「他和這件事有什麼關係？」

「呃，他不是妳表哥，而且他是我遇到過最好看的人類？」

「他是朋友。導師。」

「所以咧？」

「他……很昂貴。」達令頓太好看，讀過太多書、去過太多地方。他不只是材質特殊，就連設計與剪裁也太精緻。

梅西笑嘻嘻說：「我喜歡昂貴的東西。」

「他不是喀什米爾羊毛圍巾，梅西。他有角。」

「我有一塊形狀像威斯康辛州的胎記。」

「我要走了。」

「別忘記英幽要選一本書！」梅西在她身後大喊。

當代英國小說中的幽默。亞麗絲期待蒙提．派森劇團[40]那種搞笑作品，結果卻得到《幸運兒吉姆》[41]、《黃色筆記紙上的小說》[42]。算是還不錯啦。她很高興終於能逃離梅西的拷問，出門前答應一起吃晚餐。她忙著保住小命，哪有心情交男朋友，連約炮都沒空。無論達令頓脫光衣服有多好看，他和這件事一點關係也沒有。

40 Monty Python，英國的超現實幽默表演團體。該劇團對於喜劇的影響力，不亞於披頭四樂團對音樂的影響。
41《Lucky Jim》，英國作家金斯利．艾米斯（Kingsley William Amis，一九二二～一九九五）所創作的滑稽小說。
42《Novel on Yellow Paper》，英國作家史蒂維．史密斯（Stevie Smith，一九〇二～一九七一）所創作的小說。

道斯在史特林圖書館前面等，就在雕塑作品「女人桌」43旁邊，她整個人無精打采，好像隨時會睡著。亞麗絲感到一股不舒服的內疚。道斯不適合這種工作。她應該要平安待在權杖居，精心構築她的論文，有如呵護生長緩慢的花園。她是後勤人員、室內貓。在捲軸鑰匙會舉行的儀式已經大大超出她的舒適圈，但結果卻讓兩個人都沒有成就感。現在道斯的樣子活像被揍了一頓。睡眠不足讓她黑眼圈很嚴重，頭髮沒洗，亞麗絲相當確定她依然穿著昨晚的那套衣服，雖然說道斯的衣服都差不多，實在很難分辨。

亞麗絲很想叫她回家休息，她可以靠自己搞定。但她實在不可能搞定，而且她不知道還有多少時間，那個曾經是達令頓的怪物就像炸彈，隨時可能爆炸。

「妳有沒有睡？」亞麗絲問。

道斯用力搖一下頭，手中緊抓著亞麗絲拿著睡著的那本一九三一年《耶魯校刊》，以及一本黑色厚布面筆記本。「我在忘川會圖書館待了一整夜，想要找出曾經走過地獄通道的人留下的紀錄。」

「有發現嗎？」

「一點。」

「這是好事，對吧？」

道斯的臉色太蒼白，雀斑好像漂在皮膚上。「我搜尋留有任何儀式蛛絲馬跡的紀錄，結果勉強算是有根據的資料還不到五筆。」

「足夠讓我們開始準備嗎？」

道斯煩躁地瞥她一眼。「妳沒有在聽。這些儀式沒有正式紀錄，沒有人討論，因為全都失敗了，因為參與的人想要隱瞞結果。有人發瘋、有人消失、有人慘死。地獄通道可能是造成松尼斯城[44]毀滅的原因。這不是我們應該隨便亂動的東西。」

「蜜雪兒也這麼說。」

道斯眨眨充血的眼睛。「我……妳告訴她地獄通道的事？」

「她來找我。她告誡我們不要繼續嘗試。」

「很有道理。」

「那麼，妳想放棄？」

「沒那麼簡單！」

43 一九八九年，耶魯大學為彰顯歷來就讀的女性，特別委託藝術家林瓔（Maya Lin，亦為耶魯校友）製作紀念雕塑，一九九三年落成。

44 Thonis，埃及古城，位於尼羅河三角洲西側，建造亞歷山卓港之前曾是埃及的地中海門戶，但受到地震與海嘯侵襲，大部分都已沉入水下，二〇〇一年才重新被發現。

亞麗絲將道斯拉到牆邊，壓低聲音說：「就是這麼簡單。除非妳想闖進捲軸鑰匙會再開一次半吊子傳送門，否則這就是唯一的辦法。要是不做，我們就得毀滅他。沒有其他選擇了。」

「儀式一開始我們就得被活埋。」道斯在發抖。

亞麗絲一手彆扭地按住她的肩膀。「先看看查到什麼再說，好嗎？我們不一定要實踐。現在只是研究而已。」

這番話的效果就像念了變身咒。

道斯顫抖著吁出一口氣，點點頭。研究是她的專業。

「告訴我銘文的事。」亞麗絲說，她急著想找個無關死亡與毀滅的話題。

「一共有八個。」道斯說，後退幾步指著史特林大門上的石材浮雕。「全都來自世界各地不同的地區。比較接近現代的文明在右邊：瑪雅、中國、希臘、阿拉伯。那裡的圖案是雅典娜的貓頭鷹[45]。左邊則是四個古文明：克羅馬儂人洞穴畫、尼尼微圖書館的亞述文銘刻、希伯來文則取自於舊約聖經〈詩篇〉……埃及象形文字是由陸德羅．西昆．布爾博士所挑選的。」

頤吾得以令汝等愛書勝於愛母。很適合刻在圖書館的一句話，但或許沒有這麼簡單。

道斯微笑，剛才發現的事讓她整張臉亮起來。「布爾博士是捲軸鑰匙會的成員。他一開始學的是法律，後來才改成古埃及學。」

改變未免太大。亞麗絲感覺興奮激動。「這是地獄通道的第一關。」

「可能。如果真的是，我們必須將血塗在第一個門戶上以喚醒通道。」

「為什麼每次都要用血？為什麼不能用果醬或藍色蠟筆？」

倘若這裡真的是通道的第一關，下一關會在哪裡？她端詳彎腰工作的抄寫員、象形文字、腓尼基船的槳、巴比倫公牛的翅膀，一個中世紀學者站在正中央，彷彿在記錄兩邊的文化。答案會不會就在這些浮雕中？可能性太多，要解讀的符號太多。

她們默默穿過入口的拱門進去。但圖書館內部更是令人嘆為觀止。

「這裡有多大？」

「超過四千平方英尺。」道斯說。「而且到處都有石雕或彩繪玻璃。每個房間都有主題，就連員工餐廳也一樣。清潔工的儲藏室上方刻了水桶和抹布。裝飾選自各式各樣的來源——中世紀文稿、伊索寓言、Ars Moriendi[46]。」道斯停在寬敞走道的中央，笑容消失。

「怎麼了？」

45 希臘神話中，小貓頭鷹（Athene noctua）代表或伴隨著處女智慧女神雅典娜，這種鳥通常被稱為「雅典娜的貓頭鷹」，在西方世界被用作知識、智慧、洞察力和博學的象徵。

46 大約於一四一五年與一四五〇年左右編寫的兩份拉丁文文本，提出善終必須遵守的程序與規範。

「Ars Moriendi。字面上的意思是『死亡的藝術』。指導如何獲得善終。」

「只是研究，記得嗎？」亞麗絲催促，內疚再次襲上心頭。道斯真的很害怕，亞麗絲知道如果她停下腳步認真思考，很可能也會知道要害怕。她拉長脖子看圓拱屋頂，重複的花朵與石頭圖案，吊燈本身造型也很像玫瑰。「確實很像教堂。」

「宏偉的大教堂。」道斯附和，現在稍微鎮定了一點。「耶魯建造風格如此浮誇的建築，在當時引起不少爭議。我調出的一些文章都大肆批評。但一般認為第一位建築師古德修只是延續校園其他建築的哥德風傳統。」

古德修。亞麗絲想起達令頓臥房的書堆上放著他的線圈裝訂傳記。難道他是故意派她上去？

「但古德修死了。」亞麗絲說。「很突然。」

「當時他非常年輕。」

「他和秘密社團無關。」

「據我們所知沒有。詹姆士・甘博爾・羅傑斯接替，史特林支付所有費用。入口有塊獻給他的銘板。當時，這是給大學的捐贈中最慷慨的一筆。他也出錢建造了史特林醫學館、史特林法學大樓，還有神學院。」道斯遲疑一下。「中庭有座迷宮。據說是為了鼓勵冥想，但——」

「但其實是作為謎題而存在？為了困住企圖亂跑的惡魔。」

道斯點頭。「史特林沒有子女。他終身未婚，和一名友人同住四十年。詹姆士・布洛司。他們共用一個房間、一起旅行。為他寫傳記的作家說他是史特林的多年至交，但他們很可能是戀人，廝守一生的伴侶。史特林的遺囑要求在他死後銷毀所有文件與信件。一般認為是為了保護他和布洛司，但說不定他要隱瞞的不只這個而已。」

例如，建造地獄通道的藍圖。

亞麗絲回頭看入口。「如果銘文是第一關，接下來是什麼？」

「達令頓用一句銘文引導我們來到史特林，他不是隨便選一句。」道斯揮舞《耶魯校刊》。「而是古埃及文那句。有兩個房間的彩繪玻璃引用了古埃及《亡者之書》。在主題上……」

但亞麗絲已經沒有在聽了。她低頭看通往櫃臺的長形大廳地面，然後抬頭看上方的壁畫，色彩清晰明亮，與整棟建築肅穆的氣氛不合。

「道斯。」她打斷道斯的話，雖然興奮，但也有點怕會害自己丟臉。「會不會下一關就在我們眼前？那個是瑪莉亞吧？聖母瑪莉亞？」願吾得以令汝等愛書勝於愛母。

道斯愣住一下，注視那幅壁畫中央金髮白袍的女子。「那不是瑪莉亞。」

「噢。」亞麗絲難掩失望。

「那個人物叫做 Alma Mater。」道斯說，因為太過興奮，聲音都在抖。「滋養之母。」

她們快步前進，幾乎難以壓抑想要奔跑的衝動。

壁畫非常巨大，在一個哥德風拱形壁龕裡。畫面主角是一個高雅女子，一手拿著翻開的書，另一手捧著圓球。背景是一面金色窗戶，窗外可以看見城市景觀。但也可能不是窗戶。或許是門。

「她看起來真的很像瑪莉亞。」亞麗絲觀察道。這幅壁畫放在教堂祭壇上也不違和。「甚至旁邊還有個修士呢。」

那個女子的身邊圍著八個人。八個人，界幕八會？好像有點牽強。

「左邊那兩個女性是光明與真實。」道斯說。「其他則是藝術、宗教、文學之類的。」

「可是他們都沒有指出下一步在哪裡。我猜應該不是左就是右。」

「也可能向上。」道斯說。「通往圖書區和辦公室的電梯。」

「文學指著左邊。」

道斯點頭。「但光明與真實面向右邊，看著……樹。」她抓住亞麗絲的手臂。「像壁畫上的一樣。知識之樹。」

滋養之母的頭部上方，疑似圖書館的建築圓拱間冒出一棵樹的枝枒——完美呼應右側拱門上方的石雕。另一個入口。可能是地獄通道的下一關。

「我知道這裡引用的句子。」亞麗絲邊說邊走過去。「吾人端坐勤研讀，逝去偉人共高談。」

「湯森？」道斯問。「我對他瞭解不多。他是蘇格蘭人，現在已經很少人讀他的詩了。」

「但是書蛇會在儀式開始時會朗誦這段。」圓拱下方放著一個沙漏，這也是念死之物。可能是路標。可能沒什麼。但是……

「道斯，快看。」

知識之樹下方的拱門通往一條走廊。左邊陳設幾個玻璃展示櫃，右邊則是幾扇窗戶，鑲著黃色與藍色彩繪玻璃。窗戶中間的柱子上裝飾著風格滑稽的石雕，都是在讀書的學生。大部分都很詼諧——一個學生喝著大杯啤酒，沒有在看作業，而是看著雜誌夾頁；另一個在聽音樂，還有一個在睡覺。其中一本翻開的書上寫著**大蠢蛋**。第一次經過這裡時，亞麗絲完全沒有注意，一心想著還沒寫的報告、還沒讀的書。是達令頓指給她看的。

「我覺得他好像和我們在一起。」她說。

「要是他真的在就好了。」道斯回答，翻著那本舊校刊尋找相關內容。「建築是他的專長，我不太懂。但這個……」她比比亞麗絲剛才指給她看的雕刻。「這裡只有一句敘述：『閱讀刺激的書籍』。」

然而雕刻裡卻有死神，斗篷兜帽下的骷髏頭往外看，一隻手骨放在學生肩上。吾人端坐勤研讀，逝去偉人共高談。

「根據這些線索，我們好像要穿過走廊。」亞麗絲說。「這條走廊通往哪裡？」

道斯蹙眉。「其實沒有通往哪裡。過去就是手稿檔案室。那裡有一個出口可以離開圖書館。」

她們去到走廊盡頭，看到一個奇怪的挑高門廳。窗戶上裝飾著尾巴分裂的男性人魚，感覺像看著她們。她們只是在捕風捉影嗎？惡魔熱愛遊戲，或許達令頓給的線索只會讓她們在史特林圖書館到處亂轉，尋覓石雕中的秘密訊息。

前方又出現一個拱型壁龕，奇怪的是這裡毫無裝飾。她們右手邊有兩扇門和幾扇四方形小窗戶，感覺很像酒館的窗戶。幾片窗玻璃上裝飾著圖案——桶匠、烘焙師、風琴手。

「那些是什麼？」

道斯翻著那本舊校刊。「寫這個的人八成故意弄得很難查。如果不是故意的，那就是學術犯罪。」她吹開落在前額的頭髮。「好，那是木刻版畫，作者是約斯特．阿曼[47]。」

道斯一說出這句話，她們兩個都呆住。「給我看看。」道斯將校刊交給她。道斯的發音是約斯特，但是看到印在紙上的字，她就知道絕對不會錯。她回想起哀求達令頓說出他是否知道地獄通道在哪裡——他回答時那種走投無路的奇怪語氣：要是知道就好了。我只是個凡人，沒有繼承任何力量。他想告訴她，但又不能說。他在玩惡魔的遊戲，希望她們能破解這個謎。

只是個凡人：Just a man。約斯特・阿曼：Jost Amman。看來她們來對地方了。

達令頓，快告訴我下一關在哪裡。她們的左手邊有一隻小小的石雕老鼠忙著啃牆壁，右手邊則是一隻石雕小蜘蛛。這難道是在向愛用地獄威脅信徒的強納森・艾德華茲牧師致敬？亞麗絲之所以會知道那段宣道文，其實是因為住宿學院的人很愛拿來開玩笑。上帝會將你懸在地獄火坑之上，一如人類抓住蜘蛛或其他可厭的昆蟲懸於火上，憎恨你，激起極大的憤怒。因為這段話，他們的學院隊伍才會被稱為強艾蜘蛛。透納，主日學校算什麼？

「這道門通往中庭。」道斯指著一扇門，上頭的石雕寫著Lux et Veritas。光明與真實。耶魯的校訓，指引她們來這裡的壁畫中，也有兩個象徵光明與真實的人物。「那道門通往一堆辦公室。」

「我們是不是漏掉了什麼？」

道斯沒有說話，只是猛咬下唇。

47 Jost Amman，十六世紀瑞士木刻藝術家，主要作品為書籍插圖。

「道斯？」

「我……呃，只是理論而已。」

「我們不能像寫論文一樣花好幾年慢慢琢磨。想到就快說吧。」

她將一束頭髮塞到耳後，亞麗絲看出道斯正在自我掙扎，因為她總是想要盡善盡美。「我找到關於地獄通道的紀錄中表示，要有四個朝聖者一起進入——士兵、學者、教士、王子。四個人形成一個迴路，各自找到一個門戶，守住崗位。士兵是最後一個，要由這個人獨自完成迴圈。」

「好喔。」亞麗絲說，雖然她實在不明白重點是什麼。

「一開始我想……唉，有四扇門通往瑟琳庭院，東南西北各一個。我原本以為線索會帶領我們繞中庭一圈。但……」

「但是無法完成迴圈。」

「除非離開圖書館。」道斯說。她嘆息。「我不懂。我想不通接下來會是什麼。達令頓一定懂。但即使我們能想通……四個殺人凶手、四個朝聖者。我們的時間不夠，沒辦法找齊。」

「妳認為防禦圈撐不住？」

「我不確定，但我……我認為在萬聖節進行儀式成功機率最高。」

亞麗絲揉揉眼睛。「也就是說，我們要一口氣打破所有規定？」萬聖節禁止舉行儀式，要用到鮮血的更是絕對禁止。那天晚上會有太多灰影受到歡樂氣氛吸引。風險太大，更別說再過兩週就是萬聖節了。

「我認為一定要在那一天。」道斯說。「在充滿能量的時間進行儀式的效果會更好，夏末節[48]據說是地獄之門開啟的日子。有些理論認為，最早的地獄通道就是建造在愛爾蘭拉斯克羅根的群貓山洞，那是夏末節發源的地點。」

亞麗絲怎麼聽都覺得不妙。灰影受到鮮血或強烈情緒吸引時會做出什麼，她比誰都清楚。

「這樣時間不夠，來不及找到另外兩個殺人凶手，道斯。而且到時候新執政官已經就任了。」

「我不是殺人凶手。」

「好喔，另外兩個雖然不情願但非常有效率的解決問題高手。」

道斯噘嘴表達不滿，但還是繼續說下去。「我們也需要有人守護，顧著我們的身體，以防發生出乎意料的狀況。」

亞麗絲再次感覺到這一切超出她們的能力所及。她們需要更多人、更多知識、更多時間。

48 Samhain，賽爾特人的節日，標誌豐收季結束和冬季開始。雖然日期是十一月一日，但通常會從前一天晚上開始慶祝。八世紀中期，教宗額我略三世（Pope Gregory III）將羅馬人的死者節日萬聖日（All Saints' Day）從五月十三日改到十一月一日，十月三十一日也因此成為萬聖夜。

「蜜雪兒恐怕不會幫忙。」

她的手機響了，看到顯示的名字，她罵了一句髒話。她又搞砸了。

她不等透納開口，搶先說：「對不起，我本來想查那個聖經的句子，可是——」

「又有人死了。」

亞麗絲很想問他是不是在開玩笑，但透納從來不開玩笑。於是她改口問：「誰？哪裡？」

「來摩斯學院找我。」

「透納，說摩斯樓就夠了。沒有人會說摩斯學院。」

「總之快來就對了，史坦。」

亞麗絲掛斷電話之後說：「透納認為發生了謀殺案。」

「又來了？」

瑪珠麗．史蒂芬究竟是不是他殺至今還無法確定，亞麗絲不想妄下結論。即使真的發生了兩起謀殺案，也不見得和她們有關。問題是，一定有什麼狀況讓透納認為案件與秘密社團有關，否則不會打電話給她。

「妳去吧。」道斯說。「我留下來繼續研究。」

但亞麗絲總覺得不對勁。「我不懂。」她轉了半個圈，體會這裡有多廣大。她和梅西通常都在自習室讀書，她從來沒去過樓上的圖書區。光是這座建築廣大的程度便令她難以領會。「強尼和龐特的朋友建造了一座通道，這是我們的老朋友邦其說的。妳真的要我相信這件事保密了這麼久？」

「我也在思考這件事，」道斯說。「但會不會……會不會是邦其弄錯了？萬一在史特林建造通道的其實是忘川會呢？」

「什麼？」

「妳仔細想想。骷髏會和捲軸鑰匙會的人合作？秘密社團之間不會分享秘密。他們各自培養勢力。他們唯一一次合作便是建立忘川會，目的也只是——」

「為了替他們自己擦屁股。」

道斯蹙眉。「呃，對啦。創造一個新社團讓學校行政單位安心，也讓其他社團乖乖守規矩。一個監督的單位。」

「妳的意思是，這個監督單位認為，將通往地獄的秘密門戶藏在眾人眼前是個好主意？」

道斯的臉頰泛紅、眼睛發亮。「哈克尼斯、惠特尼、賓漢，這三個人公認是創立忘川會的始祖。哈克尼斯屬於狼首會，是他找來詹姆士·甘博爾·羅傑斯建造半個校園，包括這座圖書館。」

「可是如果是忘川會建造的，他們為什麼不用？不合理吧？」

「我們真的確定他們沒用過？」道斯問。「說不定他們知道自己在亂搞，很可能會導致大災難，所以不希望別人知道。」

或許吧。但還是有點說不通。

「他們最大的目標不就是看見界幕另一邊？」亞麗絲問。「破解另一個世界的神秘？就是為了這個他們才讓我加入忘川會。假使他們真的去了地獄，一定會留下紀錄。他們會加以探討、辯論、解析。」

道斯的表情很不自在，害得亞麗絲也更緊張。這整件事感覺都很不對。既然不打算用，何必建造地獄通道？為何抹去所有紀錄？她們看到的並非整體，亞麗絲不由得認為有人不想讓她們看見。

自己一頭衝進黑暗中是一回事，感覺有人故意關燈又是另外一回事。亞麗絲此刻的心情，就像那天晚上走進埃丹的豪宅，中計顯露她的力量。她們踏進了陷阱。

13

看到瑪珠麗．史蒂芬的遺體時，亞麗絲懷疑是透納想太多，因為他的工作是調查謀殺案，所以看到有人死掉就以為是謀殺。史蒂芬教授的死狀幾乎可謂安詳，她的死亡只是一點小紛擾。教學大樓與四周的環境都沒有遭到破壞。

貝克曼院長不一樣。摩斯樓前面的十字路口擠滿警車，燈光懶洋洋轉動。去年塔拉．哈欽司的遺體就是這在裡被發現的。大樓前拉起封鎖線，學生要進入中庭必須先查驗證件。她到的時候透納已經在等了，他默默帶她進去。

「你要怎麼解釋我來這裡的原因？」亞麗絲邊問邊穿上藍色鞋套。

「我會告訴所有人妳是我的線民。」

「這下可好，我成了抓耙子。」

「更糟的事妳也做過。快進去吧。」

貝克曼院長的辦公室門歪歪掛在鉸鏈上，門板上有泥巴，看來是踹門留下的痕跡。沉重的辦公桌被撞歪，書灑得滿地，旁邊還有一瓶打翻的紅酒。教授躺著，感覺就像坐在椅子上往後翻倒。他的腿依然勾著座位。他的一隻鞋掉了，旁邊的檯燈也倒了。

院長是不是在火邊閱讀時不小心打起瞌睡，歹徒進來時嚇了一跳？還是說他起身反抗卻被推回椅子上？他雙腳朝天的樣子有點傻氣，甚至像卡通場景，這麼多人都看見他這個樣子，亞麗絲感到遺憾。這個想法太蠢了。現在貝克曼院長根本不會在乎。亞麗絲沒有上過他的課，甚至不確定他教什麼科目，不過他是那種每個人都知道的教授。他總是戴花呢漁夫帽和摩斯學院圍巾，騎著自行車在校園到處跑，鈴聲歡快，對學生揮手打招呼。大家都叫他老貝，他的課堂永遠座無虛席，他主持的研討會更是傳奇。耶魯所有知名校友他似乎都認識，也帶過不少有頭有臉的演員和作家去摩斯樓喝茶。

瑪珠麗．史蒂芬的遺體被發現到現在已經過了幾天，完全沒有人提起。恐怕只有她在精神醫學系的學生與同事知道她過世了。但貝克曼的案子絕對會驚動全校。

她不想靠近看遺體，但她強迫自己注視院長的臉。他的眼睛睜開，但不像史蒂芬教授那樣泛白。很難判斷他有沒有變老。他的嘴張開，表情震驚但依然和善，彷彿迎接突然上門拜訪的朋友。

「他的脖子斷了。」透納問。「法醫會告訴我們是因為椅子翻倒而斷的，還是之前就斷了。」

「也就是說，沒有下毒。」她說。「但你認為與瑪珠麗・史蒂芬的案件有關？」

「我在辦公桌上發現這個。」透納揮手要她過去，桌墊上放著一張紙條，上面有一個打字的句子：不可顯露逃民。

「又是以賽亞書？」

「沒錯。這是在史蒂芬教授那裡發現的句子後半段。隱藏被趕散的人。不可顯露逃民。妳去忘川會圖書館查過了嗎？」

她搖頭。「我還沒時間去查。」我忙著想辦法闖進地獄。「我對以賽亞毫無瞭解。」

「他是預言耶穌降臨的先知，但我看不出這和兩位過世的教授有什麼關聯。」

亞麗絲端詳書架、凌亂的辦公桌、僵硬的屍體。「你會不會得……感覺不對。太張揚。聖經句子。遺體翻倒。有種……」

「像演戲的感覺？」透納點頭。「好像有人認為這樣很有趣。」

好像有人在玩遊戲。惡魔熱愛遊戲與猜謎，但唯一的駐校惡魔目前被困在防禦圈裡。難道是秘密社團的人召出惡魔？

「史蒂芬教授認識貝克曼嗎？」

「如果他們有關聯，我們一定會查出來。但他們屬於不同的科系，甚至連研究領域也天差地遠。貝克曼院長教美國研究。他和精神醫學系八竿子打不著。」

「殺害史蒂芬教授的毒藥呢？」

「還在等分析報告。」

秘密社團不喜歡受監督，但不代表一定有成員亂搞。即使如此，這兩起案件怎樣都不合理。

「問題在於線索。」她咀嚼這個想法。「那兩個聖經句子太突兀。如果有人用魔法……不知道，報復教授？應該不會留下線索。感覺像是精神異常的行為。」

「也可能是假裝精神異常的人。」

如此一來，麻煩就大了。儘管亞麗絲很不希望這兩起命案變成她的問題，但她無法假裝與超自然力量無關。魔法是一種觸犯禁忌的行為，模糊了可能與不可能的界線。跨過那條界線，似乎會讓人甩開人們習以為常的道德與忌諱。當一切都唾手可得，會讓人越來越容易忘記那些是不該拿的東西——財富、權力、夢想中的工作、夢想中的性對象，生命。

「史坦，如果妳覺得我只是捕風捉影就直說吧，然後妳就可以回橘街那棟鬼屋鬼混了。」

權杖居是紐哈芬最不可能鬧鬼的地方，但亞麗絲覺得和他扯這些毫無意義。

「我覺得不是。」亞麗絲承認。

「妳能不能……透過另一邊的關係打聽一下？」

「透納，我沒有鬼線民。」

「就當多交幾個朋友嘛。」

亞麗絲再一次有那種感覺，好像遺漏了什麼，假使達令頓在這裡，他一定知道要找什麼；他絕對會非常稱職。看來達令頓正是他們需要的人。透納想要答案，說不定會願意魚幫水、水幫魚。四個朝聖者。四個殺人凶手。亞麗絲不確定信任透納是否明智，不過她確實信任他，也希望他能站在她們這邊。

「透納，」亞麗絲問，「你有沒有殺過人？」

「這是什麼怪問題？」

「看來有。」

「有沒有都不關妳的事。」

說不定有。「你什麼時候能離開這裡？」

透納發出又氣又好笑的冷哼。「幹嘛？」

「我想帶你去看一個東西。」

桌遊：厚紙板、紙、骨頭

出處：伊利諾州芝加哥市，約一九一九年製造

捐贈者：書蛇會，一九三六

一種版本的地主遊戲，非常類似後來衍生而出的大富翁遊戲。地名取自芝加哥市及近郊。骰子由骨頭製成，很可能是人骨。根據少數證據判斷，手工遊戲板是在普林斯頓製造的，後來加上骰子，在禁酒令期間[49]大量使用，當時以D.G.尼爾森的奧秘學專門書店為中心進行頻繁的奧秘活動，雖然時間短暫，但造成芝加哥北部出現惡魔的次數大為增加。這份桌遊色彩鮮豔，並且必須在遊戲中持續進行討價還價，很容易對參與者產生吸引力；同時，這個遊戲具備難以理解的規則，而且一玩就得花上好幾個小時，甚至好幾天，這兩項特質使得這個遊戲根本不可能贏。簡單地說，這是最適合困住惡魔的陷阱。

很可惜，其中一個骰子不知何時遺失了，一直無法成功找到替代品。

——引自《忘川會庫房目錄》，眼目潘蜜拉·道斯修訂

49 從一九二〇年至一九三三年期間，美國推行全國禁酒，禁止釀造、運輸和銷售酒精飲料。

14

透納無法丟下調查中的犯罪現場，但他答應明天早上現代詩下課之後去接她。貝克曼院長的死訊迅速傳開，校園籠罩哀傷氣氛。生活照常，大家行色匆匆，有很多事要忙，但亞麗絲看到一群學生抱在一起哭。有些人戴上黑色或花呢漁夫帽表示哀悼。她看到有人發傳單號召在摩斯樓中庭守靈。她忍不住想起塔拉的遺體被發現之後的那段時間，師生沒來由地歇斯底里，各種八卦每天飛，宛如亢奮飛舞的黃蜂群。亞麗絲不是不能理解，畢竟老貝深受愛戴，是個像爸爸一樣的典範，與耶魯緊密交織的人物。但她忘不了塔拉死後校園裡的興奮激動，可以遠遠旁觀的危險，不必冒險就可以嘗試的新滋味。

現在的氣氛是真實的哀悼、真實的恐懼。亞麗絲的教授在開始上課之前先說了一段往事，有一年感恩節，貝克曼院長夫婦慷慨邀她作客，認識老貝的人在耶魯絕不會孤單。摩斯樓的院長辦公室貼上封條，外面有校安人員把守——耶魯警察，不是紐哈芬警察。今晚校長將在伍爾西館召開緊急會議，為憂心的學生說明狀況。《耶魯日報》寫了一篇文章簡短說明案情——疑似搶劫、警方已經獲得有力證據，凶嫌可能並非紐哈芬人士，目前正在追查。整體主調表明：家長請別擔心，凶手不是耶魯人，甚至不是紐哈芬人。不必急著讓貴子弟轉學去哈佛。史蒂芬教授的死幾乎沒有激起漣漪，但貝克曼院長的死卻像是有人將平臺式鋼琴推進湖中。

透納在查普街新開的飯店前面接亞麗絲上車，這裡距離犯罪現場和校園夠遠，他們兩個都不必擔心會被看到。去黑榆莊的路上，她盡可能先幫他做好心理準備，她毫無美化地說出達令頓受困地獄的理論，而且儘管沒有人看好，但事實證明她的想法正確，整段過程透納一言不發。他只是任由她講，始終冰冷沉默，有如放在駕駛座上示範安全駕駛的假人。昨天她才剛對梅西解釋過，內容幾乎一模一樣，但梅西全盤接受，而且等不及要知道更多。透納的反應卻好像很想乾脆把車開下斷崖和她同歸於盡。

她傳訊息告訴道斯她要帶透納去黑榆莊，因為要讓他知道才對，但亞麗絲一看到她站在門口的樣子立刻後悔了，她穿著毫無線條的運動服，亮紅長髮像平常一樣綁成歪歪的包頭，整個人有如一根超粗的蠟燭出乎意料被點燃。她的嘴唇抿成一條線，充分表達不滿。

「她的表情真開心啊。」透納評論。

「有人看到警察會開心嗎？」

「有，史坦小姐，東西被偷的苦主、不想挨刀子的無辜民眾，他們通常很高興看到我們。」

至少現在她知道剛才路上說的話透納有聽進去。只有魔法和奧秘學才會讓他心情如此惡劣。

「百夫長。」道斯打招呼，亞麗絲整張臉一皺。

「我的名字是亞伯．透納警探，妳最好給我記住。道斯，妳好像累壞了。他們給妳的錢不夠讓妳付出這麼多。」

道斯一臉錯愕，然後說：「好像真的不夠。」

「我拋下調查中的案件跑來這裡。可以速戰速決嗎？」

道斯帶他們進去，上樓時透納走在最前面，道斯悄悄說：「我覺得不太好。」

亞麗絲同意，但她想不出還有什麼選擇。

到了二樓，她們跟在透納身後往宴會廳走去，道斯慌亂地說：「他一定會告訴安賽姆。新任執政官。還會叫警察來！」

「不會啦。」至少亞麗絲認為不會。「我們需要他幫忙，如此一來，勢必要讓他看看我們面對的問題是什麼。」

「確切地說，究竟是什麼？承認吧，妳只是看風向瞎掰而已。」

沒錯。但直覺要她來黑榆莊，於是她把透納也拉來了。

「道斯，如果妳有更好的主意，儘管說吧。妳認識殺人凶手嗎？」

「除了妳？」

「他可以幫我們。他也需要我們幫忙。貝克曼院長是被謀殺的。」

道斯猛然停住。「什麼？」

「妳認識他？」

「我當然認識他。所有人都認識他。我上大學的時候修過他的課。他——」

「我的老天爺。」

透納站在宴會廳門口整個人動彈不得，好像完全不想進去。他後退一步，伸出一隻手彷彿想阻擋看到的東西，另一手放在槍上。

「不能開槍打他。」亞麗絲盡可能保持語氣冷靜。「至少，我覺得你打不到。」

道斯跑到門口，用身體擋在透納與金黃防禦圈之間，有如人肉盾牌。「我就跟妳說這個主意很爛。」

「那是什麼？」透納質問。他咬緊牙關、壓低眉頭，但眼神流露恐懼。「我看到的是什麼？」

亞麗絲不知道怎麼回答，只能說：「我跟你說過他的樣子不一樣了。」

「減肥、剪頭髮，這才叫樣子不一樣。不是……這個。」

就在這一刻，達令頓睜開眼睛，明亮、金黃。「妳去哪裡了？妳身上有死亡的臭味。」達令頓說話的聲音是人類，但帶著冰冷的回音，透納整個呆住。

亞麗絲唉聲嘆氣。「你在幫倒忙。」

「為什麼帶我來這裡？」透納憤慨地說。「我只是為了案子請妳幫忙。我說得不夠清楚嗎？我不想被捲進這些瘋狂邪教狗屁。」

「我們下去吧。」道斯說。

「別走。」達令頓說，亞麗絲無法判斷是請求還是命令。

「我認為達令頓能幫你。」她說。「我認為只有他能幫你。」

「那個鬼東西？真是的，史坦，我不知道這件事有多少是真的，有多少是……裝神弄鬼的狗屁，但出現怪物的時候，我絕對看一眼就知道。」

「是嗎？」亞麗絲感覺怒火升起。「你知道桑鐸院長是殺人犯嗎？你知道布雷克．齊利是強暴犯嗎？我帶你看過藏在門裡的東西，你不能把門關上假裝沒看見。」

透納揉揉眼睛。「真希望可以。」

「別這樣。」

亞麗絲大步走進宴會廳，希望他會跟上。高溫使得空氣感覺很飽滿。到處是那種甜甜的氣味，野火的氣味，災難乘風而來的氣味，郊狼從山上跑進郊區房屋後院，坐在游泳池邊嗥叫的氣味。

「警探。」坐在金色屏障裡面的東西說。

透納站在門口裹足不前。「真的是你？」

達令頓停頓一下，思考這個問題。「我也不太確定。」

「媽的。」透納嘀咕，因為儘管達令頓頭上長了角、滿身發出金光的符號，他依然感覺是人，不是怪物。「他怎麼會變成這樣？到底怎麼回事？為什麼他沒穿衣服？」

「他被困在裡面。」亞麗絲盡可能以簡單的方法解釋。「我們需要你幫忙才能把他弄出來。」

「應該不是報案失蹤這麼簡單吧？」

「恐怕不是。」

透納搖搖頭，彷彿依然懷疑這是在作夢，甚至希望只是夢。他終於開口說：「不。不。我不……這不是我的責任，我也不希望變成我的責任。不要胡扯說是忘川會高層的意思，道斯心虛的表情已經洩漏了。她怕我會去告密。」

「你的案子——」
「少給我來這套，史坦。我喜歡我的工作——不對，我愛我的工作——雖然我不懂這是怎麼回事……但就算給我撒旦的財寶我也不要。我會用正常的偵察方式解決這件案子。那什麼狗屁隱藏被趕散的人——」
「不可顯露逃民。」達令頓說完下半句。
他是半個惡魔，甚至可能超過一半，竟然背誦聖經的句子，亞麗絲隱隱期待會發生天打雷劈之類的誇張天譴。
「就是這個。」透納的語氣很不自在。
「我就說吧。」亞麗絲小聲說。
「你是從犯罪現場過來的，」達令頓說，「所以身上籠罩著死亡。」
透納瞥亞麗絲一眼，她好希望達令頓說話的方式可以更像達令頓一點。但透納畢竟是警探，他忍不住問：「這個句子你很熟？」
「誰被殺了？」
「一位教授和摩斯學院的院長。」
「兩具屍體。」達令頓沉吟；接著，他露出淡淡的惡意微笑，那種幸災樂禍的感覺好像等不及災難發生，一點也沒有人類的感覺。「會有第三個。」

「這是什麼鬼話？」

「地獄鬼話。」

「說清楚。」透納憤慨要求。

「我向來仰慕德行，」達令頓喃喃說，「但始終無法仿效。」

透納雙手往上一舉。「他完全瘋了吧？」

樓下遠處傳來門鈴聲，同時道斯的手機發出提示音。

所有人都嚇了一大跳，除了達令頓。

道斯猛然倒抽一口氣。她注視著手機。「噢，老天。噢，老天。」

亞麗絲探頭看螢幕，一對衣著光鮮亮麗的男女站在大門旁的窗戶前張望。「他們是誰？」

「看起來像房仲。」透納說。

但道斯的表情比開啟地獄傳送門時更驚恐。「他們是達令頓的父母。」

15

透納搖頭。「妳們好像被抓到偷喝酒的小鬼。」

亞麗絲的頭腦快速考量各種策略、藉口、複雜謊言。「我去處理，你們兩個不要出來。」

「亞麗絲——」

「交給我應付。我不會揍人。」

至少她希望不會。翻譯拉丁文、研究聖經句子，這些她都不會，但她幾乎一輩子都在對父母撒謊，經驗豐富。問題在於她掌握的資訊不夠。達令頓從不提起父母，只說祖父的事，就好像他是這棟老宅石牆上的青苔所生，在暴躁老園丁的細心呵護下成長。

她需要那個老人。那個偶爾會在黑榆莊徘徊的老灰影，穿著浴袍，口袋裡塞著一包捏扁的Chesterfield香菸。

亞麗絲快步下樓，盡可能壓抑恐慌，心中想著：**快現身啊。你在哪裡？**

她聽見阿令頓夫婦用力敲廚房門。她看一眼道斯的手機，那兩個人神情煩躁。

「賓士車停在車道上。」他父親嘀咕。

「他故意讓我們等。」

「我們應該先打電話。」

「何必？他從來不接。」他媽媽抱怨。

宴會廳太熱，亞麗絲現在還滿頭汗，但她拉下上衣的袖子。她必須蓋住刺青，展現出端莊、倨傲的模樣。

那裡。老人在陽光室，柯斯莫趴在他腳邊。

「我需要你幫忙。」亞麗絲說。

「妳在我家做什麼？」他用怨恨的語氣問。

看來亞麗絲猜對了。他並非遊蕩的灰影，只是碰巧進來，因為喜歡這裡的氣氛所以經常回來。鬼魂不喜歡沒人的地方，這是他們的天性。他一定是達令頓的祖父。

過來。她伸出一隻手，用意念拉扯。老人錯愕地張嘴嗅了一聲，然後他湧入亞麗絲體內，伴隨著一股震動，像是來自過去的咳嗽。亞麗絲口中冒出菸味，還有一種像焦油的味道。癌症。那是癌症的味道。他死的時候已經很衰弱了，受劇烈疼痛折磨，他的怒火在心中燃燒得如此熾烈，以致於她也嘗到了。她不需要他的力量，她需要的是他的記憶，往事一幕幕清晰又快速地閃過，就像之前她讓鬼新郎進入心靈時那樣。

她看著黑榆莊，豪宅富麗堂皇、生氣勃勃，燈火通明、賓客雲集。全都是她父親的朋友，靴店的老領班也在。她在走道上奔跑，追逐一隻白貓去到花園。那麼久以前的記憶，那隻貓不可能是柯斯莫，但牠轉頭看她，一隻眼睛有疤。*鮑伊貓*。

他是獨生子，沒有兄弟姊妹，這個家族一脈單傳，永遠只有一個男孩繼承家業、照顧黑榆莊。他並不孤單。在所有遊戲中，這棟房子是他的王宮、他的堡壘、他駕馭的大船。他偷香菸躲在塔裡的房間抽，望著外面的樹木。他把寶物藏在鬆脫的窗臺下——小時候是漫畫書、幾顆太妃糖，少年時期變成威士忌、香菸、成人雜誌《Bachlor》。他看著爸爸流淚簽字關閉工廠。他拉著吉妮·比安其躲在幽暗走道上，在她耳邊喘息、在她手中高潮。

他一身黑西裝哀悼母親。他穿同一套黑西裝安葬父親。他買了一輛紅色賓士車送給妻子，他們把車停在車道上，在後座歡愛。「我們去加州好不好？」她呢喃。「我們今天就出發，一路開過去。」「好啊。」他說，但只是敷衍。黑榆莊需要他，從來都少不了他。他站在小客廳門口看著她，她蜷起雙腿坐在椅子上，聽著他不喜歡或不懂的音樂，拿著大玻璃杯喝伏特加。她看到他，歪歪倒倒站起來，把音量轉大。「妳再喝會沒命。」他警告。「妳已經喝到肝壞掉了。」她把音量轉得更大。最後酒精真的要了她的命。他得買一套新的黑西裝。她始終無法戒酒，但他不怪她。真心喜愛的東西，真正需要的東西，會讓人一直、一直付出。

他懷裡抱著一孩子，他的兒子……不對，孫子，改正錯誤的機會，他要把這孩子打造成成鋼鐵，真正的阿令頓子孫，堅強、能幹，不像他那個蠢才兒子，意志薄弱，做什麼都失敗，家門之恥。要不是丹尼爾的長相完全是阿令頓家的樣子，他甚至懷疑妻子可能找了個吃軟飯的藝術家陪她打發午後時光。感覺就像看著遊樂場的哈哈鏡，鏡子裡的自己沒了脊樑骨。但他不會在孫子丹尼身上重蹈覆轍。

現在這棟房子不一樣了，安靜、幽暗，只有管家柏娜黛在廚房哼歌，丹尼在走道上跑來跑去，像他小時候一樣。他沒有預料到有一天會衰老。他不明白衰老是什麼，他的身體逐漸造反，寂寞悄悄來襲，彷彿一直在伺機而動，他速度一變慢就立刻撲上來。他曾經無所畏懼。他曾經意志堅強。丹尼爾和他老婆說要來看他又臨時變卦。「很好。」他說。他雖然說得無情，心中卻不是滋味。

死亡是什麼時悄悄進逼的？死神怎麼知道去哪裡找他？傻問題。他已經住在墳墓裡好多年了。

「殺死我，丹尼。為我做這件事。」

丹尼在哭，一瞬間，他看出丹尼其實只是個孩子，不是阿令頓家的菁英典範，而是一個孩子，迷失在黑榆莊的幢幢洞穴中，照料這棟房子無止盡的需求。他應該叫這孩子快點逃，永遠不要回頭，擺脫這個地方、這份枯萎的家業。但他只是用最後一絲力氣緊抓住孫子的手腕。「丹尼，他們會搶走這棟房子。他們會搶走一切。他們會強迫我苟延殘喘，然後一點一滴榨乾財產，宣稱是照顧我的費用。只有你能阻止他們。你必須做英勇的騎士，拿起那邊的嗎啡注射。看，針筒的形狀不是很像長矛嗎？」

丹尼痛哭，他說：「快走吧，千萬不要讓他們發現你來過這裡。」

他只遺憾必須獨自死去。

就連死亡也無法讓他離開黑榆莊。他發現自己出現在這裡，不再受疼痛折磨，而且回家了，永遠在樓梯走上走下、在每個房間進進出出，總是覺得好像忘記了什麼重要的事，卻又不確定是什麼。他看著丹尼在廚房找殘餘的食物，睡在冰冷的床上，只能蓋著一堆舊大衣取暖。為什麼他要讓這孩子像自己一樣為這棟房子奉獻？這是一種詛咒啊。但丹尼是個鬥士，真正的阿令頓子孫，剛強堅毅。他好希望可以給丹尼安慰、鼓勵。他好希望能收回當初的囑咐。

丹尼站在廚房裡，把一堆亂七八糟的東西丟進鍋裡，煮出一鍋很可怕的東西。他感覺到孫子的迫切與內心淒涼，他站在沸騰的鍋子前面，喃喃低語：「讓我看見更多吧。」他拿出華麗的紅酒杯，但是要把鍋裡的紅色怪東西倒進去前，他臨時改變了主意。丹尼放下柏娜黛用過的舊鑄鐵鍋，小跑步離開廚房。

老人家感應到鍋子裡藏著死亡、災禍。要阻止他，現在還來得及。他想把鍋子從爐子推下去，想要用意志力回到這個世界，一下子就好、一秒鐘就好。只要給我能救他的力量就好。但他衰弱、無用，不是人，什麼都不是。丹尼回來了，手中拿著那個很醜的紀念盒。瓷器蓋子上印著阿令頓橡膠靴字樣。這是他放在辦公桌抽屜裡的東西。丹尼小時候他會讓他玩。有時候他會給孫子一個驚喜，在裡面放兩毛五硬幣、口香糖、後院找到的藍色小石子，一些不值錢的小東西。丹尼相信那個盒子有魔法。現在他將那鍋毒藥倒進去。快住手，他想大喊，噢，拜託，丹尼，別喝。但那孩子喝下去了。

亞麗絲往前撲，撞上餐廳的桌子差點摔倒，幸好她即時抓住桌子邊緣。往事太強烈、畫面太清晰。她跪倒在地，嘔吐在拼花地板上，努力克制暈頭轉向的感覺，努力擺脫過去的黑榆莊，只看現在。

門鈴又響起，指控著怠慢。

「來了！」她大喊。

她強迫自己站起來，蹣跚走向廚房邊的洗手間。她漱口、洗一把臉，把頭髮往後抓，綁成很緊的低馬尾。

「有沒有搞錯？柯斯莫，不要碰。」那隻貓在聞地上的嘔吐物。「你也幫幫忙。」

柯斯莫彷彿聽懂了她的話，做了一件牠從來沒做過的事：跳進她的懷中。她小心翼翼抱著貓，藏起燒焦的毛。

「野蠻人就在門外，要來攻城掠地。」她低語。「我們去擊退他們吧。」

門鈴又響了。

亞麗絲思考在這種時刻她想成為誰，答案是沙樂美，狼首會的會長，去年亞麗絲用恫嚇的手段強迫她出借聖殿。美貌富家女，習慣所有事都順她的意。要是達令頓品味不夠好，就會和這種女生交往。

她慢吞吞開門，不慌不忙，對達令頓的父母猛眨眼，好像正在睡午覺被吵醒。「嗯？」

「妳是誰？」那個女的——荷波，這個名字浮現在腦海，她的眼前出現雙重影像——她的和老人的。她又高又瘦，穿著剪裁完美的羊毛長褲搭配絲質上衣、珍珠項鍊。那個男的——一看到他，她立刻感受到純粹的不齒沸騰冒出。他長得很像丹尼，丹尼爾，達令頓。**實在太像我**。但他也一點都不像他們兩個。亞麗絲這一生見過很多低級人渣，總是想要鑽漏洞輕鬆撈錢。這種人最好騙。

「亞麗珊卓。」她說，語氣冷淡，一手撫摸柯斯莫的毛。「達令頓去西班牙了，我幫他看家。」

「我們——」

「我知道你們是誰。」她的語氣充滿比例相等的大量輕蔑與無視。「他不希望你們進來。」

丹尼爾・達令頓氣急敗壞。荷波瞇起眼睛、揚起一條完美的眉毛。

「亞麗珊卓，我不知道妳是誰，也不知道為什麼我兒子派妳來當看門狗，但是我要和他說話。**現在就叫他出來。**」

「又沒錢了？」

「給我滾開。」丹尼爾說。

亞麗絲的本能反應是用力推他一把，欣賞他的瘦屁股摔在碎石車道上。她在老人的記憶中看過這兩個人，他們從不關心丹尼，幾乎完全不會想到他。雖然亞麗絲的媽媽總是付不出水電費，也無法給她任何一點穩定感，至少她關心女兒。亞麗絲再想動手也不行，她必須保持富家女模式。

「不然咧？」她冷笑。「這棟房子不是你們的。我看還是報警好了，讓他們來處理。」

達令頓的父親清清嗓子。「我……一定是有什麼誤會。過節的時候丹尼都會打電話給我們，平常也都會接我們的電話。」

「他去西班牙了。」亞麗絲說。「而且他正在接受心理治療，學習設立心理界限。你們也該考慮學一學。」

「走吧，丹尼爾。」荷波說。「這個小賤貨自以為了不起，囂張得很。我們下次會帶著律師的存證信函過來。」她大步走向Range Rover休旅車。

丹尼爾對著她的臉搖搖手指，努力想挽回顏面。「一點也沒錯。妳真的沒有資格——」

「給我滾回去，窩囊廢。」低沉沙啞的聲音咆哮。那不是亞麗絲的聲音，她知道達令頓的父親看到的也不是她的臉。「你把我當成人質關在自己家裡，不孝的畜生。」

丹尼爾．阿令頓四世倒抽一口氣，蹣跚後退，差點跪下。

亞麗絲用意志逼退老人，但並不容易。她感覺到他在腦中，他強烈的決心，好鬥的精神對一切宣戰：他自己、整個世界、身邊的所有人事物。

「丹尼爾，不要再拖拖拉拉了！」荷波在車上大喊，發動引擎。

「我……我……」他張大嘴，但現在他只看到亞麗絲平靜的臉。

老人在她腦中狂怒掙扎，有如即將掙脫牽繩的狗。孬種。膽小鬼。我怎麼會養出你這種兒子？你甚至沒種面對我，只會給我下藥，讓我無力抵抗，但最後我還是贏了，對吧？

柯斯莫在亞麗絲懷中扭動。她舉起一隻手揮了揮，輕快地說：「掰啦。」

丹尼爾．阿令頓好不容易上了車，Range Rover 揚長而去，激起一片碎石。

「謝了，柯斯莫。」亞麗絲輕聲說，讓貓咪從她懷中跳走，牠輕快地往屋後跑去，準備抓老鼠。「還有你。」

她用盡全力將老人推出心靈。他出現在她面前，浴袍敞開，消瘦裸體上有著星星點點的白色毛髮。

「讓你上身只限這一次，單次搭乘。」她說。「休想劫持這輛車。」

「丹尼在哪裡？」老人怒吼。

亞麗絲不予理會，大步上樓去找道斯與透納。

16

道斯心情不好的時候，開車比平常更慢，亞麗絲擔心可能要花上兩個小時才能回到校園。

「他們會找律師。」道斯抱怨。

「不會啦。」

「他們會找耶魯的行政高層。」

「不會啦。」

「真是的，亞麗絲！」道斯將方向盤猛往右轉，賓士車轉向路邊，差點開上人行道。「不要假裝沒有問題。」

「不然我們要怎麼撐過去？」亞麗絲質問。「我只會這麼做。」她強迫自己深吸一口氣。

「達令頓的父母不會帶律師來，也不會找校方介入。」

「為什麼不會？他們有錢、有權。」

亞麗絲緩緩搖頭。她在老人的回憶裡看到太多，她全都感受到了。類似的情況她只經歷過一次，之前她讓鬼新郎上身，體驗他慘遭殺害的那一刻。她不只知道他愛黛西。她感覺自己也愛黛西。但這次的感受更加深刻，她經歷了老人的一生，各種微小的喜悅以及無盡的失望，每天的每個念頭都圍繞著黑榆莊，苦澀不甘，因為感受到自己的生命短暫又無足輕重，而渴望留下更能長久存在的東西。

「他們兩樣都沒有。」亞麗絲說。「不是妳想的那樣。所以他們才一直逼達令頓賣掉黑榆莊。」

道斯一臉憤慨。「他絕不會賣。」

「我知道。但如果他們發現他失蹤，一定會把房子搶走。」

她們默默坐著，過了漫長的一分鐘，引擎怠速。透過車窗，亞麗絲看到一個狹窄的公園，樹葉還沒變色，但她的心靈回到黑榆莊，感受到那棟房子的吸引力，無盡索討著愛，迷失在那寂寞的宅院中。

「他們不會找律師，因為他們不希望被人太仔細審視。他們……達令頓的祖父基本上等於花錢買斷他們的孩子。他想要養育……」她差點說出丹尼。「他們就那樣把他丟在那裡，而且老人家生病之後，他們好像還囚禁他。」最後是丹尼給他自由。也是因為這樣，他才能在地獄存活，不只因為他是具備廣泛知識、深諳民俗傳說的達令頓，也是因為他殺死了祖父。

雖然是祖父求他動手，但他依然殺了人；道斯也一樣，雖然她是為了拯救亞麗絲而砸爛布雷克的頭，但她依然殺了人。

「可是他們會再來。」道斯說。

亞麗絲無法否認。她把達令頓的爸爸嚇得半死，但只是警告不足以讓怪物放棄。荷波與丹尼爾．阿令頓會再跑來打探，伺機奪取財產。

「我們只能把達令頓帶回來，這樣就可以由他自己趕走他們。」他一直守護著黑榆莊，現在也只有他能捍衛這棟老宅。「誰能幫我們找出最後一個殺人凶手？我已經沒辦法再跟秘密社團討人情了。」

「沒有人。」道斯說，但她的聲音感覺很奇怪。「我們得去皮博迪博物館的地下室。但目前正在整修，而且到處都有監視器。」

「我們可以用去年妳煮的那種暴風茶。會干擾電器的那個。我們也可以找透納幫忙，如果需要查犯罪紀錄，他可以設法幫忙。」

「我不……我不認為這是個好主意。」

「道斯，我們只能選擇徹底信任他或徹底不信任他。」

道斯握住方向盤又鬆開，然後點點頭。「我們繼續前進。」她說。
「繼續前進。」亞麗絲重複。
去到地獄再回來。

亞麗絲在強艾的餐廳找到梅西與蘿倫，她們正在吃午餐。大家交談的時都壓低音量，就連灰影也一樣，整間餐廳感覺變得更大、更冷，彷彿學院本身在哀悼貝克曼院長。亞麗絲的拖盤裡放著一大盤義大利麵，她又拿了兩個三明治準備帶走晚點吃。她在裝汽水的時候手機叮了一聲，她的帳戶匯入六百元。
看來怪咖還債了。只要債務結清，埃丹就會讓給她百分之五的分紅，獎勵她的優秀表現。她好像應該覺得良心不安才對，但拒絕這筆錢對誰都沒有好處。
她坐下時發現梅西哭得眼睛通紅，蘿倫感覺也很憂愁。她們兩個都只是在撥弄食物。
「妳們沒事吧？」亞麗絲問，突然對自己盤子裡滿滿的食物感到不好意思。
梅西搖頭，蘿倫說：「我好難過。」
「我也是。」其實亞麗絲只是覺得好像應該這麼說才對。
「我無法想像他的家人有多傷心。」梅西說。「妳知道，師母也在耶魯教書。」

「我不知道。」亞麗絲說。「她教什麼？」

梅西擤擤鼻子。「法國文學。所以我才會認識他們。」

亞麗絲隱約有印象，梅西寫過一篇探討法國作家拉伯雷的論文得到大獎。但她不知道梅西真的認識貝克曼教授。

「他是怎樣的人？」她問。

梅西再次熱淚盈眶。「就……真的很和藹。耶魯離我家太遠，我本來很害怕，他介紹我認識其他非校友子女學生。他和師母——瑪莉亞．勒克雷教授——他們樂於接納。我說不清楚。」她無助聳肩。「他就像莎士比亞《仲夏夜之夢》裡的淘氣小精靈帕克和《暴風雨》的博學國王普洛斯彼羅合而為一。他讓學術變得有趣。怎麼會有人想傷害他？到底為什麼？他並不富有。不可能有什麼值得……值得……」她哽咽不成聲。

亞麗絲送上紙巾。「我從來沒見過他。他有子女嗎？」

梅西點頭。「兩個女兒。一個是大提琴家，琴藝真的很出色。她好像是……波士頓或紐約愛樂交響樂團的大提琴手。」

「另外一個呢？」亞麗絲覺得自己很卑鄙，但既然有機會多打聽一些死者的資料，她絕不會放過。

「好像是醫師？精神科。我不記得她是只做研究還是有行醫。」

精神科醫師。說不定和瑪珠麗．史蒂芬有關，不過透納應該很容易就能查到。

「他很受愛戴，我好像從來沒聽過有人說他的壞話。」亞麗絲謹慎地刺探。

「為什麼要說他的壞話？」梅西問。

「人難免會嫉妒。」蘿倫說，用叉子在一團蕃茄醬上畫線。「我有一堂課剛好在他的課前面，他的學生每次都會提早到教室。我的教授很不爽。」

「可是那是學生的錯，」亞麗絲說，「不關他的事。」

梅西雙手抱胸。「反正都是酸葡萄心理。有教授勸我不要選他當我的學術輔導老師。」

「誰？」

「重要嗎？」

亞麗絲答應過會盡量不說謊，但現在已經在說謊邊緣了。「只是好奇而已。我剛才不是說了嗎？我從來沒聽過他的壞話。」

「不是一個而已，而是一群。英語系的。我在諮詢時間去請教一份報告的事，三位教授突然出現，堅持要我繼續主修英美文學，他們說貝克曼院長不是認真的學者，他們說他巧言令色。」

她抬起鼻子，模仿輕蔑的語氣。「名氣很大，但沒有實力。」

蘿倫難以置信地搖頭。「我經濟學差點被當，而妳竟然優秀到整個系聯手設計要留下妳。」

「有天才朋友真好。」亞麗絲說。

蘿倫擺臭臉。「令人憂鬱。」

「如果能分我們一點就好了。」

「聰明有很多種類。」梅西大方地說。「而且已經不重要了。我告訴他們我打算主修美國研究。」

工作上的嫉妒足以令人痛下殺手嗎？如果真是這樣，又怎麼會扯上瑪珠麗．史蒂芬？

「那些壞蛋是誰？我要怎麼躲開他們？」亞麗絲想拐她說出名字。

「我不記得了。」梅西說。「印象中有露絲．卡內久，她是我的個人專題研究指導老師，但另外兩個我不認識。我會這麼不高興一部分也是因為這個，感覺好像我只是他們想搶到的分數。」

蘿倫站起來收拾拖盤。「像我這種聰明人呢，決定在練習之前先睡一下。我們得商量萬聖節的事。」

「校園裡發生命案了耶。」梅西說。「妳該不會還想辦派對？」

「這樣對我們有好處。要是沒有可以期待的目標，我絕對撐不下去。」

蘿倫離開之後，梅西說：「妳怎麼問那麼多？」

亞麗絲緩緩攪咖啡。她答應過梅西不撒謊，但這件事依然需要謹慎處理。「妳認不認識精神病學系的一位教授，瑪珠麗．史蒂芬？」

梅西搖頭。「我應該要認識嗎？」

「星期六晚上她在辦公室過世了。她的死可能只是不幸的意外，但也可能是謀殺。」

「妳認為這兩起事件有關聯？」梅西猛吸一口氣。「妳認為涉及魔法？」

「可能。」

「亞麗絲，如果真的是秘密社團……如果那些混蛋對貝克曼院長……」

「我們還不確定。我只是……探索各種可能。」

梅西雙手捧著頭。「怎麼可以讓殺人凶手逍遙法外？忘川會不是應該阻止這種事發生嗎？」

「嗯。」亞麗絲承認。

梅西推開椅子離開餐桌，她拿起包包時太用力，拖盤都在震動，淚水再次湧出。「那妳一定要阻止他們，亞麗絲。讓他們付出代價。」

皮博迪博物館原本位於榆樹街與高街交叉口，大量神奇、詭異的東西堆滿到屋頂。新建築的藍圖畫好了、地基也挖了，但是因為正在打第一次世界大戰，導致建材難以取得。舊博物館的館藏被安置在校園各個地方，地下室、馬車房都有。建造新博物館花了太長的時間，文件又亂七八糟，因此直到一九七〇年都還在舊的附屬建築裡發現館藏。可想而知，巨大的展廳裡有些物件從來沒有列入紀錄，有些東西更是最好不要知道出處。

——引自《忘川人生：第九會之程序與規範》

紫水晶桌
出處：不明
捐贈者：不明

紀錄最早出現在大約一九三〇年，新皮博迪博物館建造完成之後。詳情請見未展出館藏目錄。

——引自《忘川會庫房目錄》，眼目潘蜜拉·道斯修訂

17

隔天晚上，透納在皮博迪博物館外面和亞麗絲與道斯會合，他站在三角龍雕像旁邊，一九八二年，狼首會曾經不小心讓雕像動起來。監視器停擺之後要進入博物館很簡單，只要小心留意保全巡邏時間就可以。她告訴透納貝克曼的女兒也是研究精神醫學的，而且有三位教授說過貝克曼院長的壞話，但他似乎不甚滿意。

「知道名字嗎？」

「其中一個是露絲·卡內久，另外兩個不知道。」

「那個讓人變老的毒藥，妳有發現嗎？」

「有也沒有。」亞麗絲，努力控制語氣。透納叫她去第二起命案的現場之後才過兩天而已。

「有種東西叫做老化棒，只要咀嚼夠久就會讓人變老，但效果只能維持幾個小時。還有一種毒藥叫做Tempusladro，光陰賊。會讓人體內老化。」

「這個感覺有可能。」

「不一樣，這種藥只會讓內臟老化，加快時間。重點在於受害者會看似死於自然因素。外表青春鮮嫩，內在衰老乾枯。」

「那就繼續查吧。」透納說。「找出我能用的線索。我需要妳和妳那個惡魔男友幫忙，這種工作我自己沒辦法。」

「那就幫我把他從地獄帶出來。」

透納面無表情。「再說吧。」

亞麗絲纏了半天，他才勉強答應來這裡會合，她保證只要找到另外兩個殺人凶手開啟地獄通道，她就不會再煩他。沒想到他竟然答應了。

他們偷溜進大門、走下樓梯。透納不安地抬頭看失去作用的監視器，雖然還在錄，但道斯裝在保溫瓶中的魔法茶會產生干擾，畫面只有靜電雜訊。「史坦，妳真的很有天分，能把身邊的人全都變成罪犯。」

「只是小小的擅入而已。你可以說是因為聽見怪聲音才進來。」

「我會說是因為抓到妳們企圖闖入，所以決定進一步調查。」

「拜託你們不要吵架。」道斯氣呼呼地小聲說。她比比保溫瓶。「茶的魔力沒辦法撐一整晚。」

亞麗絲閉上嘴，雖然透納讓她很火大，但她硬是忍住。她知道自己很不公道，但她和道斯為了解救達令頓努力了這麼久，感覺節節退敗、毫無進展，她實在很難在乎理性與是非。他們需要人幫忙，但忘川會與蜜雪兒．阿拉梅丁都沒有意願，她覺得自己在哀求透納幫忙，她討厭這樣。

皮博迪博物館又是另一個讓她深刻感受到達令頓存在的地方——真正的達令頓，他屬於忘川會、耶魯，但更屬於紐哈芬。亞麗絲和他一起來過皮博迪，這個地方意外讓他安靜下來。他帶她去看礦物室、渡渡鳥標本，以及亥倫．賓漢三世「發現」馬丘比丘時的照片與信件，他在那裡找到巨大的黃金坩堝，如今藏在權杖居的庫房裡。

經過爬蟲時代壁畫時，他說：「以前家裡狀況不好的時候，我都會來這裡躲著。」那時候亞麗絲不明白，她認定從小住在豪宅裡的人再苦也苦不到哪裡去。但現在她看過達令頓爺爺的記憶，看到他記憶裡那個迷失黑暗中的小男孩，她終於明白為什麼那個孩子會來這裡。這個地方有很多人、很多聲音，有讀不完的資料、看不完的東西，背著包包的好學小朋友在這裡流連忘返，也不會有人覺得奇怪。

樓上的展覽品全都打包裝箱準備迎接整修工程。地下室黑暗溫暖，各種管路抖動、噴氣，比樓上吵。他們的手電筒光束掃過外露的管線與堆到天花板的箱子，鷹架的各種零件靠在上面。

終於，道斯帶他們走進一個霉味很重的奇怪房間。

道斯的手電筒掃過架子上的大量罐子，裡面全都裝著渾濁的液體。「這是什麼？」

「池塘水，幾百年的樣本，從康乃狄克州各地蒐集而來，年份都不一樣。」

「蒐集這個到底有什麼用？」透納問。

「我猜想……如果想知道一八七六年的池塘水裡有什麼，來這裡就對了。地下室裡堆滿了這種東西。」

道斯看了一下地圖，然走向房間左手邊的一個架子。她從底層往上數，然後再數罐子。她伸手到後面一陣摸索。

「要是妳們想逼我喝那玩意，我立刻閃人。」透納嘀咕。

架子後面傳來響亮的一下喀噠，架子往外打開，那一排排髒罐子後面藏著一個很大的房間，裡面什麼都沒有，只有一張用許多防塵布蓋住的巨大四方形桌子。

「竟然真的可以。」道斯的語氣又驚又喜。她撥一下牆上的開關，但什麼都沒有發生。「看來很久沒人來過了。」

「妳怎麼會知道有這種地方存在？」透納問。

「我負責維護庫房檔案。」

「皮博迪博物館地下室有一個屬於忘川會的庫房？」

「不算是。」道斯說，即使很暗，亞麗絲依然能看出她有多不自在。「沒有人願意承認是這個東西的主人。我們甚至不確定是哪個社團製造的，也可能是完全無關的人。檔案裡只有一條紀錄，簡單說明送到這裡的年代以及……用途。」

亞麗絲心中冒出一股惡寒。他們會看見什麼？她用意念搜尋灰影，以防等一下發生可怕的事，道斯抓住防塵布，亞麗絲做好心理準備。道斯用力一扯，灰塵四散。

「模型？」透納問，語氣幾乎有點失望。

紐哈芬的模型。亞麗絲一眼就認出綠原，幾條有保護作用的線從中間切穿，加上三座美觀的教堂。其他部分比較陌生。她認出一些建築，街道大致的分布，但少了很多東西。

「這是石雕。」亞麗絲察覺，伸出一隻手指摸摸一條街道，路面直接刻上查普街字樣。

「紫水晶。」道斯說，雖然亞麗絲覺得不像紫色，比較像白色。

「不可能。」透納說。「這是完整的一大塊，沒有接縫、沒有裂痕。這竟然是由一塊水晶雕出來的？」道斯點頭，透納的眉頭皺得更緊。「太扯了。假設真的有人找到這麼大的紫水晶，設法從礦坑裡弄出來，然後成功完成雕刻，即使如此，這玩意的重量絕對超過一噸。到底怎麼弄到地下室來的？」

「我也不知道。」道斯說。「說不定是直接在這裡雕刻，然後把博物館蓋在上面。我甚至不確定是不是人類雕刻的。其實……總之這個東西一點也不自然。」她從包包拿出一個瓶子，打開蓋子將裡面的液體倒進很像穩潔的噴瓶中。「我念誦咒語，你們跟著重複。」

「然後會發生什麼事？」亞麗絲問。

「只是啟動模型而已。」

「好吧。」透納說。

道斯拿出筆記本，念出事先抄好的拉丁文咒語。亞麗絲一個字也聽不懂。

「Evigilato Urbs, aperito scelestos.」

道斯打手勢要他們重複，於是他們盡力跟著念。

「Crimen proquirito parricidii.」

再一次，他們盡可能重複。

道斯拿起噴瓶，對著模型用力壓了幾下。

亞麗絲與透納後退一步，亞麗絲努力克制想掩住口鼻的衝動。噴出來的液體有股淡淡的玫瑰味，亞麗絲不由得想起書蛇會大祭司說他們都用玫瑰保存遺體。這個地圖也是需要起死回生的屍體嗎？

噴霧落在模型上，桌子似乎突然動了起來。燈光亮起；紫水晶小馬拉著小馬車在街道上奔馳；微風吹過小小的街道。石桌上冒出紅點，彷彿血跡從內部滲透瀰漫而出。

「好了。」道斯顯然鬆了一口氣。「地圖會顯現所有殺人凶手的位置。」

透納難以置信地緊皺眉頭。「意思是說，你們找到一個魔法地圖，會顯現你們想知道的東西？」

「呃，不是，我們必須根據需求改變咒語。」

「我可以用來尋找熱巧克力醬聖代？喜歡精釀啤酒和愛國者隊[50]的女人？」

道斯緊張地笑了一下。「不行，地圖只會顯示特定犯罪。而且也不能叫地圖顯示所有罪犯，必須指定罪行。」

「哇。」亞麗絲說。「要是紐哈芬警局知道就好了。噢，對喔。」

「我可以用這個找到謀殺嫌疑犯？」透納問。

「或許？」道斯說。「地圖只會顯示地點，不會顯示姓名。」

「只有地點，」透納蹙眉重複，「沒有姓名。這是什麼時代製造的？」

「確切的日期沒有紀錄——」

「大致上的年代？」他的語氣很嚴厲。

道斯低頭，下巴埋進運動衫領口。「一八五〇年代。」

「我知道這是做什麼的了。」透納說。「真他媽的。」

道斯瑟縮，現在亞麗絲終於明白為什麼她不願意帶透納來。

「這個鬼東西不是用來抓罪犯，」透納說，「而是搜捕逃跑的黑奴。」

「我們需要設法找到殺人凶手。」她說。「我不知道其他——」

「妳知道這個鬼東西有多糟糕嗎？」透納狠狠指著紐哈芬綠原上一棟富麗堂皇的建築。「那是拆除之前的托布理吉宅。那棟房子是地下鐵路[51]的一站。逃去那裡的人以為很安全。照理說應該真的很安全，可是偏偏有秘密社團的混蛋用魔法……」這個詞讓他卡住一下。「這個就是你們使用魔法的目的，對吧？服務那些有權有勢的人，讓那些已經擁有一切的人得到更多？」

亞麗絲與道斯默默站在安靜的地下室裡。她們無話可說。亞麗絲親眼見識過壞人利用魔法作惡。布雷克・齊利、桑鐸院長、瑪格麗特・貝爾邦。魔法與其他力量無異，雖然她心中有個部分依然暗暗為魔法感到激動。她還記得站在權杖居的廚房裡對著達令頓大吼。「你們在哪裡？」當

50 美國國家美式足球聯盟（NFL）的一支球隊，位在麻薩諸塞州福克斯堡。

51 十九世紀美國秘密路線網絡和避難所，用來幫助非裔奴隸逃往自由州和加拿大。

時她質問。「你們在哪裡？」童年她急需拯救的時候，忘川會和他們的所有神秘力量在哪裡？那天晚上達令頓任由她發洩，沒有辯駁。他知道她想砸東西，於是就讓她砸。

「我們可以離開。」亞麗絲說。「也可以把這東西砸成粉。」她無法給予其他安慰。

「這個鬼東西被用過多少次？」透納質問。

「我不清楚。」道斯說。「我知道在禁酒令其間也有人用來找釀私酒的工廠和非法酒吧，黑豹黨[52]審判期間，聯邦調查局可能也用過。」

透納搖頭。「快點結束。」他憤恨地說。「我不想在這裡多待一分鐘。」

她們猶豫了一下，然後低下頭，再次用手電筒照亮淺紫色的地圖表面。

皮博迪博物館的一個角落冒出大片紅色，有如盛開的罌粟花，血紅豔麗。亞麗絲、透納、道斯。暴力的花束。

西爾區[53]有幾個點，就連宿舍區都有兩個點，至少亞麗絲認為那裡應該是現在的宿舍區。她有點搞不清楚方位。地圖好像從十九世紀末期就沒有更新過，她熟悉的建築大多還不存在。

但高街沒有改過名字，那裡有個地方亞麗絲一眼就能認出。一個名叫格拉迪絲的年輕女僕曾經奔逃至此，黛西．惠洛克偷走她的人生、吞噬她的靈魂。這樣的行為製造出靈力節點，幾年後，第一個秘密社團在那裡建造會墓。

「有人在骷髏會。」她說。地圖上的那棟建築很小，會墓最初的模樣，還沒有擴建。

他們站在一起看那塊紅斑。

「今天星期一。」道斯說。「今晚沒有儀式。」

很好。現在應該只有幾個人在會墓讀書或鬼混，只要能及時趕到，就不必過濾太多可能的人選。

「快走吧。」透納說，語氣依然不悅。

他們離開冒出斑斑血點的桌子，穿過暗門出去，亞麗絲問：「就那樣放著不管沒關係嗎？」

「別擔心。」透納說。「我會帶破壞槌回來砸爛。」

亞麗絲聽見道斯倒抽一口氣，儘管那張桌子邪惡無比，但破壞文物這件事依然令她難過。不過她沒有說話。

他們回到擺滿罐子的房間，然後從側門出去，盡可能不發出聲音。透納一推門上的橫桿，立

---

52 Black Panther Party，由非裔美國人組成的黑人民族主義和共產主義政黨，其宗旨主要為促進美國黑人的民權，另外，他們也主張黑人應該有更為積極的正當防衛權利，即使使用武力也是合理的。一九六九年紐哈芬的黑豹黨成員因為懷疑有人向聯邦調查局告密，而殺害了一名黨員，因此紐哈芬法庭進行了一連串針對黑豹黨成員的刑事審判。

53 位於紐哈芬西南端的社區，耶魯醫學院位於此處。

刻警報大作。

「糟糕。」他急忙低頭，亞麗絲拉起兜帽。他們衝出去直奔他的車。暴風茶變冷了，魔力也隨之減弱，她只希望博物館的監視器沒有清楚拍到他們的正臉。

他們匆忙上車，透納發動引擎開上沒有車的馬路，因為速度太快，輪胎發出摩擦聲。

他駕車往高街前進，亞麗絲催促：「再快點。」他們必須在殺人犯離開之前趕到骷髏會，否則又得重複一次同樣的步驟。

「我不想引來注意。」他咆哮。「妳有沒有想過要怎麼找出誰是殺人犯，找到之後要怎麼說服他加入妳的小小地獄探險隊？」

她毫無想法。砲彈只會憑著一股氣勢往前衝。

透納轉彎，將道奇車停在那棟紅色建築正前方。

亞麗絲從來不喜歡這棟會墓。其他社團的會墓感覺都有點傻，像是以迪士尼手法詮釋特定風格——希臘、摩爾、督鐸、中世紀。但這座感覺太真實，獻給黑暗邪惡力量的聖殿，就這樣大刺刺蓋在人來人往的地點，就好像建造這棟紅色石磚建築的人知道沒有人能動他們分毫。她親眼看過骷髏會的人為了一窺未來，而將活人切開亂翻他們的內臟，這讓她對骷髏會的印象更差。

下車時透納說：「妳有計畫嗎，史坦？」

「我們必須謹慎行事。」道斯敦促，她走在他們後面，依然緊抓著筆記本。「骷髏會勢力很大，萬一他們往上申訴——」

亞麗絲用力猛搥厚重黑色大門。她對這座會墓瞭解不多，只知道最初設計的建築師是誰一直有爭議，而且可能是用賣鴉片的錢建造的。

沒有人應門。透納雙手抱胸、置身事外。

「該不會他們剛好走了吧？」道斯的語氣似乎很盼望真是如此。

亞麗絲再次用力搥門，並且大喊：「我知道裡面有人。不要再拖拖拉拉。」

「亞麗絲！」道斯怒斥。

「要是沒有人在，誰會在乎？」

「萬一有呢？」

亞麗絲不太確定。她舉起手正要再敲一次，門打開一條縫。

「亞麗絲？」那個聲音輕柔、緊張。

她望進昏暗的門內。「崔普？老天，你在吃冰淇淋？」

崔普．海穆斯，第三代耶魯人，新英格蘭富豪世家的後裔，他伸手抹抹嘴，神情怯懦。他穿著側邊可以撕開的運動褲搭配髒兮兮T恤，金髮塞在反戴的耶魯棒球帽裡。他是骷髏會成員——

該說曾經是才對。他去年畢業了。

「只有你一個人在？」亞麗絲問。

他點頭，亞麗絲立刻辨識出他的表情。心虛。他不該在這裡。

「我——」他支支吾吾。他知道不能請他們進去，但也知道他們不會乖乖站在外面。

「你跟我們走。」亞麗絲盡可能裝出厭煩又權威的語氣。從小她聽過太多老師、校長、社工用這種語氣說話，他們每個人都對她感到失望。

「靠。」崔普說。「靠。」他好像快哭了。這就是他們要找的殺人犯？「先讓我進去收拾一下。」

亞麗絲和他一起進去。她不認為崔普有膽量逃跑，但她不想冒險。這座會墓就像其他社團一樣，其實非常普通，唯一特別的是執行儀式用的羅馬聖殿。其他部分基本上和耶魯校園裡的高檔設施沒兩樣：深色木質裝潢、幾幅華麗的濕壁畫、有點舊的紅絲絨沙發，外加大量顱骨，有些非常有名，有些無人知曉。裝著重要肝臟、脾臟、心臟、肺臟的卡諾卜罈[54]都藏在聖殿裡。

會墓裡很暗，只有廚房開了燈，崔普原本在那裡吃宵夜。餐桌上放著冷肉、麵包、吃到一半的冰淇淋三明治。廚房很大，會漏風，裝設兩個大型爐臺與可以走進去的大型冷凍庫，感覺比較像專業宴會場所的廚房，而不是十二個大學生用的。不過，當社團校友來訪時，骷髏會員必須端出佳餚款待。

崔普一邊匆忙將東西放回冰箱，一邊問：「妳怎麼知道我在這裡？」

「動作快。」

「好啦、好啦。」亞麗絲發現他的背包鼓鼓的，懷疑他可能偷拿了一堆食物。看來崔普・海穆斯的日子不好過。

出去之後，他鎖好門，他們往透納的車走去，亞麗絲問：「你怎麼進去的？」

「我沒有交還鑰匙。」

「他們沒有跟你要？」

「我說弄丟了。」

這樣就夠了，大家都會相信。崔普很粗心，只要是沒有用訂書機固定在口袋裡的東西都會不見，弄丟鑰匙也不奇怪。

亞麗絲和他一起坐上道奇車的後座，崔普說：「噢，老天。你是條子？」

透納瞥一眼後照鏡，然後冷冷說：「警探。」

54 古埃及人製作木乃伊時，用作保存內臟以供來世使用的器具。

「當然啦，嗯，對不起。我——」

「勸你閉嘴，利用這段時間好好想清楚。」

崔普垂下頭。

亞麗絲在後照鏡裡對上透納的視線，他微微聳肩。既然要拐崔普加入，就必須先讓他害怕，而透納非常擅長嚇唬人。

車子在查普街上前進，崔普問：「我們要去哪裡？」

「忘川會所。」亞麗絲回答。

秘密社團的成員大多將忘川會視為惱人卻不可或缺的存在，安撫耶魯行政高層的工具，從來沒人想到要造訪權杖居。

「你在校園做什麼？」

崔普拖拖拉拉不回答，透納惡狠狠說：「最好給我老實說。」

透納願意配合真是太好了，老天保佑他。

崔普摘掉帽子，伸手撥一下油膩頭髮。「我……我雖然獲准和同學一起出席畢業典禮，但其實還沒畢業。我的學分不夠。我爸不肯出延畢的學費，所以我……我在幫馬克漢房地產公司做行銷資料。其實我蠻會用 Photoshop。我在存錢，我想把學分修完，拿到畢業證書。」

難怪他要偷食物，但是亞麗絲不懂，他明明可以在履歷上撒謊，寄給他想去的曼哈頓投資銀行或外匯自營商。海穆斯這個姓氏能為他開啟所有大門，他是第三代耶魯人，只要他在履歷寫上耶魯大學經濟系學士，絕對不會有人質疑。但她不打算說出來，崔普傻呼呼又太單純，應該根本沒想到可以靠撒謊蒙混過關。

他不是壞人。亞麗絲猜想他這輩子應該都得到這樣的評價：不是壞人。不怎麼聰明、不怎麼英俊，沒有任何特別出色的地方。他享受奢華假期，一次又一次浪費掉改過自新的機會。他喜歡嗑藥，也喜歡搖滾樂團「嗆辣紅椒」，雖然大家不見得喜歡他，但願意容忍他。他是「無憂無慮」這個詞的化身。但顯然崔普的爸爸受夠了他這麼不會想。

「你們要怎麼處置我？」他問。

「呃。」亞麗絲緩緩說。「我們可以聯絡骷髏會成員和理事會，通報你擅闖會墓的事。」

「還有行竊。」透納補上一句。

「我沒有偷東西！」

「你拿了食物有給錢嗎？」

「呃……不算有。」

「不然我們也可以幫你保密，但是你要幫我們做一件事。」亞麗絲說。

「什麼事？」

可能會丟掉小命或四肢的事。

「這件事雖然不容易，」亞麗絲說，「但我相信你能做到。說不定還能賺點錢呢。」

「真的？」崔普的態度大轉變。他不懂猜忌、沒有戒心。從小到大他習慣了各種機會自動從天上掉下來，這次他也沒有多想。「哇，史坦，我就知道妳是好人。」

「你也是，兄弟。」

亞麗絲伸出拳頭和他碰拳，崔普燦爛微笑。

18

第二天，亞麗絲和梅西一起去上現代詩課，任由〈給瑪麗安．摩爾小姐的邀請函〉[55]的文字從身上流過。妳的黑色寬帽沿上載著天曉得多少個天使，請速速飛來。讀到這樣的文字，在腦中聽見，她總會感覺到另一種人生在拉扯；她可以清楚看見自己過那樣的人生，就像吸收了灰影的記憶一樣，聆聽〈人羊之子〉[56]驚悚又美麗的詩句，或是在歷史課上放下筆，仔細聽教授講解伯羅奔尼薩戰爭[57]，將狄摩西尼[58]與邱吉爾做比較。何者是阻擋暴政的堡壘，何者成為時代

55 〈Invitation to Miss Marianne Moore〉，美國著名詩人伊莉莎白．畢肖普（Elizabeth Bishop，一九一一～一九七九）的詩作。瑪麗安．摩爾（Marianne Moore，一八八七～一九七二），美國現代主義詩人，畢肖普的心靈導師。

56 〈The Sheep Child〉，美國詩人、小說家詹姆斯．迪克伊（James Dickey，一九二三～一九九七）的詩作。描述博物館裡人羊交合生下的孩子標本讓農場青少年引以為戒，不敢用動物發洩性慾。

57 以雅典為首的提洛同盟與軍事強國斯巴達為首的伯羅奔尼薩聯盟之間發生的戰爭，從公元前四三一年持續到公元前四〇四年，最終以斯巴達人的勝利告終。這場戰爭結束了雅典和雅典式民主的古典時代，並永久地改變了希臘文明。

58 Demosthenes，古希臘著名的演說家，民主派政治家。

改變之敵而受人訕笑，全都由勝利者決定。在那樣的時刻，她感受到比生存更深刻的需求，在那樣的時刻她得以窺見，若是她能夠單純學習，不必一直這麼拚命，會是怎樣的光景。

她發現自己憧憬那樣的人生，不只沒有恐懼，甚至沒有抱負。她閱讀、上課，住在採光良好的公寓裡。當有人談到她沒聽過的藝術家、沒讀過的作家，她不會感到恐慌，只會感到好奇。她的床頭櫃上會擺著一堆書。她會聽《清晨變成折衷派》[59]，她會懂那些笑話、說那種語言；她會熟練悠閒從容。

但這樣的幻想撐不住，因為校園裡發生兩起教職員命案，秘密社團很可能涉案，而且達令頓還困在防禦圈裡，魔法隨時可能失效。再過兩週就是萬聖節了，到時必須進行儀式，若是失敗，她可能會失去性命，若是成功，她可能會失去一切。恐懼重新湧上心頭，會失敗的預感糾纏不去。詩的美與歷史的規律被擠到一邊，只剩下無趣又惱人的現實。

課上到一半，道斯傳訊息來，亞麗絲去下一堂課的路上打電話給她。

道斯一接起來，她立刻問：「發生什麼事了？」

「沒事。呃，當然啦，不是真的沒事。只是新執政官召見妳。」

「現在？」

「妳不能一直拖延。自從……捲軸鑰匙會那次之後，安賽姆一直沒有安排茶敘，新執政官等不及了。他下午兩點到四點會在辦公室，在林斯利—齊坦登館。」

基本上就在她的宿舍旁邊。距離近沒什麼好處。

「妳和他通過電話？」亞麗絲問。「他感覺是怎樣的人？」

「不清楚。就是一般教授的感覺。」

「生氣？開心？幫幫我嘛。」

「他感覺沒什麼特別的。」道斯的語氣冰冷，亞麗絲很想知道原因。

「妳想幾點去？」

「他要見的人是妳，不是我。」怎麼回事？執政官不想一起見道斯？

「等一下，他是教授？他在耶魯多久了？」

「他在耶魯任教二十年了。」

亞麗絲忍不住笑出來。

「怎樣？」道斯追問。

59 Morning Becomes Eclectic，另類搖滾廣播節目，名稱是致敬劇作家尤金．歐尼爾（Eugene O'Neill）的作品Mourning Becomes Electra。

「他在這裡這麼久了，但我們現在才知道有個人，可見忘川會是真的找不到人了才會找他。」

「不見得——」

「妳以為有很多人搶著要這份工作？上一個人死掉了呢。」

「死因是心肌梗塞。」

「但發生在神秘的狀況下。沒有人想接手。所以他們才找上這個人。」

「雷蒙・華許—惠特利教授。」

「要不是我夠瞭解妳，一定會以為妳在開玩笑。」

「他年輕時是神童。十六歲就從耶魯畢業，在牛津讀研究所。他是英美文學系的教授，有終身教職，根據他在《聯邦黨人》發表的社論判斷，他的觀點非常老派。」

亞麗絲考慮要不要編個藉口再拖延一陣子。但這樣做有什麼好處？趁現在和執政官單獨會面比較好，要是拖到安賽姆想起來要安排餐會，到時候除了執政官還有其他忘川會董事，所有人一起挑剔她。

「好吧。」她說。「上完課我就去。」

「等妳見完執政官，我們在強艾見。我們一起思考地獄通道剩下兩關在哪裡。」

「好。」

「要有禮貌。」道斯堅持。「打扮得體。」

道斯在乎打扮真的很不正常，但亞麗絲知道人要衣裝的道理。

接下來的基礎電工課亞麗絲盡可能專心，但即使在她狀況絕佳的時候也很難做到。這堂課的地點是大型講堂，很可能是耶魯最民主的一堂課，因為這是必修課，大家不得不來——包括亞麗絲、梅西、蘿倫。一小時的課程中，她們一直偷偷討論萬聖節酒趴的菜色，最後決定用小杯龍舌蘭酒配蟲蟲軟糖。

雖然校園發生的兩起命案，但是在哀悼氣氛中學生依然繼續開趴、上課、寫作業，亞麗絲一點也不覺得奇怪。目前學校師生以為只有一個人慘死。沒有人知道瑪珠麗・史蒂芬可能也死於凶殺。沒有人為她舉辦紀念會或哀悼會。貝克曼的死駭人、悽慘，大家茶餘飯後難免會討論，晚上一個人走路回家也會因此提心吊膽。但是此刻在教室裡坐著打瞌睡的學生沒有去過犯罪現場，沒有仔細察看過那張衰老驚恐的臉。他們沒有親身體會死亡造成的終結，因此他們能照常生活。不然還能怎麼辦？他們打扮成鬼魂、怪物、死去的名人，用穀物酒或夏威夷水果酒忘卻體會生命短暫所帶來的恐懼。

酒趴算是重頭戲之前的暖身活動，真正的狂歡派對之後才登場，亞麗絲可以趁機提早開溜去為儀式作準備。今年的手稿會萬聖節派對禁止使用魔法，所以不必擔心。上個學期他們沒有管理好魔藥，遭到布雷克・齊利濫用，導致梅西和其他倒楣遇上他的女生慘遭侵犯。但週四她還是要去監督他們進行鳴鳥儀式。

亞麗絲和梅西、蘿倫一起走回強艾。要準時在新任執政官的會面時間出現，她就得跳過午餐。她跑進房間換上最端莊的衣物：黑色牛仔褲、黑色毛衣，加上她跟蘿倫借的白襯衫。

「妳的打扮好像貴格派的古人。」梅西嫌棄。

「這叫端莊好嗎？」

「妳知道她需要什麼嗎？」蘿倫問。她進房間，然後拿著深紅色絲絨髮箍出來。

「這樣好多了。」梅西說。

亞麗絲端詳鏡中毫無幽默感的嚴肅臉孔。「完美。」

雷蒙・華許—惠特利教授的辦公室在林斯利—齊坦登館三樓，沉重木門上貼著他的會見時間。她猶豫了。他找她來究竟要做什麼？說教？告誡？審訊那天在捲軸鑰匙會究竟發生了什麼事？

她輕輕敲門，聽到冷淡的回應：「進來。」

辦公室不大，牆壁被書架擋住，書籍從天花板堆到地板，還有一些沒地方放。華許—惠特利坐在一排鉛玻璃窗戶前。厚實的玻璃感覺水汪汪，彷彿是用融化的糖做成，黯淡的十月日光苦苦掙扎才得以照進來。綠色燈罩的黃銅檯燈探頭照亮亂糟糟的辦公桌。

原本看著筆電的教授抬起頭，從眼鏡上緣打量她。他的臉型瘦長，容貌憂鬱，濃密白髮往後梳露出前額，有點像飛機頭。

「坐吧。」他比比辦公桌對面唯一的椅子。

去年發生了那麼多事，竟然有個前任忘川會監察員可以一直安然在校園生活，窩在這個小辦公室裡，實在很難想像。為什麼沒有人提起過他？還有其他這樣的人嗎？

「銀河．史坦。」他說，往椅背上一靠。

「教授，麻煩叫我亞麗絲。」

「真是幫了大忙。用銀河這種名字稱呼別人，讓我覺得自己像傻瓜。真是怪裡怪氣的名字。」他說怪裡怪氣的語氣充滿厭惡，一般人大概只有說到種族歧視才會用這種語氣。「令堂經常這樣異想天開嗎？」

稍微透露一點實情無傷大雅。

「沒錯。」亞麗絲說。「加州人嘛。」她聳肩。

存在。「妳是藝術家？」

「嗯。」他點頭說，亞麗絲懷疑他可能早已將加州從心裡抹去，甚至整個西岸對他而言都不

「繪畫。」雖然上學期結束之後，她就再也沒有碰過畫筆或炭筆。

「妳對新學年有什麼想法？」

累人？恐怖？太多死人？但目前校園關注的議題只有一個。

「貝克曼院長的事太可怕了。」她說。

「痛失英才。」

「您認識他嗎？」

「他那種人無法忍受有人不認識他。不過我為他的家人感到難過。」他將雙手立起、指尖相抵。「我就直說吧，史坦小姐。我這個人呢，幽默的人會說是恐龍，惡意的人會說是冬烘先生。以前的耶魯大學專注於心靈修養，雖然有很多讓人分心的活動，但沒有比女性出現在校園更令學生心猿意馬、無法投入學業。」

亞麗絲一下子無法理解華許—惠特利教授的話，許久之後才反應過來。「您認為女性不該獲准進入耶魯？」

「沒錯，我就是這麼想的。我百分之百支持女性接受高等教育，但是男女混在一起沒有半點

好處。同樣的，忘川會也不該讓女性加入，至少不該擔任味吉爾或但丁的工作。」

「眼目呢？」

「我依然認為最好不要讓環境中有誘惑存在，不過，眼目的工作單純是研究與照顧，可以作為特例接受。」

「像是高級一點的保母？」

「沒錯。」

現在亞麗絲明白為什麼道斯那麼不高興了。

華許—惠特利從袖子上捏起一根線頭。「我活得夠久，親眼見識過照理說掀不起波濤的微弱反主流文化變成文化，我也曾經目睹德高望重的學術單位被無知豎子把持，為了討好鄙俗心靈，而將數百年的文學與藝術連根拔起。」

亞麗絲思考該怎麼回答。「我完全同意。」

華許—惠特利愣住。「什麼？」

「我們正在目睹西方經典消亡。」她希望語氣傳達出適當的憤慨。「紀慈、特洛勒普、莎士比亞、葉慈。您知道嗎？現在竟然有一堂課專門研究流行歌曲的歌詞。」她慢慢喜歡上莎士比亞與葉慈。她嫌紀慈[60]無聊。特洛勒普她讀得很開心。聽說他發明了郵筒。不過她猜想華許—惠特利教授應該不太在意開心與否，而且她真的很喜歡歌詞那門課，上學期他們研究了地下絲絨樂團和饒舌之神圖帕克。

他端詳她。「艾略特．桑鐸就是那種無知豎子。自以為是又毫無風骨，令人噁心的組合。醜話先說，我絕不接受忘川會的屋簷下出現任何問題，不准耍猴戲、不准亂鬧事。」

竟然有成年男性用「耍猴戲」這個詞，而且語氣不帶一絲嘲諷，要她不覺得好笑也難，但亞麗絲只是說：「是，遵命。」

「妳已經太久沒有味吉爾，也沒有真正能夠領導妳的角色。我不知道這段時間妳養成了多少壞習慣，但是在我的監督下絕不會容許。」

「明白了。」

他靠向前。「真的？桑鐸院長任職期間怠惰職守，一個學生失蹤、一個差點死掉。他放任秘密社團糜爛墮落，甚至做出犯罪行為。我好幾次寫信向理事會痛陳時弊，很慶幸他們聽進了我的逆耳忠言。」

她雙手交疊放在腿上，盡可能顯得弱小無力。「我只能說，我深感安慰，現在終於有人挺身而出……呃……撥亂反正。」天曉得那是什麼意思。「失去味吉爾讓我非常害怕、不知所措。」

華許－惠特利得意地低笑一聲。「我能想像，妳是女人又出身低微，在這裡一定覺得格格不入吧。」

「是。」亞麗絲說。「確實很艱難。不過，迪斯雷利[61]不是說過嗎？『沒有比逆境更好的教育』。」感謝餐廳茶包的智慧。

「有嗎？」華許－惠特利說，亞麗絲擔心她是不是演過頭了。「史坦小姐，我不是傻瓜，我不會因為花言巧語而動搖。忘川會容不下巧言令色、濫竽充數之輩。我希望妳每次監督儀式之後都盡快交出報告。我也會列書單給妳——」她的表情一定洩漏了不爽，因為他舉起一隻手。「我也不喜歡說話被打斷。妳必須時時注意言行舉止，不可以辱沒忘川會。若是妳沾染上任何一絲爭議，我便會建議立即將妳逐出忘川會與耶魯。妳在捲軸鑰匙會做了那種可恥的行為，那個麥克·安賽姆和理事會竟然還讓妳留下，我實在難以理解。我已經嚴正向安賽姆先生表達過我的不滿。」

「哦？然後呢？」亞麗絲問，怒火讓她失去理智。

執政官氣得口沫橫飛。「什麼然後呢，史坦小姐？」

60 紀慈（John Keats，一七九五～一八二一），英國浪漫主義詩人。特洛勒普（Anthony Trollope，一八一五～一八八二），英國維多利亞時代長篇小說家。

61 班傑明·迪斯雷利（Benjamin Disraeli，一八〇四～一八八一），英國保守黨政治家、作家和貴族，曾兩次擔任首相。

「安賽姆怎麼說？」

「我……一直沒有聯絡上他。我們雙方都很忙。」

亞麗絲好不容易壓抑住笑容。安賽姆沒有回他電話。忘川會實在找不到其他人，到了山窮水盡的地步才找他。沒有人想聽華許－惠特利教授嘮叨。說不定是個可以利用的好機會。

亞麗絲靜靜等候，確定他的話都說完了，同時在心中衡量各種策略。她知道企圖讓華許－惠特利成為助力應該只是徒勞，不過，他應該很希望丹尼爾・阿令頓回來吧？畢竟他是具備所有適當資質的忘川會監察員。

「我的味吉爾——」

「痛失英才。」

剛才說到貝克曼院長遭到殺害時他也說了同樣的話。毫無意義。他揮揮手。

亞麗絲再接再厲。「不過，要是有辦法能找到他、帶他回來——」

執政官揚起眉毛表示質疑，亞麗絲準備承受另一波憤慨說教，但他的語氣很溫和。「孩子，人死不能復生。Mors vincit omnia，死亡征服一切。」

但他沒死。他就坐在黑榆莊的宴會廳裡。至少一部分的他在那裡。

亞麗絲再次懷疑華許－惠特利究竟知道多少。

「在捲軸鑰匙會——」她放膽說。

「不要奢望我的同情。」他嚴厲地說。「希望妳有自知之明，不要冒進。任何視察或儀式活動都必須先經過我的許可。標準之所以存在是有理由的，儘管理事會認為降低要求也無所謂，但我絕不會坐視忘川會的名譽再次遭到破壞。」

視察。這是亞麗絲告訴捲軸鑰匙會的藉口，安賽姆也同樣告訴他們的校友。亞麗絲以為安賽姆會將他的猜疑告訴忘川會董事會。但或許董事會沒有告訴執政官？既然知道這隻狗愛亂吠，何必刺激牠？如果執政官不知道她和道斯企圖闖進地獄，那麼要煩惱的問題就少了一個。

她鬆了一口氣但努力掩飾。「我明白。」

華許—惠特利搖頭，一臉憐憫。「妳陷入如此窘境並不是妳的錯。妳只是欠缺技能與背景，因此無法應付加諸在妳身上的責任。妳不是丹尼爾．阿令頓。妳的資質不足以擔任但丁，更別說味吉爾。不過，只要有我的督導加上妳虛心學習，我們一定可以一起度過難關。」

亞麗絲考慮用筆捅死他。「謝謝您，院長。」

華許—惠特利摘下眼鏡，從辦公桌抽屜拿出一塊布擦拭。他的視線往左飄，亞麗絲跟著看過去，發現那裡有一張泛黃的照片，兩個青年一起在帆船上休息。

他清清嗓子。「妳真的能看見鬼魂？」

亞麗絲點頭。

「不需要魔藥或靈藥？」

「對。」

亞麗絲一進來就解讀過這間辦公室。照片旁邊的架子上裝飾漂流木、貝殼、海玻璃，鎮紙裡框著一句話：**隱密並自得吧，因為世上無有更艱難之事**[62]。但她並未成功解讀華許－惠特利。她太緊張，以致於沒有看見藏在虛張聲勢之下的迫切。

「現在這裡就有一個灰影。」她撒謊。這間辦公室乾乾淨淨，沒有任何鬼魂，很可能是因為執政官本人距離屍體只差一步了。

他吃了一驚，但努力保持鎮定。「是嗎？」

「對，男性……」現在只能賭了。「相當年長。」教授蹙眉。「不對……他有點模糊。是年輕人。非常英俊。」

「他……」華許－惠特利看看四周。

「在你的椅子左邊。」亞麗絲說。

華許－惠特利伸出一隻手，彷彿能穿過界幕摸到灰影。那個動作滿懷希望、毫無防備，亞麗絲感到內疚刺痛。但她需要這個人站在她這邊。

「他有沒有說話？」執政官問。他語氣中的渴望有點尖銳，因為多年孤寂而變得鋒利。他愛那個人。他失去了他。亞麗絲很想再看一眼壁爐架上的照片，她相信那兩個笑容滿面的青年當中有一個是華許—惠特利，他們青春、黝黑，相信還有很長的人生。

「我能看見灰影，但聽不見他們的聲音。」亞麗絲再次撒謊。接著不忘一本正經地補上一句：「我不是通靈板。」

「當然不是。」他說。「我不是那個意思。」

你的冷笑怎麼不見了？但她知道必須謹慎應對。以前外婆會用土耳其咖啡渣為人算命，那種咖啡又苦又黑，非常濃稠，慢吞吞地滑下食道。

「妳這是在販賣謊言欺騙大眾。」亞麗絲媽媽如此抱怨。米拉說這種話實在好笑又諷刺，她將人生的希望寄託在各種類似的東西上：水晶、能量浴，綁成一束束的鼠尾草號稱能帶來淨化、財富、回春。

「我沒有賣東西給他們。」愛絲翠雅對女兒說。

確實如此。愛絲翠雅．史坦算命從不收費。但人們會帶來麵包、裝在錫箔平底鍋裡的Jiffy Pop

62 引自葉慈的作品〈To a Friend Whose Work Has Come to Nothing〉。

爆米花，巴布卡酵母蛋糕、草莓軟糖。他們離去時往往眼眶含淚，滿懷感激親吻她的手。

亞麗絲坐在廚房餐桌邊看，讚嘆道：「他們愛妳。」

「孩子，他們現在愛我，但遲早會恨我。」

亞麗絲當時不懂，直到她親眼目睹那些人在街上假裝沒看到外婆，在超市排隊時把她當陌生人對待，收銀員掛著制式微笑但視線飄移。

「我看過他們最落魄的樣子。」愛絲翠雅解釋。「當人們讓妳看見他們最深的渴望，絕不會希望看到妳出門買小番茄。好了，不要告訴妳媽媽喔。」

亞麗絲沒有說出有人去外婆家算命，因為媽媽每次發現愛絲翠雅幫人算命，回家的車程就會不斷碎念：「我去算塔羅牌她還笑我，結果自己做這種事。」米拉氣呼呼用掌根拍方向盤。「虛偽。」

但亞麗絲知道外婆之所以笑米拉，是因為她總是在那些假貨上寄託希望與幻想，一波波如海浪般周而復始。因為那些全都是騙人的，而愛絲翠雅說的都是真的。她看到現在。她看到未來。如果杯子裡什麼都沒有顯示，她也會老實說。

「幫我看嘛。」亞麗絲哀求。

「寶貝，我不需要咖啡就知道妳的命運，」愛絲翠雅說。「妳會承受很多考驗。但妳感受到的痛苦？」她用枯瘦手指捏住亞麗絲的下巴。「妳會十倍奉還。」

亞麗絲覺得十倍太誇張，但愛絲翠雅．史坦從來沒有說錯過。現在她端詳執政官。他也像那些去外婆家廚房算命的人一樣，表情滿懷希望，內心的痛楚有如光暈散發。愛絲翠雅說她無法在看到人心之後說謊。亞麗絲似乎沒有遺傳到這種特質。她突然想起父親，她很久沒有想到他了，那個神秘的人物，她只知道他長相很英俊、笑容很迷人。她長得很像他——至少媽媽這麼說。或許他也是個騙子。

「那個灰影感覺很自在，」她說，「他喜歡在這裡看你工作。」

「太好了。」華許—惠特利聲音沙啞。「真的……太好了。」

「需要一點時間他們才會願意表達出他們需要表達的事。」

「當然。嗯。」他重新戴上眼鏡、清清嗓子。「我會請眼目準備等候核准的社團儀式時間表，明天晚上我們一起確認。」

他掀開筆電，繼續剛才的工作。這表示她可以走了。

亞麗絲看著眼前的老人。她很清楚，等她走了以後他一定會哭。她也很清楚，他會再次問起那個年輕人的事。他可能會暫時對她和善一點或公正一點。但只要他一產生懷疑，就會加倍修理她。好吧。反正她不需要討他喜歡太久，順利帶達令頓回家之後就無所謂了。到時候忘川會金童自然會擺平一切。

回宿舍的半路上，她突然想起執政官說的話：忘川會容不下巧言令色、濫竽充數之輩。企圖遊說梅西留在英美文學系的三位教授當中，有人也以巧言令色這個詞形容深受愛戴的貝克曼院長。很少人會用這個詞。他那種人無法忍受有人不認識他。

成為執政官就表示他可以取得忘川會的所有檔案與資源——包括庫房裡的大量靈藥與毒藥。華許—惠特利院長上週才獲指派，就在命案發生之前，而且他顯然不欣賞貝克曼院長。

動機與手法都有了，亞麗絲思索著打開強艾的閘門。至於機會，她比任何人都清楚：要靠自己創造。

19

亞麗絲在強艾閱覽室找到道斯，她正在埋頭研究史特林圖書館的藍圖和《齊闕爾惡魔論》。

「蜜雪兒叫我要讀這本書。」亞麗絲拿起來翻閱。「裡面有說到地獄通道的事嗎？」

「沒有，只是在辯論地獄的性質。」

「意思是，比較像導覽手冊？」

道斯翻個白眼，雙手抓住耳機，彷彿攀附浮球。「妳真的不害怕？」

亞麗絲多希望可以說她不怕。「蜜雪兒說必須死才能完成儀式。我好怕。說實話，我不想去地獄。」

「我也一樣。」道斯說。「我好想知道要怎麼做才能像妳一樣勇敢。」

「我不是勇敢，是不知死活，不一樣。」

道斯的嘴角似乎揚起淺淺微笑。「或許吧。執政官怎麼樣？」

亞麗絲坐下。「愛死他了。」

「真的？」

「道斯。」

道斯臉紅了。「我稍微調查了一下，他在忘川會很不受歡迎。他的味吉爾討厭他，卯足全力要求理事會不要選他，不過他確實是學術界的巨星，這點無法否認。」

「壞消息是他年齡增長之後並沒有改變。好消息是安賽姆和理事會似乎沒有告訴他捲軸鑰匙會那次儀式的真相。」

「為什麼？」

「因為這個人好像滿肚子自命正義的憤慨。這些年來，他似乎一直在向董事會抱怨我們正慢慢陷入墮落深淵。他們只希望他能閉嘴不要吵。」

「現在他是我們的問題了。」

「可以這麼說。我認為應付他最好的辦法就是裝笨、裝沒用。」

道斯雙手抱胸。「妳知道我要多努力才能讓別人認真看待我？認真看待我的論文？裝傻不只對我們有害，也會連累所有和他接觸的女性。我——」

「道斯，我知道。但這是很好的偽裝。所以啦，我們就暫時演給他看，等我們解決地獄通道的問題之後，我很樂意站在旁邊欣賞妳用驚人學識碾碎他的自尊。好嗎？」

道斯考慮一下。「好吧。」

「我不是故意模仿透納，不過，我們有計畫嗎？」

「算是有？」道斯擺出幾張整齊打字的紙，上面用不同顏色的螢光筆標重點。「想出怎麼走完通道之後，我們在午夜行動。要找到四個門戶，每一個都要用血做標記。」

「在萬聖節晚上？」

「我知道。」道斯說。「但我們別無選擇。如果正確……就會發生其他事。我不確定是什麼。不過地獄之門將會開啟，並且出現四個墳墓。這裡一樣說得不清不楚。」

「裝四個殺人兇手的四個墳墓。」

「前提是我們能找到四個殺人兇手。」

「已經有了。」亞麗絲說，雖然透納依然沒有答應。如果得再去用那個可怕的地圖，那也只能這樣了。但她們必須動作快。此外，為了拯救一個素未謀面的人而甘願被活埋，要找到這樣的人恐怕不容易。「我們需要……呃，帶武器或其他東西嗎？」

「可以試試，但我不確定會不會需要打鬥。我完全不知道去到那邊之後會發生什麼事。我只能告訴妳，我們的肉體不會下去，下去的只有靈魂。」

但亞麗絲記得在羅森菲爾館目睹的那一幕。「達令頓消失了，我親眼看見的。不只是靈魂而已，肉體也一起。」前一刻他還在她旁邊，接著他發出一聲慘叫，然後就消失了，連慘叫都沒有留下。沒有回音、沒有殘餘，就那樣突然一片死寂。

「因為他是被吃掉的。」道斯的語氣彷彿這件事再明顯不過。「只有那樣才會變成……他現在的狀況。」

「我們都不會變成惡魔？」

道斯重新抓緊耳機。「大概不會。」

「真是的，道斯。」

「我無法確定。」道斯粗聲說，彷彿比起失去忘川會的工作，失去人性根本不算什麼。「曾經嘗試過的人都沒有留下完整紀錄。不過，只有靈魂下去其實比較保險。肉體可滲透、會改變。所以我們需要有人幫忙看守，作為我們與人間的連結。我真的很希望不必在萬聖節進行。我們會吸引大量灰影。」

亞麗絲感覺頭痛快發作。只剩下一星期多一點點的時間可以準備，但她又有上次在捲軸鑰匙會貿然進行儀式時的那種感覺。他們沒有準備。他們沒有裝備。更別說現在這四個人很不適合做這件事。華許－惠特利怎麼說來著？希望妳有自知之明。這讓她想起里恩。雖然他貪婪又滿肚子放錯地方的野心，但他做事的時候有種莫名的慎重。他蠢到以為能贏得埃丹的信賴，爬上組織高層，但即使他們一毛錢也沒有了，他也從不曾搶劫店鋪，因為他知道會被抓。他不是賊。但更不是精於算計的人。所以亞麗絲外型還像個孩子的時候，他很喜歡利用她去校園做買賣，那時候她還沒有被絕望與失望掏空。低風險、高報酬。至少對里恩而言是如此。

現在道斯說要找一個人託付肉體，當他們躺在地底無法自保的時候，由那個人負責擊退大批灰影。亞麗絲第一次感到猶豫。

「我不喜歡這樣。」她說。「我不想讓陌生人加入。更何況，那個人必須喝下亥倫魔藥才能看見灰影，妳打算怎麼解釋？那玩意會要命的。」

「蜜雪兒——」

「蜜雪兒．阿拉梅丁不會幫我們。」

「但她是他的味吉爾。」

亞麗絲注視道斯。潘蜜拉．道斯，她不只一次拯救過亞麗絲的性命，現在也準備要和亞麗絲並肩直闖地獄大門，她有個溫柔的姊姊，會去醫院接她出院，出錢請她幫忙顧小孩。潘蜜拉．道斯，她不知道人生可以苦到讓人一起床就想死。亞麗絲很高興她是這樣的人。世人不該時時刻刻在世上橫衝直撞、奮力拚搏。但亞麗絲看過蜜雪兒．阿拉梅丁手腕上的刺青，她說什麼也不會強迫蜜雪兒做這件事。

「我們找別人吧。」亞麗絲說。但她不知道能找誰。總不能在路上隨便抓一個人，花錢請他幫忙，也不能找秘密社團的人，他們可能會直接跑去跟忘川會理事會告密。

「我們可以用魔法。」道斯試探。她在筆記本邊緣畫著螺旋。「找一個人，用魔法使役，這樣就不會記住——」

「千萬不要。」

亞麗絲與道斯差點從座位跳起來。梅西就坐在她們後面那桌的沙發上。

「妳在這裡多久了？」亞麗絲沒好氣地問。

「我在中庭看到妳們就跟來了。如果妳們需要找人幫忙，不如我來，條件是不准亂搞我的腦子。」

「妳不可以加入。」亞麗絲說。「絕對不行。」

道斯神情驚恐。「等一下，她是誰……她知道多少？」

「幾乎都知道。」

「妳告訴她——」道斯突然壓低音量，變成憤怒低語。「忘川會的事？」

「對。」亞麗絲沒好氣地說。「我不會為這件事道歉。去年我躲起來自怨自艾的時候，是她把我撈出來。妳窩在姊姊家躲在毯子底下看舊喜劇的時候，是她打電話給我媽、確認我的安危。」

道斯把下巴縮到上衣領口，亞麗絲立刻感到內疚。

「我可以幫忙。」梅西打破沉默。「剛才妳們說需要有人幫忙顧著身體。我可以。」

「不行。」亞麗絲用手掌在半空中一切，彷彿斬斷她的念頭。「妳不知道會有多危險。不可以。」

梅西雙手抱胸。今天她穿著亮藍色老奶奶毛衣，領口圍著一圈鉤織玫瑰花苞。她看起來像在罵小朋友的幼兒園老師。

「亞麗絲，妳不能只說不行。」

「妳可能會死。」

梅西冷笑一聲。「妳真的相信會發生？」

「沒有人知道會發生什麼事！」

「不能給我武器嗎？」

亞麗絲捏住鼻梁。至少梅西問了正確的問題。

「以妳們的處境，應該不能拒絕吧？」梅西接著說。「妳們沒有其他人可以找了。而且因為那些魔法鳥事，妳虧欠我。」

「我不希望妳受傷。」

「因為妳會內疚。」

「因為我喜歡妳！」亞麗絲大吼。她強迫自己降低音量。「沒錯，我會內疚。我救妳、妳救我。妳自己說的，不是嗎？」

「萬一出事，妳就那麼做。」

道斯清清嗓子。「我們確實需要人幫忙。」

梅西伸出一隻手。「梅西·趙，室友兼看守身體的人。」

道斯和她握手。「我……潘蜜拉·道斯。博士候選人，還有……」

亞麗絲嘆息。「直接說吧。」

「眼目。」

「好棒的代號。」梅西說。

「那是我的職位。」道斯用上她所能擠出的所有高傲。「我們不是間諜。」

「對。」亞麗絲說。「諜報這種小事，忘川會看不上眼。」

「事實上呢，」梅西說，「有人懷疑，中情局特務之所以被稱為暗鬼，就是因為他們招募了很多骷髏會的人。」

亞麗絲把頭靠在桌面上。「看來妳會如魚得水。」

「告訴我現在要做什麼。」

「先不要太興奮。」亞麗絲告誡。「我們還沒想出來地獄通道怎麼運作，也可能我們的想法完全不對。」

道斯比比史特林的藍圖。「應該要有一個迴圈才對，我們要完整走一圈，但……」

梅西研究藍圖。「看起來妳們好像要繞中庭一圈。」

「沒錯。」道斯說。「但迴圈接不上。到了手稿檔案室路就不通了。」

「那邊可以通。」梅西說。「穿過大學圖書館長辦公室就可以。」

「我進去過那間辦公室。」道斯用力拍一下藍圖。「裡面只有一扇門通往手稿檔案室，另一扇門通往中庭。日晷門。沒有其他門了。」

「有。」梅西堅持。亞麗絲感覺好像在看拳擊賽，只是她們不用拳頭，而是以論證一較高下。「我不知道為什麼藍圖上沒有，但館長的辦公桌後面有一扇門，就在壁爐旁邊，有句奇怪的拉丁文在那裡。」

「奇怪的拉丁文？」亞麗絲問。

梅西扯扯領口的一個玫瑰花苞。「我不記得出處是哪裡，但意思基本上是『閉嘴，滾開，我很忙。』因為門和牆壁木飾版融為一體，所以很難找到。我朋友卡蜜拉帶我去看我才知道。我們直接打開走出去，另一邊是利諾尼亞與兄弟會閱覽室。」

道斯的表情好像快要跳起來。「通往利諾尼亞，直接繞中庭一圈。」

亞麗絲沒有仔細聽她們爭辯，但她懂。隱藏的門。藍圖上沒有，但可以繞中庭一圈的路徑。

「我們可以完成迴圈了。我們可以走完地獄通道了。」

「看吧？」梅西笑嘻嘻說。「我很有用。」

道斯往椅背上一靠，對上亞麗絲的視線。「現在妳是味吉爾。妳決定。」

亞麗絲雙手往上一甩。「不管了。梅西．趙，歡迎加入忘川會。」

參孫[63]手指虎，據信應有一組，目前僅存一對；黃金、鉛、鎢

出處：不明，製造日期不明

捐贈者：狼首會，一九九八

這對「手指虎」能夠賦予使用者二十個人的力量。狼首會與其基金會在中東進行的多次挖掘行動中獲得。然而，有人說是在考古現場發現，也有人說是在觀光區的店鋪購買，至今尚無定論。永遠鎖在黃金中的頭髮，可能真正屬於傳說中的英雄參孫，也可能單純只是施加魔法時使用的道具，無法證明何者為真。然而，儘管手指虎的出處有諸多疑點，但魔力毋庸置疑，一九九八年忘川會二百週年紀念時獲贈此極為實用的禮物。

——引自《忘川會庫房目錄》，眼目潘蜜拉·道斯修訂

63 聖經中的大力士，因受女色誘惑透露其力量來源是頭髮並遭到出賣，被敵人剪斷頭髮而失去神力，後來誠心向上帝懺悔之後重新得到神力。

首先必須瞭解惡魔是嗜欲的造物。因此，儘管它們的力量幾乎沒有極限，但理解力卻很有限。所以它們才這麼容易被謎題與遊戲吸引：眼前的東西最能夠引起它們的注意。也是因為如此，憑空變出物品才會那麼難。從空氣中變出黃金？代價不小，需要以鮮血獻祭，但其實不難。合金？稍微難一點。複雜的物品，例如船或鬧鐘？呃，首先你必須徹底瞭解這些東西運作的方式，因為我敢保證惡魔絕對不懂。比阿米巴原蟲複雜的有機物？幾乎不可能。各位朋友，惡魔確實藏在細節裡。

——《齊闕爾惡魔論》，一九三三

20

「妳會不會覺得這一切都太不真實？」梅西輕聲問。她們坐在客廳裡，蘿倫和草地曲棍球隊的其他人也都在，一群人忙著做裝飾酒趴的紙花。她們計畫將宿舍打造成陰森的花園，在小容器裡裝上巧克力做的土，然後塞滿蟲蟲軟糖。「我滿腦子都是星期五晚上的事。」

萬聖節到來之前她們還有很多事要完成，但只剩下幾天時間了。道斯列出她和梅西要讀的資料，亞麗絲把書帶回宿舍，除了上課和吃飯，她們都在埋頭研究，平常塞在床底下藏好。梅西竟然自告奮勇犯險，亞麗絲依然不知該作何感想，但她也很慶幸有個伴，而且梅西的興奮中和了道斯的憂慮。

「這個是現實人生。」亞麗絲舉起口紅膠提醒她。「忘川會的事……只是消遣。」

她不只提醒梅西，也提醒自己。天氣變冷之後校園的氣氛也變了。新學期的第一個月有種捉摸不定的感覺，雖然已經不是夏季，但也尚未真正入秋，依然能感受到幾許溫暖柔和。現在帽子和圍巾開始登場，靴子取代涼鞋，校園的氣氛逐漸變得嚴肅。亞麗絲與梅西依然會把窗戶開一個縫，有時甚至完全打開——宿舍暖氣擁抱新季節的熱情有點太過頭。然而，當她窩在強艾的閱覽室或去貝斯圖書館會見哲學助教，總有種奇怪的感覺悄悄爬上心頭，日常習慣的危險愜意。她依然感到課業困難，但至少能及格了，幾乎每科都能拿到C甚至B，雖然成績普通，卻是她辛苦得到的。**我可能會失去這一切**，她告訴自己，啜飲著新泡好的茶，肌膚感受到溫暖。這樣的輕鬆、這樣的平靜。太過珍貴，太過難得。

她忙著在向日葵上黏眼睛的時候，手機發出簡訊提示音。她差點忘記埃丹了，或許她希望埃丹已經忘了她，畢竟怪咖已經還清債務，派她去暴力討債的新鮮感應該也過去了。簡訊內容是一個地址，亞麗絲不知道在哪裡，搜尋之後她發現是在舊格林威治。她要怎麼去那裡？

「下學期妳要修戲劇嗎？」梅西問。

「當然。」

「怎麼了嗎？」

「是我媽。」這不完全算是說謊。

「我爸媽應該會有意見。」梅西接著說。「但我可以說是為了訓練公開演說。非戲劇主修的學生只能選莎士比亞演出課。」

「又是莎士比亞？」蘿倫厭惡地問。她主修經濟，需要大量閱讀的科目都會被她嫌得要死。

梅西大笑。「對啊。」

我可以擊敗你，但不願污我雙手[64]。亞麗絲不記得出處，但她很想把這段話傳給埃丹。但她只是傳訊息問道斯賓士車是不是還在權杖居。

為什麼問？道斯回答。

道斯像隻老母雞，一心想保護心愛男孩的寶貝車子，亞麗絲沒心情應付她。為了親愛的達令頓，她賭上了一切，現在她需要交通工具。她不回答，等道斯投降，終於，她的手機再次叮了一聲。

在。記得加油。

亞麗絲喜歡開那輛賓士。坐在車上，她覺得自己變成不一樣的人，更美麗、更有魅力，是那種會引人好奇的女性，腳下踩著很淑女的小平底鞋，說話時語氣輕柔，慢吞吞拉長母音，好像覺得很無聊。車當然是她自己買的。那麼多車子裡，她一眼就看上這輛——漂亮的老古董。雖然不

64 引自莎士比亞劇本《雅典的泰門》。

夠務實，但她本來就不是務實的人。

亞麗絲打開收音機。九十五號公路上沒什麼車，她考慮要不要駛離幹道沿著海邊兜兜風，也可以繞路去看看丁博群島。達令頓說過，有些島上矗立著知名豪宅，有些面積太小，頂多只能放個吊床，據說海盜基德船長將他的寶藏埋在其中一座島上。但她沒時間享受富家女幻想。她必須盡快完成埃丹交代的雜事，明天手稿會要舉行儀式，她要回去做準備。亞麗絲希望讓執政官看見她可以獨當一面，不需要加強監督。

抵達舊格林威治時，暮色已經降臨，天空變成純深藍。大部分位在高速公路出口附近的小鎮都很醜，但這裡似乎沒有貧民區。到處是美觀的商店櫥窗、雅致的石牆，茂盛的樹木對著逐漸變暗的天空伸展黑色枝枒。她跟著導航開進一條微彎道路，經過大片草坪與面積廣大的舊豪宅。現在她終於能理解埃丹的簡訊。

他傳來對方的姓名與欠債金額時，她還以為自己看錯了。

萊納斯．雷特爾，五萬。

五萬？她問。

埃丹沒有回覆。

那個名字感覺像是科技業的人，她知道埃丹在洛杉磯有很多高級客戶，吸興奮劑阿得拉保持身材纖細的女人，電視臺高層開趴時也喜歡來點藥物助興。那種事感覺很不適合這個高貴富裕的社區，不過至少現在她明白埃丹怎麼讓這個人欠下這麼大筆債。他一定很清楚對方多有錢，所以願意拖欠累積利息。

她逐漸放慢車速，最後怠速停在路邊，坐在車上觀察那棟房子，門旁有兩支巨大的川石柱，上面裝飾著石雕老鷹，其中一支刻著地址。

「可惡。」

巨大的鑄鐵閘門，兩邊的高牆爬滿長春藤。她看不清裡面，只能隱約看到長滿樹木的緩坡，昏暗天色中看不見碎石車道的盡頭。

她觀察圍牆和閘門尋找監視器。沒有發現，不過不代表沒有。說不定舊格林威治的人自認不需要保護。也可能他們選的機種比較隱密。萬一亞麗絲在這裡被抓到，一定會遭到警方逮捕，到時候安賽姆和理事會不會再費事訓誡她該珍惜改過自新的機會，而是會直接把她趕出忘川會。華許—惠特利院長八成會開派對慶祝。至少會端出紅酒和起司享受一個小時。但是她別無選擇。她總不能說：哎呀，我按門鈴了，可是沒有人在家。

亞麗絲坐在駕駛座上猶豫不決。附近看不到灰影徘徊，她不想在沒有後援的狀況下爬上那道緩坡。這個人可能像埃丹一樣養著一群小弟。不過，黑榆莊的老人和怪咖那次的年輕人都佔用過她的身體，她不願意這麼快又讓灰影上身。那樣的連結太強大、太密切。而且說不定會有灰影賴著不肯出去。

她伸手進大衣口袋摸摸，裡面放著她從忘川會庫房偷拿的手指虎，沉沉的重量令她安心。

「不算偷，」她喃喃自語，「畢竟我是但丁。」味吉爾才對。

問題是，現在她兩者都不是。她只是亞麗絲・史坦，她是來幫人討債的。她將賓士車停在幾個路口外，找出那棟房子的衛星影像，一邊研究一邊等天黑。那棟房子佔地非常大，長長的車道至少有四分之一英里。她看到屋後有個像藍色喉糖的游泳池，還有一個附屬建築，可能是別館，也可能是涼亭。

至少揍有錢人滿新鮮的。

她鎖上車門，最後摸一下求好運，然後大步走向圍牆東側角落，她很慶幸這裡的路燈相隔很遠。除了一個推著嬰兒車慢跑的苗條女性，沒有其他路人。亞麗絲戴上手指虎。這玩意是實心的黃金，據說放入參孫頭髮的部位觸感粗糙。她不知道那是傳說還真的，不過只要能讓她一拳打穿牆壁，她沒有任何意見。「我的雙足受到束縛，但我的拳頭是自由的。」她自言自語，也可能是對達令頓說。《力士參孫》。但就算她背出了米爾頓[65]的句子也沒用，他不在這裡，無法感到佩服。

手指虎讓她握拳的動作變得很不自然，但帶來的力量讓她能用雙手輕鬆翻過圍牆。即使如此，她從牆頭躍下之前依然猶豫了一下。她穿著黑色帆布鞋，要是她跳下去的時候腳踝骨折，就只能冷得半死等道斯來接她。

她數到三，然後逼自己跳。幸好樹木已經開始掉葉子了，滿地落葉讓地面沒那麼硬。她小跑步沿著車道外圍往房子前進，擔心隨時會看到手電筒光束或聽見警衛喊叫。說不定萊納斯・雷特爾養了一群吃不飽的杜賓犬，等著拿她當點心。但是她沒有聽見其他聲音，只有她踩在護根土上的聲音，松樹在風中抖動的聲音，以及她快喘不過氣的聲音。達令頓一定會笑她。**史坦，每天用跑步機二十分鐘。有健康的身體才有健康的心靈。**

「哦？呵，現在是誰被迫每天做裸體瑜伽啊？」她停下腳步喘氣。前方的樹叢間可以看到豪宅的輪廓，沒有燈光。搞不好雷特爾真的不在家。老天，要是這樣就太好了。即使如此……五萬元的百分之五。她一輩子沒拿到過那麼多錢。埃丹以她媽媽作為要脅，強迫她幫忙討債，而她竟然蠢到第一次行動就成功，因為她太習慣唯命是從。但或許她有點太自在了。暴力很容易。那是她的母語，很自然就會重新掉進去，隨時可以使用。而且她慢慢存了一點錢，她不能假裝沒有因

65 John Milton，十七世紀英國作家，以其史詩作品《失樂園》而聞名。《力士參孫》是他一六七一年的作品。

此感到欣喜，這是她的保命錢，萬一耶魯和忘川會不要她了，曾經的承諾全部作廢，至少她不至於落得一無所有。

她好不容易走上緩坡頂，在樹叢邊緣停下腳步。這棟房子和她想像中完全不同。她以為會像黑檎莊一樣是爬滿長春藤的古色古香紅磚屋，但這棟房子佔地遼闊、通風良好，而且全白，像蛋白霜堆成房子，上面拉出斜斜的屋頂，無數窗戶都裝上條紋遮陽棚，寬敞露臺非常適合舉辦草坪派對。她不知道要怎麼進去。或許她應該用魔法改變外型，但她沒時間做計畫。

亞麗絲猜想現在她已經犯下擅闖民宅罪了，不過她還是不太敢打破窗戶——這讓她很生氣。她自詡為砲彈，但也不過如此而已。萊納斯．雷特爾的財富令她生怯。其實非常合理。這個人不是紐哈芬的底層毒販，如果她被逮捕，埃丹不會出錢保她。

「我脅。」她嘀咕。

「先喝杯酒再說吧？」

亞麗絲強忍住尖叫猛轉過身，雙腳刺刺麻麻。她身後站著一個男人，一身潔白無瑕的西裝。她差點跌倒，急忙站穩。在黑暗中她看不清他的臉。

「妳和別人打賭來這裡試膽？」他和善地問。「平常來亂按門鈴、踢翻花盆的孩子比妳更小一點。」

「我……」亞麗絲思考該撒什麼謊，但有什麼好撒謊的？於是她改為用心靈搜尋整個鎮。這棟房子和庭院周圍都沒有灰影，她擴大範圍，到了一座佔地廣大的中學時，她的意識才終於有那種朦朧、收縮的感覺，表明有灰影存在。光是知道可以召喚灰影就讓她安心許多。「埃丹派我來的。」

「埃丹．夏斐爾？」他問，顯然很驚訝。

「你欠他五萬。」她說，感覺很荒謬。這棟豪宅維護得很好，而且她看得出來萊納斯．雷特爾本人也過得很好。

「所以他派一個小女生來討債？」雷特爾似乎很困惑。「有意思。要進來嗎？」

「不了。」她沒理由進去，而且她短短的人生幾乎都在麻煩中打滾，她至少學會一個道理：除非做好逃脫計畫，否則不要進陌生人的家。遇到有錢的陌生人更要加倍小心。

「隨便妳。」他說。「外面越來越冷了。」

他大步從她身邊經過，走上通往露臺的臺階。

「我今晚就要拿到錢。」

「辦不到。」他高聲回應。

可想而知不會那麼簡單。亞麗絲拉扯那個中學老師，讓她沿著舊格林威治的街道過來豪宅旁邊。但灰影是沒有辦法時才能用的招數。

她跟著萊納斯．雷特爾走上臺階。

她跟著他走進寬敞的客廳，米白色沙發組、藍色中國風裝飾。壁爐架上放著點燃的白色蠟燭，大型玻璃茶几，角落有個吧臺，昂貴名酒在燈光下閃閃發亮，有如埋藏的寶藏，琥珀色、綠色、寶石紅。沉重花瓶裡插著白色繡球花，看起來像滾滾堆疊的的雲朵。非常華麗的同時也非常老派。

「你在模仿《大亨小傳》[66]的主角蓋茲比？」

「其實我想模仿的是湯姆．伍爾夫[67]。」屋主邊說邊走向吧臺。「不過像蓋茲比也不錯啦。妳要喝什麼？請問芳名……？」

他在問他的名字，但她只是說：「我接下來還要去別的地方。」如果已經蠢到打破第一條規則，跟著陌生人進了他家，那麼第二條規則就是千萬不要喝對方給的飲料。眼前的有錢陌生人隨時可能變成有錢變態。

雷特爾嘆息。「現代社會總是讓人忙個不停。」

「可不是嗎？那個，你感覺很……」她不確定該怎麼說。和氣？紳士？有一點怪但並不壞？他出乎意料地年輕，可能才三十，有種高雅的俊美。身材高瘦、骨架精美、膚色蒼白，金黃頭髮長度及肩，搖滾巨星的髮型和完美白西裝很不搭。「呃，我不知道你是怎樣的人，不過你很有禮貌。我很不想來這裡，也不願意威脅你，但我的工作就是這樣。」

「妳幫埃丹做事多久了？」他邊問邊在酒杯裡放進冰塊、波旁威士忌。

「不久。」

他正在仔細觀察她，他的眼睛是很淺的藍灰色。「妳有毒癮？」

「沒有。」

「那是為了錢？」

亞麗絲壓抑不住苦笑。「是也不是。埃丹抓到我的把柄。就像你一樣。」

他露出微笑，牙齒比膚色更白，亞麗絲有種衝動想後退，但她急忙控制住。那個笑容、蒼白臉龐、王子髮型，這一切都感覺很不自然。她將雙手插進口袋，手指重新套進參孫手指虎。

「親愛的孩子，」雷特爾說，「埃丹沒有我的把柄，也永遠不會有。不過我還沒解開妳這個謎團，太有意思了。」

66《The Great Gatsby》，美國作家費茲傑羅（Francis Scott Key Fitzgerald，一八六五～一九四〇）於一九二五年出版的小說，描寫年輕神秘富豪蓋茲比對黛西．布卡南的執著追求。他與黛西重逢時穿著白色西裝。

67 Tom Wolfe，二十世紀初美國小說家，全套白西裝是他的特色。

亞麗絲不確定他是不是想把她，但其實無所謂。「你不缺錢，快點匯五萬給埃丹，我就不打擾你了，你可以繼續做有錢人星期三晚上在豪宅做的事。你可以安心移動家具、開除總管之類的。」

雷特爾端著酒杯在白沙發坐下。「我才不要給那個油膩的畜生錢，一毛都不給。妳就這麼跟埃丹說吧。」

「我也很想，但是……」亞麗絲聳肩。

雷特爾嗯了一聲，似乎十分期待。「現在更有趣了。要是我不肯給錢，妳打算怎麼辦？」

「他要我揍你。」

「噢，太好了。」雷特爾說，表情真的很愉快。他往後一靠，雙腿交叉，手臂張開，彷彿歡迎看不見的大眾享受他的慷慨贈禮。「儘管試試。」

亞麗絲從來沒有覺得這麼累。她不想揍一個無意自保的人。他大概是嗑了太多藥，也可能是太無聊想找樂子。說不定他只是從來沒理由怕她這樣的人，他的想像力不足以應付。但她感覺得出來他很愛這個高雅的家、那些美觀的物品。說不定只要搞點破壞就能讓他屈服。

「我沒什麼時間，等一下還要去跟喬叟約會。」她把壁爐架上的花瓶掃到地上。

但沒有碎裂聲。

雷特爾站在她面前，修長潔白的手指小心護著花瓶。他的動作很快，太快了。

「哎呀、哎呀。」他嘖了一聲。「這可是我親自從中國帶回來的呢。」

「是嗎？」亞麗絲後退。

「一九三六年的事了。」

她沒有猶豫。她握住手指虎狠狠揮拳。

21

太慢了。她只打到空氣。雷特爾已經來到她身後，一隻手臂勒住她的胸口，另一手扣住她的後腦。

「傻孩子，我根本沒有欠他錢。」他輕柔低語。「我是他的競爭對手。埃丹和他那群噁心的同鄉企圖搶我的地盤。不過，我實在不懂，那個鼠輩為什麼會派妳來。禮物？誘惑？其實只有一個問題：我要怎麼吸乾妳，但是又不弄髒衣服？我喜歡這樣的小挑戰。」

他的牙——獠牙——刺進她的頸子。亞麗絲慘叫。非常痛，先是像被針刺，接著突然一陣劇痛。現在她明白為什麼這棟房子周圍沒有灰影了。這裡是死神的家。

亞麗絲吶喊召喚被迫在鐵閘門外徘徊的灰影。那個老師衝進她體內——裝在棕色紙袋裡的學生午餐擠在儲藏室發出怪味，飛揚的粉筆灰，以及她堅強的意志。舉手發言，不要聊天。

吸血鬼嘶了一聲，鬆開她的脖子，吐掉口中的血。亞麗絲看著血噴到沙發和地毯上。

「你剛才還擔心衣服呢。」

他的眼睛反光，在太過蒼白的臉上顯得極為明亮，獠牙伸長，還沾著她的血。「妳的味道像墳墓。」

「很好。」

她全身充斥灰影的力量，朝他撲過去，手上戴著手指虎。她打中兩拳，聽見他的下顎碎裂，感覺他的腹部凹陷。然而最初的震驚過去之後，他又恢復超凡的速度。他衝刺拉開兩人之間的距離，然後他浮起來，飄起來，**飛起來**，一身染血的白衣，彷彿整個人沒有重量。

實在太不正常，她的整個心靈都在尖叫。她怎麼會誤以為這個東西是人類？

「這才是真正的謎。」吸血鬼說。被參孫手指虎打中兩下，一般人應該已經死了，但他卻似乎不受影響。「現在我知道為什麼埃丹會派一個瘦弱小女生來對付我了。不過呢，小綿羊，妳到底是什麼？」

他媽的太恐怖了。她只有鬼魂的力量和從忘川會借來——偷來——的一點魔法。這些顯然不夠。

難道埃丹派她來送死？這個問題晚點再思考，先保命比較重要。快點想。要怎麼做才能擾亂這個怪物？她只有一次看到他流露慌張，就是當她威脅要破壞他美麗的收藏、高貴的玩意。

很好，尖牙大混蛋。我們來玩吧。

她抓起邊桌上的瓷偶朝落地窗拋去，然後撲向吧臺。她沒有先確認他是否上鉤，只是整個身體往酒瓶撞過去，砸破她能抓到的東西，將蠟燭推倒，落入流出的酒中。其中一個蠟燭熄滅，她無助啜泣。但接著另一個蠟燭點燃烈酒，火勢瞬間變大，優美的火焰四處竄燒。火越來越旺，吞噬酒精，沿著吧臺燃燒。

吸血鬼哀嚎。煙越來越大，亞麗絲盡可能摀住嘴巴。她脫掉連帽外套纏成一團充當火把，在上面澆酒，火焰捲在上面，感覺像棉花糖。她衝向落地窗，將火把往後一扔，聽見窗簾著火時發出的呼咻一聲。

亞麗斯整個身體撞向玻璃門，聽見響亮的碎裂聲，感覺碎玻璃劃過皮膚。然後拔腿狂奔。

她體內有灰影的力量，她邁開大步，不理會刮痛臉頰的樹枝，脖子上被雷特爾咬過的地方也陣陣抽痛。她沒有費事爬牆，直接一手護在身體前面，硬是撞向閘門。門哐噹一聲倒下，她衝向街道，慌亂尋找賓士車的鑰匙。但她的口袋空空如也。鑰匙在連帽外套的口袋裡。道斯肯定會宰了她。

亞麗絲不停往前跑，帆布鞋拍打空蕩蕩馬路的柏油路面。她看到有幾棟房子亮著燈。她該不該轉向去求救，找個地方躲藏？她死命抓住鬼魂的力量，感覺更深入體內，同時雙腿持續奔跑。

她感覺好像沒有碰到地。她跑過黑暗、跑過有路燈的路段、進入車比較多的市區，經過火車站，最後跑在與高速公路平行的路上。她閃過一輛車，聽見刺耳喇叭聲，接著她過了水面。河？海？她看到橋上的燈光，自備碼頭的豪宅倒映在水面上。她奔跑經過幾道鐵絲網柵欄，身後傳來狗叫。她太害怕，不敢停。

他能追蹤她嗎？聞到她的血？他表現得很明顯，他不喜歡她的滋味，至少在她召來灰影之後他很嫌棄。她已經不知道自己身在何方了。她甚至不確定這是不是往紐哈芬的方向。她感覺不像人類。她是郊狼、狐狸，是趁夜色偷溜進後院的掠食動物。她是幽魂，從窗戶瞥見的一縷鬼影。

但她開始累了。她感覺到灰影在求她停。

她看到前方有高速公路出口，一座加油站有如光明島嶼。她放慢腳步，但直到進入燈光下才敢停。加油機前停著幾輛車，兩輛貨櫃車開進大型停車場，一些人在小超商裡買東西。亞麗絲在超商玻璃門前停下腳步，雙手扶著膝蓋喘息，很擔心腎上腺素褪了之後會嘔吐。幾分鐘過去了，她看著公路、天空。雷特爾該不會真的能飛吧？他會不會找吸血鬼朋友一起來抓她？他已經撲滅豪宅的火了嗎？希望沒有。希望他心愛的東西全燒光。

她終於放走那個老師鬼，感覺她殘餘的力量流失。她感覺反胃、疲憊。她坐在人行道邊緣，頭靠在膝蓋上，流下驚恐的熱淚。

「沒事了。」

那輕柔的聲音讓亞麗斯嚇了一大跳，以為會看到萊納斯．雷特爾在旁邊。

但只是那個老師鬼。她的笑容很溫和。她死的時候六十多歲，眼睛周圍紋路很深。她穿著寬褲、毛衣、胸前的別針上用英文與西班牙文印著「好棒！」一頭短髮。

從外觀看不出傷口，亞麗絲好奇她是怎麼死的。她知道應該轉頭裝作聽不見她的聲音；和灰影有任何牽扯都很危險。但她實在忍不住。

「謝謝。」她低語，新一波淚水滑落臉龐。

「我們從不接近那棟房子。」老師鬼說。「他把人埋在院子裡。」

「什麼人？」亞麗絲問，感覺身體開始發抖。「多少人？」

「好幾百。可能不只。他在這裡很久了。」

亞麗絲用手掌抹眼睛。「我要進去買東西喝。」

「妳的脖子。」老師鬼低語，彷彿提醒亞麗絲臉上沾到食物。

亞麗絲舉起一隻手按住脖子。她無法判斷傷口多嚴重。她鬆開馬尾，希望頭髮能蓋住最嚴重的部分。

亞麗絲撐著發軟的腿站起來，老師鬼問：「我可以跟去嗎？」

亞麗絲點頭。她還記得鬼新郎多渴望感受重新在肉體裡，雖然和灰影相處的每一分鐘都有危險，但她不想一個人。

這次她讓老師鬼以自己的速度慢慢飄進她體內。亞麗絲看見教室裡一臉無聊的學生，少少幾個人舉手回答問題，陽光充足的公寓，一個留著灰色長髮的女人，邊擺餐具邊跳舞。愛意流過全身。

亞麗絲任由老師鬼帶她走進超商。她買了酒精、棉花球、一盒大型ＯＫ繃，外加一公升可口可樂、一包多力多滋。付帳時她低著頭偷偷張望停車場，依然擔心會看到黑暗身影降臨。

她去洗手間清理。但是一關上門看到鏡子，她立刻呆住。

或許她以為會像電影裡一樣整整齊齊的兩個小洞，但她脖子上的傷口參差不齊非常難看，乾掉的血黏在上面。他沒有咬穿她的靜脈，不然她早就死了，但還是很慘。她看起來活像被野獸啃過——那個怪物確實是野獸。亞麗絲把血擦乾淨，用酒精消毒雖然很痛，但她不在意，甚至慶幸她還會痛。她清除掉他，擦去他留下的所有痕跡。

清理完畢之後，脖子看起來沒那麼慘了，但亞麗絲依然很害怕。那個怪物會不會害她染上什麼怪病？為什麼沒有人告訴她吸血鬼真的存在？

亞麗絲貼上ＯＫ繃，走出超商。她在剛才的位子坐下，喝了一大口可樂。

終於，老師鬼出來了，一臉糖分帶來的喜悅滿足，幾乎開心到昏頭。應該要問她的名字才有禮貌，但亞麗絲還是有底線的。

「有人能來接妳嗎？」老師鬼問。

她感覺很像亞麗絲小時候來來去去的那些輔導老師和社工。至少好的那些。

「我應該要打給道斯，但我不想打。」她說。加油機前有個穿法蘭絨格子襯衫的粗壯男子，正在為卡車加柴油，他呆望著自言自語的亞麗絲，但她不理會。亞麗絲不得不把賓士車丟在舊格林威治，心中懊惱得要命。說不定吸血鬼不會發現，至少不會立刻發現。她對吸血鬼一無所知。他們是不是有超自然嗅覺？還是擁有可以追蹤受害者的超能力？她不禁冷顫。

「妳感覺是個好孩子。」老師鬼說。「妳去那裡做什麼？」

亞麗絲喝了一大口可樂。「妳是輔導老師吧？」

「這麼明顯？」

「讓人安心。」亞麗絲承認。但這個灰影幫不了她，就像其他想要幫助她的好人一樣。

她從牛仔褲口袋拿出手機，很慶幸沒有在逃亡途中弄丟。打給道斯也沒用，現在她幫不上忙。她需要找有車的人。

透納竟然乖乖接電話，亞麗絲差點哭出來。

「史坦。」他冷冰冰地說。

「透納，我需要你幫忙。」

「哪次不是？」

「可以來接我嗎？」

「妳在哪裡？」他問。

「我不確定。」她拉長脖子找路標。「達瑞安。」

「妳不能叫車嗎？」

她不想叫車。她不想接近陌生人。

「我……出了一點事。需要找人來接。」

電話另一頭許久沒有回應，然後突然變得很安靜，感覺像是他關掉了電視。「傳訊息給我地址。」

「謝謝。」

亞麗絲掛斷電話，找到加油站的地址傳給透納，然後瞪著手機。恐懼漸漸消失，憤怒取而代之，這種感覺很棒，就像用酒精消毒，清潔傷口，讓她清醒。

她撥號。

難得一次，埃丹立刻接聽。看來他一直守著電話等，想知道她有沒有死。

她沒有浪費時間寒暄。「你設計我。」

「亞麗絲，」他輕聲責備，「我以為妳會贏。」

「在我之前你派了多少人去？多少人一去不回？」

埃丹沉默片刻。「七個。」

她抹去新冒出來的淚水。她不知道什麼時候又哭了，但她需要保持聲音平穩。她能做到。憤怒依然陪伴著她，單純、熟悉。她不想流露出軟弱。

「他真的有欠債嗎？」她問。

「不算有。他搶走我和合夥人的客戶。福克斯伍德賭場、莫西根太陽賭場，這些都是很有賺頭的市場。」

雷特爾是搶生意的毒販。看來連吸血鬼也要討生活。

「你和合夥人都去死吧。」

「我以為妳能解決。妳很特別。」

亞麗絲想尖叫。「你等於在我背上畫了靶。」

「雷特爾不會費事去找妳。」

「媽的，你怎麼知道？」

「亞麗絲，我現在有客人。不然我匯點錢給妳？」

她知道她遲早得殺掉埃丹，她有這個想法已經很久了。她原本考慮在洛杉磯下手，但他身邊隨時有茨維那樣的保鑣，他們有槍，想都不用想就會幹掉她。埃丹提出的要求感覺很簡單，她能辦到，僅此一次。幫我做這件事，然後妳就不欠我了。好乖。不過當然不只那一次。她收了埃丹的錢，而且她表現得好像輕而易舉，再一個欠債不還的混蛋，又一次賺人熱淚的故事。那她媽媽該怎麼辦？米拉強力健走去市集的時候會不會有危險？米拉每天去上班的時候以為女兒很安全、自己也很安全，這樣的她說不定會出事。

亞麗絲掛斷電話，呆望著加油機附近刺眼的燈，閃爍的油價，法蘭絨襯衫男子的卡車乾淨到發亮。加油站有如燈塔。但是這麼多明亮的燈光會招來什麼？

殺死埃丹她就自由了，但她必須用巧妙的手段，讓他甩開保鑣，讓他像她一樣無助。而且她必須先讓媽媽抽離，這樣萬一她搞砸了，也不會由米拉付出代價，而且以後也不會被用來當作要脅亞麗絲的把柄。要做到這一點，她需要錢。很多錢。

「要我留下來陪妳嗎？」老師鬼問。

「可以嗎？陪我到接我的人來？」

「妳不會有事。」

亞麗絲擠出笑容。「因為我感覺是個好孩子？」

老師鬼一臉驚訝。「不是，孩子。因為妳殺過人。」

透納的道奇車抵達時，亞麗絲揮手向老師鬼道別，滿懷感激坐上副駕座。他開了暖氣，廣播轉到當地的公共頻道，正在報導今天的股匯市交易。

他們許久沒有說話，亞麗絲甚至開始打瞌睡了，透納突然說：「史坦，妳又惹上了什麼麻煩？」

她的衣服上有血跡、脖子上貼著ＯＫ繃。她鞋子上全是泥，身上依然有煙味，以及她灑在萊納斯・雷特爾家客廳的烈酒氣味。

「總之沒好事。」

「妳打算就靠這句話蒙混過關？」

現在只能這樣。「你的案子怎樣了？」她懷疑執政官與貝克曼之間有嫌隙，但還沒有告訴他。

透納嘆息。「不太好。我們好像找到了貝克曼院長與史蒂芬教授之間的關聯。」

「哦？」只要是與萊納斯．雷特爾無關的話題，亞麗絲都很有興致。

「史蒂芬檢舉精神學系一個實驗室的數據造假。她懷疑數據遭到至少一個研究員竄改，而且發表的教授以拙劣的手法企圖瞞天過海。」

「院長呢？」

「他負責主持懲戒委員會，被檢舉的教授是艾爾．蘭頓。」

「士師記。」亞麗絲喃喃說，回想起史蒂芬教授夾在聖經書頁間的手指。「士師（Judge）這個詞不是也有法官的意思嗎？很合理。」

「字面上是。」透納回答。「但不是我們熟悉的法官意義。在舊約聖經的時代，那個詞是領袖的意思。」

「說不定凶手沒有上過主日學校。蘭頓被開除了？」

透納看她一眼，似乎想笑。「當然沒有。他有終生教職。不過他正在休有薪假，而且必須撤回論文。他身敗名裂。那個研究的主題是誠實，因此他變成了笑柄。可惜他的不在場證明沒有漏洞。他不可能襲擊貝克曼教授和史蒂芬教授。」

「現在你打算怎麼辦？」

「追其他線索。瑪珠麗．史蒂芬有個暴力前夫。貝克曼很久以前有過騷擾前科。雙方都不缺敵人。」

我很瞭解那種感覺。

「貝克曼也和秘密社團有關。」

「是嗎？」亞麗絲問。透納也發現了華許—惠特利教授的線索？

「他以前是貝吉里斯會的會員。」

亞麗絲嗤笑。「貝吉里斯會根本不算是社團。他們不會用魔法。」

「但依然是秘密社團。妳認識蜜雪兒．阿拉梅丁嗎？」

他明知道她認識。在艾略特．桑鐸的葬禮上，他看到她們在一起說話。透納在審問她嗎？

「當然。」她說。「她是達令頓的味吉爾。」

「她也在耶魯紐哈芬的精神病房待過一段時間。她參加過瑪珠麗．史蒂芬主持的研究，貝克曼院長遇害那天晚上她也在紐哈芬。」

「那天我見過她。」亞麗絲承認。「她說要趕火車回紐約陪男友的爸媽吃飯。」

「火車站的監視器拍到她。星期一早上。」

不是星期日晚上。蜜雪兒騙她。但可能有很多種解釋。

「你怎麼知道她住過精神病房？」亞麗斯問。「這應該是機密資訊吧？」

「我負責查出誰殺死了兩個教職員。這樣的職責能打開很多門。」

兩人之間沉默更久。亞麗絲思考那些照理說應該封鎖的紀錄，她過去的法院紀錄、心理治療師與醫師的評估報告。她以為永遠不會有人知道的隱私。她感覺恐懼湧上心頭，她必須用力推開。她手上的事已經忙不完了，沒必要為過去的事傷神。

她在座位上轉身面對他。「我不希望要求你陪我再去看一次那個地圖。但再過兩天就是萬聖節了，必須找到我們的第四個人。」

「你們的第四個人。聽起來好像你們只是要比網球雙打。」透納搖頭。他注視著前方說：「我願意。」

透納自己送上門來，她知道不該懷疑才對。但她實在難以相信剛才聽見的話。透納對達令頓毫無感情和義氣。他厭惡忘川會所代表的一切，去過皮博迪博物館地下室之後更是如此。「為什麼？」

「重要嗎？」

「我們要一起下地獄。所以，沒錯，很重要。」

透納注視前方。「妳相信神嗎？」

「不信。」

「哇，連想都不用想呢。」

「我很久以前就想過了。想過很多。你呢？你相信神嗎？」

「我信。」他斷然點頭說。「我認為我信。但我更相信有魔鬼，要是有人的靈魂被魔鬼抓住不肯放，我認為應該要盡力搶回來。當那個靈魂有士兵的精神，更該救他。」

「或是騎士。」

「沒錯。」

「透納，這不是聖戰。不是正道對抗邪惡。」

「妳確定？」

亞麗絲大笑。「呵，如果是，你確定我們是正道？」

「洛杉磯那些人是妳殺的，對吧？」

這個問題彷彿懸在車子裡，擠在兩人中間，有如第三個乘客，搭便車的鬼魂。亞麗絲想著要不要乾脆全部告訴他。要是能擺脫那一夜的秘密會是什麼感覺？有個幫手一起對付埃丹會什麼不同？

她看著透納的臉被高速公路燈光照亮之後又變黑。她欣賞他。他很勇敢，他願意為了拯救沒什麼特殊交情的人下地獄，只因為他相信這樣是對的。但警察就是警察。

「洛杉磯那些人到底怎麼死的？」他追問。「海倫．華森。妳的男朋友里納德．畢肯。米契爾．貝茲。卡邁隆．奧司特。大衛．科克蘭。艾瑞奧．赫羅。」

每個接近我的人都發生了一樣的事。他們也不例外。

亞麗絲看著流逝的道路，正好瞥見一個人靠在方向盤上滑手機，大型看板宣傳十一月即將有樂團去福克斯伍德賭場表演，另一個則是交通意外律師的廣告。她不喜歡透納一口氣說出那些人名的感覺。就好像他徹徹底底研究過她的檔案。

「真的很有意思，」她終於說，「大家說到生死的時候，好像以為有個時鐘在滴滴答答往前走。」

「不是嗎？」

亞麗絲緩緩搖頭。「那個滴滴答答的聲音不是時鐘，是炸彈。沒有倒數計時。炸彈隨時會爆炸，然後所有事都會改變。」她用拇指搓搓牛仔褲上的一塊血跡。「但我不認為地獄是塞滿罪人的大坑，由一個長角的傢伙負責看門。」

「史坦，妳想相信什麼都行。但我很清楚在黑榆莊那間宴會廳裡看到的東西是什麼。」

「什麼？」亞麗絲問，雖然心中有一部分說什麼都不想知道。

「惡魔。」透納說。「惡魔企圖爬出地獄。」

22

亞麗絲很慶幸道斯不在權杖居。

她自己開門進去，很感謝這棟房子，不但有結界，而且很安靜。現在時間將近晚上八點。她出發去舊格林威治之後只過了幾個小時。燈光亮起，走道響起輕柔音樂，彷彿權杖居知道她經歷過恐怖的事。

手指虎沾到萊納斯·雷特爾的血，她在廚房洗碗槽清洗乾淨之後放回庫房抽屜，然後翻櫥櫃找她夢遊去黑榆莊那晚，道斯幫她搽的藥膏。老師鬼借的力量讓她能夠逃脫，但承受疼痛的是亞麗絲的身體。她滿身割傷、瘀血，肺部疼痛，因為沿著鄉間公路奔跑，她的整個身體都在抽痛。

她走進但丁臥室，拿出她買的急救箱放在雅緻的寫字桌上，然後去浴室撕掉ＯＫ繃。脖子上的傷口已經癒合了，沒有再流血。不該這麼快。難道說其實他咬穿了她的靜脈，只是立刻就癒合了？她不知道。她不想知道。她希望徹底忘記萊納斯·雷特爾和他那張天使臉孔，以及所有疼痛與恐懼。當時她感覺到他的牙齒刺進她的身體，一手抓住她的頭，她知道她什麼都不是，只是食物，只是他舉到唇邊的杯子，只是一條等著被吸乾的血管。

她很久沒害怕過了，沒有真正感到恐懼。老實說，那些看似險惡的對峙，其實她樂在其中，無論是達令頓的父母、怪咖、新執政官。當道斯從地獄召喚出一群噴火的馬，她嚇到了，但並不嚴重。她喜歡忘記過去，專注於眼前的搏鬥。

但那些搏鬥都是有機會贏的。她的力量不足以打敗萊納斯·雷特爾，她的智慧也不足以逃脫埃丹。他們是同一種人。萊納斯很樂意吸乾她的血之後，將屍體埋在花園給玫瑰當肥料。埃丹則會一次次利用她當打手，直到她再也回不來。

她在傷口抹上藥膏，貼上新的ＯＫ繃，翻衣櫥找乾淨的忘川會運動褲。之前穿過的兩條她一直忘記拿回來洗，所以現在，她只好去樓上的味吉爾臥房搜刮達令頓的衣櫥。雖然太長又太寬鬆，不過至少是乾淨的。

接下來她去忘川會圖書館。她從書架上抽出阿貝馬雷之書，翻開時她隱約聽見慘叫，書頁間冒出硫磺煙，她不予理會。阿貝馬雷之書會保存上一次搜索的記憶，看來道斯最近忙著研究某個版本的地獄。

亞麗絲從書架旁的柳條編織桌上拿起一支筆，卻不知如何下筆。她知道查詢關鍵字必須非常精準。吸血鬼遍布傳說與小說，她不想花那麼多時間分辨哪些是迷信、哪些真的有用。此外，要是給的關鍵詞太籠統，圖書館的牆壁會震動，甚至整個塌陷。看來還是從小範圍著手吧。

她草草寫下萊納斯．雷特爾，然後將書放回去。書架輕輕晃動，靜止之後，亞麗絲推開書架走進圖書館。

書架上有十多本書，亞麗絲稍微翻閱之後，發現大部分的主題都是雷特爾家族以及他們在舊格林威治的豪宅甘井園。雷特爾家族是德國移民，製造鍋爐與熱水器致富。甘井園與周邊的土地一直由雷特爾家族的子孫繼承，但亞麗絲懷疑，所謂的子孫其實都是同一個人。

書架上竟然有亞諾．古尤特．達納的剪貼書，非常厚一本，海軍藍裝幀，書脊上以燙金文字印著書名：《耶魯今昔》。這套剪貼書記錄了紐哈芬與耶魯的點點滴滴，達令頓非常著迷，尤其特別熱愛十六到十八卷，很多年前這三卷書冊連同亥倫．賓漢三世的日記一起從史特林圖書館被偷走，其實是為了隱藏忘川會的重要內幕，以及紐哈芬大量魔法文物的存在。

亞麗絲翻閱厚厚一大本的剪報、舊照片、地圖，終於發現一張在莫瑞俱樂部拍攝的照片，那是一群年輕男性的合影，每個人都神情嚴肅、西裝筆挺。萊納斯站在後排，一臉認真，因為照片太舊，他的淺藍色眼眸看起來幾乎是白色。比起之前在他家客廳的樣子，照片裡的他感覺稍微柔和一些，更有活力。難道當時他還是人類？還是已經變成吸血鬼了，只是心情好？她要怎麼做，才能打倒康乃狄克州上流世家的吸血鬼毒販？

書架上也有《齊闕爾惡魔論》，蜜雪兒．阿拉梅丁建議她讀這本書，道斯研究地獄的時候也用到過。亞麗絲翻閱，依然希望會有目錄列出各種妖魔鬼怪，並且詳述如何降服。不過道斯說得沒錯，這本書只是紀錄了埃利森．瑙恩司與魯道夫．齊闕爾之間關於地獄的一連串辯論，瑙恩司是神學院學生，篤信基督教，齊闕爾則是無神論者，也是忘川會成員。

瑙恩司似乎支持透納對地獄的觀點——罪人永恆受罰的刑場：無論地獄有九層還是十二層，無論地獄是火坑還是冰湖，即使地獄的構造尚無定論，但地獄的存在與作用卻是無庸置疑。

但齊闕爾反對：這些全是迷信和胡說！我們知道有其他世界與境界存在，因此才能夠使用傳送門——捲軸鑰匙會的人不只是從一個地方消失，然後出現在另一個地方，隨便找個會員問問就知道。我們很清楚沒有那麼簡單。除了人間還有其他領域。為什麼不能將「地獄」視為這些領域中的一個？抄錄的人在這裡寫下「熱烈掌聲」。

他們說的一些內容超出亞麗絲的理解能力，但她相當確定齊闕爾認為地獄——以及天堂——的存在只是惡魔與人類之間討價還價的結果：正如同我們從飛禽走獸的肉中得到營養，或是以簡單的草根、漿果果腹，惡魔則從人類的基本情緒中獲取養分。一些惡魔以恐懼、貪婪、欲望、憤怒為食，當然，也有一些以歡樂為食。天堂與地獄只是折衷的協定，就這麼簡單，惡魔只能待在他們的領域，只能以死者為食。

這時聽眾開始噓齊闕爾，紀錄上寫著瑙恩司「面紅耳赤」。瑙恩司：這就是無神論世界觀的結果——不只人間缺乏高等道德，就連死後的世界也一樣。你的觀點將上帝依自己的形象所造的人類貶低為最低下的獸類，如同落入陷阱的膽小兔子，並非為偉大研究或高等成就而犧牲，而是作為食物？這就是人類的意義與命運？

齊闕爾大笑。我們的肉體最終只是蟲的食物。為什麼靈魂不能也成為食物？

這時雙方陣營差點打起來，於是辯論暫時中斷。

亞麗絲揉揉眼睛。她對透納說得很直接：她不相信他的主日學校地獄觀。但她好像也不太認同齊闕爾的理論。更何況，她搜尋的是萊納斯·雷特爾，為什麼會出現這本書？

她爬梳索引，尋找有沒有提到他，當她用手指沿著V詞條尋找「吸血鬼」（Vampire），項目下只列出一個頁碼。

齊闕爾：就用吸血鬼當作例子吧。

（觀眾鼓譟。）

赫曼．莫斯比：接下來要搬出什麼？矮精靈？凱爾派[68]？

（司儀呼籲大家守秩序。）

齊闕爾：你難道從來沒想過，為什麼故事中的魔鬼有些使用誘惑的手段，有些直接嚇人？為什麼有些美貌、有些醜惡？這些故事證明了我們的世界依然有惡魔存在，他們部分以悲傷或恐懼為食，部分以欲望為食，並且以最能引發那些情緒的型態出現。

（泰倫斯．格理布要求發言，司儀准許。）

格理布：在這種假設之下，血液是攝取情緒的載體，還是過程中的意外？

（觀眾大笑。）

亞麗絲摸摸脖子上的ＯＫ繃。「意外個頭啦。」

她想著一身白衣的俊美萊納斯．雷特爾。為什麼吸血鬼要販毒？他擁有那麼強的力量、那麼多的時間，應該有千萬種方法可以賺錢。然而，倘若他以絕望為食呢？會不會他要的根本不是錢，而是享用不盡的恐懼與欲求？亞麗絲想起那些賴在埃丹家的人、原爆點的魯蛇，她的痛苦哀

68 賽爾特民間傳說中的一種精靈，在蘇格蘭的傳說中常以駿馬的型態出現在湖邊，誘拐或欺騙旅人。

傷、她徬徨破碎的人生。一點點大麻、一點點酒精、一顆煩寧[69]就能賜予她片刻平靜，讓她從中擰出些微希望。

假使齊闕爾的想法沒錯，吸血鬼確實是惡魔，至少她知道她面對的是什麼。可是要如何讓怪物遠離？

她走出圖書館，取出阿貝馬雷之書，寫下：如何驅逐吸血鬼，非虛構。寫完她又遲疑了。她明明確切寫出要搜尋萊納斯·雷特爾，為什麼圖書館給了她一本提及吸血鬼的書？她把攤開的阿貝馬雷之書放在桌上，回去裡面的圓桌重新翻閱《齊闕爾惡魔論》。索引裡沒有雷特爾。她翻到書的最後面。

記錄人：菲利普·華特·梅理曼，眼目，一九三三年

與會者：

與會者名單以所屬社團排列，在骷髏會的名單中出現了萊恩諾·雷特爾這個名字。

他在場。用不同的名字，但他曾經來過權杖居，來過忘川會的會所。說不定那時候他還是凡人。也可能惡魔入侵了秘密社團、權杖居，卻沒有人發現。這個日期也很微妙。一九三三年，史

特林圖書館落成後一年。難道說，真的曾經有另一批朝聖者去過地獄？這就是其中的意涵？這些人是不是知道地獄通道的事？這裡記錄的不只是哲學激辯，而是真正在討論去地獄的可能性？

倘若惡魔真的以人類為食，攝取人類的快樂、痛苦，甚至血液，是不是又多了一個她必須思考的變數？她想起瑪珠麗·史蒂芬，年紀不大卻顯得衰老，眼睛混濁灰白。會不會根本不是中毒？難道與雷特爾有關？還是其他惡魔在搞鬼？用聖經的句子嘲弄他們？如果史蒂芬教授或貝克曼院長的脖子上有傷口，透納應該會告訴她，但是在今晚遇到之前，亞麗絲不知道吸血鬼真的存在。還有什麼東西在黑暗中潛伏窺伺？

亞麗絲感覺恐慌湧上，令她無法呼吸。她想像那許多來自上流家庭的好學青年忙於爭論道德、永生、語意學，渾然不知有個怪物正在享受他們的款待。*因為我們全都是外行裝內行。*忘川會自以為很清楚比分，其實他們連在比什麼都不知道。但這棟房子、這座圖書館依然能保護她。

繼續搜尋三次之後，她多少冷靜下來，她從少少幾本英文寫作的書裡挑選出幾種可以驅逐惡魔與吸血鬼的辦法，大部分都需要鹽做的武器。她翻閱的那幾本書解釋：木樁刺心、砍頭、火

69 精神科藥物，常用來治療癲癇、憂鬱症、焦慮症。

燒，這些招數之所以有效，是因為基本上什麼都能殺死。十字架與聖水的實用程度端賴使用者的信仰，因為這些東西賦予的並非實質保護，而是勇氣。大蒜只對一種特定的魅魔有效。結界有用。這個最重要。她去庫房找到一條寬版串珠蕾絲項鍊，每顆小小的珠子都是鹽做的，年代可以追溯到殖民時期，而且可以藏在上衣底下。她回到但丁臥房，躺在藍色絲絨頂棚下，夢見她在萊納斯．雷特爾家的草皮上打槌球。她沒穿鞋，草地濕濕的。她看到鮮血從腳趾間滲出。

「有意思。」他低語，但是夢中的他是達令頓，穿著白西裝，金色犄角閃閃發光。他對她微笑。「嗨，小綿羊。妳來給我吃嗎？」

他身後的豪宅不再是甘井園，而是黑榆莊，牆壁爬滿長春藤，感覺比吸血鬼在山頂的城堡更孤寂。

亞麗絲飄進屋裡；她熟門熟路，上次那種受操縱的感覺又來了。房間好像變大也更黑暗。她爬上樓梯、進入宴會廳，達令頓在那裡，坐在防禦圈裡。但他是她的達令頓，和他在羅森菲爾館消失的那天晚上一模一樣，俊美的人類，穿著深色長大衣和舊牛仔褲。

她從窗戶看出去，長著彎曲犄角的惡魔依然站在草地上，旁邊放著棄置的槌球用具，金色眼眸往上看她。

「有兩個你。」亞麗絲說。

「不得不如此。」達令頓回答。「人類與怪物。我是洞穴中的隱士。」

「我看過你爺爺的記憶，我什麼都知道了。我看到你努力不死在這裡。」

「偶爾也有好事啦。」

亞麗絲感覺嘴角上揚。「當然有。假使全都是壞事，你大可以放手。」

「史坦，妳什麼時候變得那麼睿智？」

「你去地獄放大假的時候。」

「我聽見他們的聲音。」他說，眼神疏遠。深棕色的眼睛，有如泡太久的茶。「我爸媽。他們在門口大吼大叫的時候。」

「我應該放他們進來嗎？」

他猛然對上她的雙眼，在他的憤怒中，她隱約看見惡魔的影子。「不要。永遠不要。我繼承了黑榆莊之後，他們斷電。他們以為我會受不了寒冷而離開。」他的肩膀抬起又放下。憤怒滑落，有如不合身的衣裳。他看起來很累。「我不知道怎樣才能不愛他們。」

多少次亞麗絲希望她對媽媽只有恨？毫無感覺也好？愛就是這麼麻煩。一旦學會了就無法拋開，無論這堂課有多苦。

「這是真的嗎？」她問。

但達令頓只是微笑。「現在不是討論哲學的時候。」

「告訴我怎麼才能找到你。」

「靠近一點，史坦。所有妳想知道的事我都會告訴妳。」

她害怕嗎？這是真正的達令頓嗎？還是在花園裡等候的惡魔才是他？她心中有一部分不在乎。她上前。

「那天晚上是你嗎？」她看出防禦圈快撐不住了，逐漸化做光點。他很可怕。他不是妳以為的那個人。「在書蛇會那次？你是不是利用屍體拼出我的名字？」

「銀河．史坦。」達令頓說，眼睛閃耀金色光芒，「我從一開始就呼喊著妳的名字。」

亞麗絲醒來時床單被汗水浸濕，脖子上的傷口滲出淺粉色的小血滴。

波納維特[70]製作精美彩繪玻璃時選作主題的那幾個伊索寓言故事，細思之後會感到非常有趣。他的選擇是否有教育意義？這可能要看如何解讀。以「狼與鶴」為例：一隻貪心的狼因為吃太快，骨頭卡在喉嚨裡。他對鶴說：「用你細長的喙幫我拔出來吧，我會給你很好的獎賞。」鶴答應了，把頭伸進狼的嘴裡拔出骨頭，但是完工之後，狼並沒有給鶴獎賞。這種把頭伸進狼嘴的傻瓜，不咬死他就已經是最好的獎賞了，不是嗎？傳統上，這個故事的寓意應該是「幫壞人做事沒有好處」。但也可以將這個故事的寓意視作：「死裡逃生不亦樂乎？」

彩繪玻璃中還有一個比較不那麼廣為人知的故事，「羔羊與狼」。一隻小羊和羊群走散了，在路上遇到一匹狼。「如果你一定要吃我，」小羊說，「請先為我演奏一曲，讓我可以跳著舞死去。」狼很樂意用音樂搭配美食，於是便答應了，但在草原另一頭，獵人的獵犬聽見了音樂。狼被狗追著在森林裡竄逃，不禁感嘆自己太傻，畢竟他天生是屠夫，不是吹笛手。大部分的書中所給的寓意非常奇怪：「不要讓任何事擾亂目標。」那麼，我們要將自己比做狼？為什麼不是仿效聰明的小羊？或許可以將寓意改成這個：「面對死亡時，與其躺下就範，不如跳舞。」

——〈重新思考史特林紀念圖書館裝飾之寓意〉，
魯道夫・齊闕爾
（強納森・艾德華茲學院，一九三三）

70 G. Owen Bonawit（一八九一～一九七一），彩繪玻璃藝術家，與建築師詹姆士・甘博爾・羅傑斯密切合作，為耶魯大學史特林圖書館製作了八八七片彩繪玻璃。

23

亞麗絲等到天亮才回宿舍換衣服。她跟蘿倫借了一件柔軟的喀什米爾毛衣，穿上最不破爛的牛仔褲。她希望表現出認真負責的模樣，讓人願意投資，但是那雙老舊磨損的靴子沒得換。

她打電話給安賽姆要求見面，原本以為他會叫她去找新執政官。但他剛好那天下午要搭火車來紐哈芬，於是同意擠出時間給她。

「那個地方的名字有點怪，希望妳不要介意。」他說。「我和人約在那裡開會，然後就要回紐約了，不過我可以和妳見面，算是晚一點吃午餐。」

骷髏貝。那是家生蠔吧，建在水面上。亞麗絲確認鹽珠項鍊好好藏在借來的毛衣底下，然後騎腳踏車出發。她有時會忘記紐哈芬就在海邊，其實是個海港城。

騎車前往霍華大道的路程意外優美，樹葉正在變色，越靠近海邊房子越豪華。這裡的豪宅和舊格林威治不一樣。大門廊、窗戶面向街道，有種開放的感覺，彷彿是為了讓人欣賞、享受而設計，不是為了藏在圍牆裡。

道斯知道她弄丟賓士車時很生氣，因為那輛車的意義不只是交通工具而已。

「什麼叫做妳把車弄丟了？」她怒吼。

「我沒有弄丟。我知道在哪裡。」

「快告訴我，我去開回來。我有備用鑰匙。我們——」

「不可以。」

「為什麼？」

因為我害怕。因為太危險。但亞麗絲無法解釋。萊納斯．雷特爾。她去舊格林威治的原因。夢中達令頓變回原本的模樣。我從一開始就呼喊著妳的名字。這一切都太超過了。

「妳弄丟了他。」道斯火冒三丈。「現在又弄丟車。」

「我沒有弄丟達令頓。」亞麗絲努力控制脾氣。「他又不是硬幣，不可能不知不覺不見。艾略特．桑鐸派地獄獸吃掉他，所以啦，有意見就去墓園對他的墳墓說。」

「妳應該——」

「怎樣？我應該怎樣？知道正確的咒語、正確的魔法？我應該抓住他，和他一起下地獄？」

「對。」道斯嘶聲說。「沒錯。妳是他的但丁。」

「如果是妳就會那麼做？」

道斯沒有回答，亞麗絲知道應該就這樣算了，但她實在太累、太受傷，無法善良。「道斯，我比誰都清楚妳會怎麼做，要我告訴妳嗎？妳會嚇得尿褲子。妳會像我一樣動彈不得，達令頓還是會消失。」

電話另一頭沉默，接著她大聲吼罵，但感覺好像從來沒有用過那樣的字眼，所以不知道如何正確組合音節。「去妳的！去妳的！去妳的！」

那很不流暢的咒罵刺穿了亞麗絲的淒涼情緒。她的怒火瞬間熄滅，她差點笑出來──她知道真的笑出來就完蛋了。

她做個深呼吸。「對不起，道斯。妳不知道我有多抱歉。但車子不重要。我才重要。妳才重要。我保證會把車找回來。只是……只是現在我需要一點體諒。」

許久之後，道斯說：「好吧。」

「好吧？」

「嗯。目前我願意體諒。對不起剛才罵妳。」

亞麗絲終於笑出來。「沒關係。妳應該多練習罵人，道斯。」

亞麗絲知道那家餐廳在遊艇俱樂部裡，但不是她想像的模樣。她原本以為會有泊車小弟，男客一律穿藍色休閒西裝、女客一律配戴珍珠。沒想到餐廳只是一棟位在海濱的普通建築，店外面掛著國旗，停車場很大。亞麗絲將自行車鎖在臺階欄杆上。她很想把頭髮挽起來，讓模樣顯得保守一點，但她脖子上的傷依然紅腫，就好像身體在對抗發炎，但是貼上ＯＫ繃又感覺像在掩飾吻痕。

安賽姆的座位在有屋頂的露臺上，四人桌，面向大海，港口停滿船隻，桅杆往不同的方向歪，有些船用女性的名字，有些則用諧音：英雄船說、風狂小妞、舷情逸致。他的一隻手臂搭在旁邊的椅子上，整個人感覺很像名錶的廣告。其他桌的客人大多是耶魯學生和家長，也有生意人悠閒吃午餐，幾位穿著鋪棉外套的老太太慢慢喝著粉紅酒聊天。

他看到她，出聲招呼：「亞麗絲！」他的語氣溫和又有點驚訝，好像忘記了他邀請過她。

「坐吧。」他揮手招來服務生，後者將菜單放在她面前。「我已經吃過了，妳隨意點吧。」

有人請客，亞麗絲不會假客氣。好像應該點孔雀蛤或烤魚才對，但媽媽多年來一直嘗試各種健康食物，全穀類、角豆芽，導致她一生無法擺脫對垃圾食物的渴望。她點了迷你漢堡，飲料則是可樂，她需要補充咖啡因。

「真希望我能像妳這樣毫不顧忌飲食。」安賽姆拍拍肚子，雖然他一點也不胖。「年輕人揮霍青春。要是早知道中年會像這樣，我年輕時就會多吃炸雞少健身。」

「你中年了？」

「呃，快了……什麼？」

亞麗絲驚覺自己盯著他看。「對不起，你感覺不太一樣，比較輕鬆。」

「很奇怪嗎？妳大概不會相信，但我真的不覺得訓斥大學生很有趣。」

「道斯是博士候選人。」

他瞥她一眼。「妳懂我的意思。」

現在新執政官上任了，安賽姆拋開忘川會的義務與煩惱，感覺變了一個人。

「我沒想到你還會回康乃狄克州。」她說。「我以為我得去紐約。」

「通常每個月我都會來康州一、兩次，因為要開會。所以董事會才找我幫忙代管忘川會。由於貝克曼院長的命案，我認為應該關心一下。他是傳奇人物。認識他的人想必都很難過。」

「你認識他嗎？」

他歪頭。「妳找我見面就是為了這個？百夫長要妳來確認不在場證明？」

「不是。」亞麗絲說，真的不是。而且亞麗絲也沒理由懷疑安賽姆和那兩位死者有關。「對不起。因為去年發生的事，習慣一下改不了。」她聳肩。

「我懂。應該要保護妳的人沒有盡到責任，對吧？」

從來都沒有。然而，這個午後陽光明媚，她和這個陌生人一起坐在這張桌邊，她不願意想那些。「可以這麼說。」

「忘川會要求我們付出太多，對吧？」

亞麗絲點頭。她很緊張，雙手汗溼。昨夜悽慘惡夢連連，中間醒來時她都在思考今天該怎麼說才最有說服力。但現在安賽姆自己起了個頭，她要善加利用。「沒錯。」她說。「你看過我的檔案。」

「現在妳過得很愜意。」

「可以這麼說。」

「告訴我加州是什麼樣子。」

「就像這裡一樣，只是水比較暖，人比較好看。」

安賽姆大笑，亞麗絲感覺自己稍微放鬆了一點。她原本以為安賽姆會端起權威架子，但眼前這個人不算太差。他午餐時應該喝了兩杯酒，此刻正在享受遠離辦公室的輕鬆。她可以善加利用。

「你來見什麼人？」

「幾個在斯坦福工作的朋友。妳知道以前的ＡＩＧ保險大樓在哪裡吧？」

「不太清楚。」

「不知道也不可惜。總之，他們算是我們業界的異類，不過呢，我喜歡可憐人，而他們需要一點建議。」

「隱藏被趕散的人。」她喃喃說。

安賽姆再次大笑。「沒到那種程度啦。」

看來安賽姆知道以賽亞書的那個句子。不過，假使他真的與命案有關，應該不會主動說出那個句子。「你看起來不像信仰虔誠的人。」

「我不信教，不過這是紐哈芬大家都知道的故事。老天。」他搖頭，細心打理的頭髮一根也沒亂。「連我自己都嫌無聊。」

「繼續說，」她說，「我喜歡這種傳說。」尤其是能幫她抓到殺人凶手，讓透納對她另眼相看。

安賽姆一臉懷疑，但還是說下去。「這個典故來自於約翰．達文波特牧師為了支持三法官所做的佈道演說。」

三法官。有意思，亞麗絲發現她喜歡這版本的安賽姆。感覺有一點像達令頓。不是她認識的達令頓，而是沒有在黑榆莊長大也沒有愛上忘川會的達令頓，更多圓滑、較少渴望的達令頓。比較不像她的達令頓。

「妳沒去過法官洞?」安賽姆問。「好吧,事情發生在一六四九年,克倫威爾[71]下令處死查理一世。五十九位法官簽署了行刑命令。一切都非常好、非常順利。砍掉他的腦袋。不過呢,短短十年後,王室復辟,他的兒子查理二世——」

「小查理。」

「沒錯。小查理對父王的遭遇很不爽,也認為殺國王的先例不是好事。所以他必須以霹靂手段解決。他將五十九位法官全部判處死刑。」

「一下子死了這麼多法官。」而且也符合透納的初步推理,身敗名裂的蘭頓教授殺害那些審判他的人。

「一些法官遭到處死,一些逃往各殖民地。然而,到處都有英國士兵,誰都不願意收留那些流亡法官,生怕招來小查理的報復。只有紐哈芬的好心人例外。」

「為什麼?」

---

71 奧立佛.克倫威爾(Oliver Cromwell,一五九九~一六五八),英國政治家,在英國內戰中擊敗了保王黨,一六四九年處斬了查理一世後,克倫威爾廢除英格蘭的君主制,並征服蘇格蘭與愛爾蘭,在一六五三年至一六五八年期間出任英格蘭共和國護國公。

安賽姆比比港口的船，彷彿答案就在那裡。「這個城鎮一向很反骨。好心的約翰·達文波特牧師登高一呼：『隱藏被趕散的人，不可顯露逃民。』於是鎮民便隱藏了被趕散的人。英軍來搜索，鎮民全體保密，並且將法官藏在西岩附近。」

「法官洞？」

「那裡基本上只是一堆大岩石，但沒錯。那三位法官的分別姓華利、高夫、迪克斯威爾。」

亞麗絲住在紐哈芬的時間不長，但她聽過那三個名字。布洛威大道分岔出去的三條街分別用了這三個名字。沿著華利街一直走，最後就會到西岩。三條街。三個法官。三起命案。

會有第三個。原來達令頓是這個意思。即使他惡魔的那一半一直在玩弄他們，享受凶手設下的謎，但他還是盡可能給他們暗示。

「那三個法官後來怎麼了？」亞麗絲問。「有沒有被抓到？」

「他們活到很老、很老、很老。其中兩個去了麻薩諸塞州，但迪克斯威爾改了名字，一直住在紐哈芬直到老死。他的骨灰埋在紐哈芬綠原。即使他過世一百年之後，英軍還是會特別來這裡對他的墓碑撒尿。由此可見這三個人有多重要。自由的烈士，諸如此類。現在他們變成了一條註腳，我為了讓妳佩服而在午餐時講的小故事。」

安賽姆竟然會想要讓她佩服，她不確定該覺得不舒服還是受寵若驚。

「妳有沒有想過為什麼死亡真言管用？」他靠向前。「因為到最後我們都會歸於虛無，沒有比這個更可怕的事了。」

亞麗絲其實不在乎為什麼，只要管用就好。「你很瞭解紐哈芬。」

「我喜歡歷史。但歷史賺不了錢。」

「法律含金量才夠高？」

安賽姆聳肩。「忘川會給了很多承諾，耶魯也是，但是在紐哈芬都不會成真。就算對這個地方再忠誠，也不會得到回報。」

看來他其實不像達令頓。「忘川會呢？」

「忘川會只是課外活動。太認真看待很傻。甚至很危險。」

「你在警告我。」就像蜜雪兒．阿拉梅丁一樣。

「我只是聊聊而已。但妳今天來這裡應該不是為了聽我說克倫威爾的歷史，以及在康乃狄克州老去的危害。」

時候到了。「你說看過我的檔案。我媽……我媽狀況不好。」

「生病了？」

太愛追逐虛假奇蹟是一種病嗎？一心在寶石與占星術尋覓不存在的模式，這種症狀有名字嗎？認為只要不吃乳製品或麩質或反式脂肪，就能看清生命的神秘真相呢？可以將洛杉磯視為疾病嗎？

「她沒事。」亞麗絲說。「她只是不切實際而且不善理財。」這樣說算是很客氣了。

「她讓妳覺得丟臉？」

這個問題讓她吃了一驚，突然勾起的強烈情緒令亞麗絲措手不及。她不想感覺渺小、赤裸，像個沒有保護的孩子，孤伶伶的小女孩。學期才剛開始，她已經精疲力竭、油盡燈枯，一年多前來到耶魯的同一個亞麗絲，只要感覺任何人、任何東西可能傷害她，便會立刻發動攻擊。她想要好媽媽，能夠保護她、給她好建議。她想要真實存在的爸爸，不只是媽媽拒絕說出來的鬼故事。她想要達令頓，現在他在又不在，她需要他的幫助才能搞定這瘋狂的一切。這許多感受同時來襲，她討厭那種眼淚灼痛喉嚨後方的感覺。

亞麗絲喝了一口水，控制住情緒。「我必須想辦法幫她。」

「我可以幫妳找有薪水的暑期實習工作——」

「不，我現在就需要錢。」她沒有打算用這麼狠的語氣，但真正的亞麗絲抬起頭，她厭倦了旁敲側擊、虛與委蛇。

安賽姆雙手抱胸，彷彿準備迎擊。「多少？」

「兩萬。」足以讓米拉將現在的公寓退租搬去新的地方，足夠讓她在找到新工作之前應付生活。但前提是她要能說服媽媽離開洛杉磯。亞麗絲認為並非不可能。只要能讓她和媽媽好好活下去，必要時，她會不惜使用使役魔法。

「妳要借這麼大一筆錢？」

「不是借，是給。」她糾正。「我還不出這麼多錢。」

「亞麗絲，妳的要求——」

現在是攤牌的時候了。「你看過我的檔案。你知道我有什麼能力。我可以看見鬼魂。我甚至可以和他們說話。你們想知道陰間的事？想接觸界幕另一邊？我可以幫你們。書蛇會需要一大堆愚蠢的儀式，我不需要。」

安賽姆目瞪口呆。「妳能聽見他們說話？」

她點頭。

「那……那非常危險。」

「相信我，我知道。」

「但也有太多可能性……」安賽姆的表情難以解讀。剛才隨和的笑容消散在鹹鹹海風中。或許他拋開忘川會和那些奇奇怪怪的魔法，但他也非常清楚忘川會有多重視這樣的接觸，從中可以獲取多大的權力。桑鐸曾經說忘川會是「餐桌上的乞丐」，沒有威權的權威，只能接受八大社團願意施捨的零碎魔法。亞麗絲的天賦帶來改變，權力是他們全都理解的語言。

「亞麗絲，」他說，「我有一個問題，希望妳誠實回答。」

「好。」

「妳說過願意放棄，不再試圖尋找達令頓，妳準備好放下了。」亞麗絲等他說下去。「但妳感覺不是會輕易放下的人。」

亞麗絲知道他可能會逼問這件事，要應付其實很簡單。因為她很清楚他想要什麼回答。

「你看過我的檔案，」她重複，「你知道忘川會給了我什麼條件。我之所以在這裡，不是因為我想玩魔法遊戲。你們全都以為界幕另一邊的世界很特別，但那只是因為你們不需要用一生的時間注視那個深淵。我來耶魯不是為了魔法，安賽姆先生。」

「叫我麥克吧。」

她不理會。「我來這裡不是為了魔法、不是為了玩樂，也不是因為我想交朋友、在雞尾酒會上談詩。我來這裡因為這是我僅有的機會，我不希望未來還是像檔案裡寫的那樣。達令頓只是個有錢少爺，紆尊降貴和我說過幾次話，我不可能為了他拋棄未來。」

這些全都是真的，除了最後那一段。

安賽姆端詳她，估量她所說的話。「妳說過忘川會虧欠他。」

「我不是忘川會。」

「妳沒有暗中計畫救他？」

「完全沒有。」亞麗絲毫不遲疑地說。

「我要妳保證。我要妳用母親的命發誓，因為要是妳耍我，妳不但拿不到錢，也休想救人。我不是慈善機構。」

「我保證。」

「亞麗絲．史坦，妳確實出人意表。」安賽姆站起來。他拿出幾張鈔票隨手扔在桌上。接著他伸個懶腰，臉轉向陽光。「很愉快的午餐。曬曬太陽、看看海、陪美女聊聊天。我覺得幾乎像個人了。看看能不能撐到回紐約。」他伸出一隻手。他的掌心溫暖乾燥，藍眸清澈。「只要妳規規矩矩不惹事，我會幫妳弄到那筆錢。」

現在安賽姆完全不像達令頓了。他只是一個黝黑的西裝男。他是個有錢的騙子，想要找機會撈好處，很樂意利用她。他只是另一個在不屬他的國家搜刮文物的賊。他是亞麗絲看透的那個忘川會，不是達令頓熱愛的那個忘川會。

亞麗絲和他握手。「成交。」

24

萬聖節前一天的晚上，他們在權杖居的餐廳開會。這裡感覺比起居室正式，道斯說因為需要空間。亞麗絲本來還不懂，一看到史特林圖書館的超大藍圖攤開在餐桌上，她立刻明白了。道斯搬出心愛的白板，準備了一壺熱蘋果酒，整個權杖居洋溢發酵蘋果的氣味。

梅西出門之前換了三套衣服，最後終於選定緊身花呢外套配絲絨裙子。

「妳應該知道是在幫我們忙吧？」亞麗絲問。

「想要贏得職位，就要做相應的打扮。」

「妳想要什麼職位？」

「我也不清楚。」梅西說。「不過，假使魔法是真的，我想留下好印象。」

難道所有人都渴望魔法？亞麗絲思考著，帶梅西走進權杖居，看著她瞪大眼睛欣賞屋裡的一切：向日葵樓梯、彩繪玻璃、壁爐周圍裝飾的手繪磁磚。為什麼要讓小孩相信有魔法？為什麼要給他們永遠無法滿足的夢想——不可思議的真相、難以想像的變化——然後將他們推進荒蕪的現實世界？在達令頓身上，她看見失去這些造成的影響，但或許她心中也有同樣的遺憾。知道現實中沒有秘密的英雄使命，沒有能看出她潛力的善良導師，沒有必須打倒的邪惡敵人。

太多故事讓人們渴望更美好的世界，嚮往其中無限的可能，最後卻無法實現，或許就是這樣的遺憾，讓他們成為忘川會手到擒來的獵物。或許梅西也是因為這樣，才會穿上花呢與絲絨、戴上假翡翠耳環，夢想能在衣櫥深處找到通往奇幻世界的門。亞麗絲只希望衣櫥裡不會有恐怖的東西伺機偷襲。

那晚稍早，她去監督手稿會的儀式，看著他們將高居暢銷排行榜第一名的歌手綁在椅子上，把她的頭往後仰，然後將一隻夜鶯放在她口中，用迷你繩索固定住。然後等夜鶯在她喉嚨裡大便。這個儀式據說能找回她傳奇的歌聲。那才是魔法的真面目——鮮血、內臟、精液、口水、裝在罐子裡的器官，用來獵捕人類的地圖，未出世胎兒的頭骨。書本與童話故事本身沒有錯，錯在內容只說出一半的真相，製造出假象，讓人以為那個世界裡只有壞人必須以鮮血付出代價，邪惡後母、壞心繼姊，魔法是正義的力量，而且不需要犧牲。

她們到的時候，透納已經坐在餐桌旁專心研究道斯準備的資料。亞麗絲懷疑主要是因為他不想和崔普說話，崔普在廚房狂吃，那裡有精緻的冷肉拼盤、起司火鍋、幾何形狀的酥皮小點心。

一看到她，他立刻大喊：「亞麗絲！」嘴裡還含著起司。「妳的好姊妹道斯手藝太變態。簡直瘋了。」

道斯正忙著將熱蘋果酒裝進杯子裡，表情卡在開心得意與嚴厲譴責之間，結果變出要笑不笑的糾結模樣。她今天難得穿牛仔褲，沒有像平常那樣穿運動褲，頭髮也紮成法式髮辮。就連崔普也穿上藍色休閒西裝外套和Polo衫，而不是平常的T恤配運動褲。亞麗絲突然覺得自己的打扮不夠隆重。

「快開始吧，」透納說，「有人明天還要上班。」

有人還要交報告，亞麗絲想著。更別說還有越堆越高的指定閱讀書籍：《燈塔行》[72]讓她覺得很無聊；《黃色筆記紙上的小說》帶給她驚喜；一頁又一頁的希羅多德[73]，讓原本喜歡上希臘歷史的她改變心意；華萊士．史蒂文斯[74]又長又晦澀的詩有時讓她進入夢境般的狀態，有時會讓她直接睡著。如果可以，她也不想主修英美文學，但她沒有能力選其他科系。主修這個系會害她與新任執政官互動更密切。

今天下午她和執政官在權杖居起居室見過面，討論亞麗絲監督手稿會鳴鳥儀式的準備工作。華許—惠特利教授小口啜飲雪莉酒、品嘗義式脆餅，一邊檢查亞麗絲的索引卡，他吸了一下鼻子，然後說：「勉強通過。」

亞麗絲很想發出勝利歡呼，好不容易才忍住，不過，確實瞭解儀式內容之後，她很難保持勝利的心情。她想回家，再也不要想起這件事，但她下定決心要在試圖打開地獄通道之前，把報告打好交給執政官。院長，不必擔心。不需要特別注意我們。

大家在餐桌邊就座，亞麗絲小聲問透納：「蘭頓教授有小孩嗎？」

「一個兒子。住在亞利桑那州。他有不在場證明。」他回答得很快，亞麗絲意識到，雖然他人在這裡，但心思不在，他不斷在思索教職員命案的細節。

「你最好再確認一次他的不在場證明。」

「為什麼？妳發現了什麼？」

「我們追查的聖經句子全都引向查理一世被處死刑的事件。但真正復仇的人是他的兒子。」

「妳怎麼突然成功破解了？」

「我是天才偵探。」亞麗絲說，用手指點點腦袋，看到他翻白眼，她感覺超痛快。「我挖掘

72 《To the Lighthouse》，英國小說作家維吉尼亞．吳爾芙（Virginia Woolf，一八八二～一九四一）一九二七年出版的作品，具有濃厚的自傳意味。

73 Herodotus，西元前五世紀的古希臘作家，他將旅行中的見聞以及波斯阿契美尼德帝國的歷史記錄下來，著成《歷史》一書，成為西方文學史上第一部完整流傳下來的散文作品。

74 Wallace Stevens，美國現代主義詩人。

了一下，將線索拼湊起來。」她不打算說出午餐時間和安賽姆見面的事，也不想說惡魔、吸血鬼的事，雖然她懷疑瑪珠麗．史蒂芬是被吸乾了生命力。她希望先進一步確認，以防只是她自己想太多。

道斯用餐刀敲敲玻璃水杯，聲音意外地清脆響亮。所有人同時回頭看她，她雀斑底下的皮膚瞬間通紅。她說：「我們……開始吧？」

崔普過來餐桌坐下，一手端著的盤子裡食物堆成山，另一手拿著一瓶啤酒。「要先宣誓之類的嗎？」

「不准撒謊。盡量不要太混蛋。」透納說。「這就是宣誓了。快點開始吧。」

道斯在牛仔褲上抹抹雙手，走到白板旁邊就位，她粗略畫出史特林圖書館的平面圖。她指著入口以及通道的第一關。

「我們十一點整準時集合做準備。待在利諾尼亞閱覽室。閉館時，我們用非常基本的障眼法術藏起來。」

道斯繼續說明他們要躲在利諾尼亞閱覽室的哪個部分、會在哪裡使用法術。梅西小聲問：「我們要怎麼跟蘿倫解釋？要是我們提早離開酒趴，她一定會生氣。」

亞麗絲也還沒想到。她們必須想出一個無聊至極的藉口，這樣蘿倫才不會想跟來。

「能夠參考的資料非常少，」道斯繼續說，「但建議大家至少禁食六個小時。千萬不要吃任何肉類和乳製品。」

「吃純素下地獄？」崔普笑著說。

道斯用嚴肅的學者眼神看他。「是為了保持大腸淨空。」

這句話成功讓他閉嘴。

道斯比比梅西。「我們的護衛駐紮在庭院裡。凌晨一點，四個朝聖者準時開始走通道。」

「我們要怎麼保護梅西？」亞麗絲問。

梅西舉起紅色小筆記本。「我準備了死亡真言。」

「要背起來才行。」道斯說。

梅西笑嘻嘻回答：「Quid tibi, mors, faciam quae nulli parcere nosti?」

「妳會說拉丁文？」崔普似乎不敢相信。

梅西的笑容消失，她瞪崔普一眼，眼神充滿純粹的輕蔑。「需要的時候我就會。用死語言說出死亡真言效果更好，懂了吧？」

梅西嗆辣的語氣讓亞麗絲很驚訝，但崔普只是聳肩。「妳說是就是吧。」

「那句話是什麼意思？」透納問。

「從不放過任何人的死亡啊，我該拿你怎麼辦？」梅西回答。「很有趣吧？就好像死亡是派對上討厭的客人。」

「拉丁文很棒，」亞麗絲說，「問題是死亡真言無法對抗惡魔。」

「這部分我已經有想法了。」道斯說。

「鹽盔甲。」梅西說。

道斯對她燦爛一笑。「沒錯。」

她臉上引以為榮的表情讓亞麗絲心中閃過嫉妒刺痛，再次提醒她才是沒資格在這裡的人，這種想法讓她感覺很可恥。

「圖書館閉館之後我們要怎麼做？」透納問。

「我們要一起走過地獄通道的關卡。」道斯比比旁邊的餐具櫃。「梅西負責啟動節拍器。在儀式完成之前節奏不能中斷。」

亞麗絲無法理解。「松尼斯城應該沒有節拍器吧？」

「對。」道斯同意。「古代會有一整群人負責護衛，並且持續敲鼓或其他樂器。但我們沒有那麼多人，也不知道會需要多長的時間。萬一梅西沒力氣了，或是有人來打擾都可能有危險。」

滴答、滴答、滴答。等候引爆的炸彈。

「我們從外面開始，也就是銘文下面，」道斯接著說，「混合我們的血做標記。」

透納搖頭。「撒旦教的狗屁。」

「並不是。」道斯爭辯。「血將我們綁在一起，並且喚醒通道。」

「也就是說，只要走對了自然能確定沒錯？」亞麗絲問。

道斯咬著下唇。「理論上是這樣。每個朝聖者都有各自的角色，決定了行走的順序。士兵第一、然後是學者、教士、王子。」她清清嗓子。「我認為學者的角色應該由我來。透納信仰很虔誠，所以可以擔任教士。」

「我可以當士兵。」崔普自告奮勇。

「你是王子，」亞麗絲說，「我是士兵。我走在最前面。」

「擔任士兵的人必須封閉迴圈，」道斯警告，「也就是說最後一段會只有妳一個人。」

亞麗絲點頭。就該這樣才對。畢竟在羅森菲爾館的地下室，是她束手無策任由達令頓被地獄獸吞噬。必須由她封閉迴圈。

「這時候，」道斯說，「我們已經各自在中庭對應的地點就位。四道門都以鮮血做了記號。我們需要信號，這樣才能同時走向庭院中央。」她拿出一個金屬片。

「調音笛？」梅西問。

道斯點頭。「這個調音笛在五〇年代被施過法，可以確保完美和諧。萬一狀況變得……艱難，我希望有助於讓我們保持同步。」

所謂的「艱難」是什麼意思，亞麗絲不願意多想。「確定地點是中庭沒錯？」

道斯指著藍圖，瑟琳中庭上貼了一堆便利貼。「四道門、四個朝聖者、四個方位。銘文也不會只是巧合。記得知識之樹嗎？圖書館大門的日晷上方刻著這個句子：無知是上帝的詛咒。知識是我們飛向天國的翅膀。」

「亨利四世。」梅西笑嘻嘻看亞麗絲一眼。

亞麗絲笑著回答：「又是莎士比亞。」

「還有這個。」道斯舉起一張照片，裡面是一個石雕的網格，格子裡有數字。

「數獨？」崔普問。

道斯看著他，眼神似乎不知道該塞個熱水袋哄他睡，還是該用劁子打昏他。「這是阿爾布雷希特・杜勒[75]的版畫《憂傷》。這些數字無論往哪個方向加總的結果都一樣。我認為這是作為防堵用的。」

「能夠讓惡魔著迷的完美謎題。」亞麗絲說。

「沒錯。杜勒作品中有那麼多細節，沒理由選這個放在中庭。」

「中央有什麼？」透納問。「我們要走向什麼？」

梅西皺起鼻子。「有個噴水池，不過很沒有看頭。比較像個四方形大水盆，四個角落各有一個小天使。」

「天使是後來加上去的。因為有東西滲透石頭湧上來。」

現場陷入死寂。

透納舉起一隻手搓頭。「好吧。我們走到中央。然後呢？」

現在道斯沒把握了。「我們下去。我不清楚細節。有人說出現幻覺，並且真正有墜落感，其他人則感覺和身體分離，有種飛起來的感覺。」

「讚喔。」崔普說。

「但也可能是曼陀羅造成的。」

「那是一種有毒植物。」透納說。「我辦過一件案子，有個女人在後院種那種植物，加在乳液和藥膏裡。」

「曼陀羅確實有藥用功效，」道斯說，「只是必須非常小心用量。」

75 Albrecht Dürer，德國中世紀末期、文藝復興時期著名的油畫家、版畫家、雕塑家及藝術理論家。

「是喔？」透納說。「那種植物不是還有另一個名字？要不要告訴他們？」

道斯低頭看著筆記，含糊說：「惡魔的喇叭。開始走之前，朝聖者要先塗上曼陀羅油。這樣能鬆開靈魂對這個世界的牽繫。不使用就無法去到另一個世界。」

「然後我們會死。」亞麗絲說。

崔普緊張地笑了一聲。「只是種比喻，對吧？」

道斯緩緩搖頭。「從資料判斷，我們會被活埋。」

「靠。」透納說。

「那個動詞的意思很不明確，」道斯安慰，「可能是埋也可能是浸。」

崔普推開椅子。「這……真的是好主意嗎？」

「我們已經沒有好主意了，」亞麗斯說，「只剩這個。」

透納不關心崔普有多緊張。「好，我們死了，」他的語氣像是在問路找銀行，「然後呢？」

道斯太用力咬下唇，咬破了一條細細的傷口，微微滲血。「遲早我們會遇到達令頓——至少是他還留在地獄的部分。我們將他的靈魂放進容器，然後回到人世，帶靈魂去黑榆莊。這是最容易出狀況的時候。」

「什麼狀況？」亞麗絲問。

透納點點面前攤開的書。「要是沒有封閉通道，會有東西跟來。」

「東西？」梅西終於流露恐懼，亞麗絲幾乎感到慶幸。她必須認真看待這件事。

「我們的行為會被視作偷竊。」道斯說。「我們沒有理由認為地獄會輕易放走靈魂。」

崔普再次發出緊張的笑聲。「所以我們要去地獄劫囚？」

「呃……」道斯沉吟。「這個形容很正確。」

「如果是劫囚，我們應該有各自負責的工作。」崔普說。「小偷、駭客、情報員。」

「你的工作是好好活著，」透納訓斥，「還有不要做蠢事害死其他人。」

崔普舉起雙手，他總是這樣輕易讓步。「當然啦。」

「我們必須動作迅速，隨時保持警戒。」道斯說。「在達令頓靈魂的兩個部分融合之前，我們都會是攻擊的目標。」

惡魔會來追他們。萊納斯·雷特爾那種怪物。他會不會在監視？他會不會知道他們打算做什麼？亞麗絲再次感覺恐慌爬上心頭，總覺得敵人呈倍數成長。

「妳確定能找到他的靈魂？」透納問。

道斯用袖子沾掉嘴唇上的血。「他的靈魂應該會想要和另一半重聚，重點在於我們所選的容器。必須是能夠呼喚他的東西。就像黑榆莊的地契、阿拉梅丁送的雅瑪邑白蘭地。」

問題是幾個月前地契已經燒成灰了，雅瑪邑白蘭地也在捲軸鑰匙會發生爆炸時碎了。

「酒杯應該很合適。」崔普說。

「或許可以用書？」梅西提議。「初版書。」

道斯嘴唇的傷口又裂了。「必須是他珍惜的東西，要有力量能拉住他。」

亞麗絲冒出的回憶不屬於自己——而是死去的丹尼爾．泰博．阿令頓三世看著孫子在黑榆莊廚房調製魔藥，知道那個東西會毒死孫子，他卻無能為力。她想起丹尼——達令頓——在那個不顧一切實現心願的時刻，選擇當作杯子的東西，那個小小的紀念盒，來自很久以前的美好時光。他曾經相信那個盒子有魔法，並且決心要找回魔法。

「我知道一個他很珍惜的東西。」亞麗絲說。

找尋另一個世界的夢想，實現魔法的夢想。穿過衣櫥裡的魔法門，說不定還可以再回來。

25

萬聖節的校園白天沒什麼特別，感覺好像學生因為想玩而感到羞愧——有幾個人穿上披風或戴著搞笑帽子，一個教授穿著南瓜燈圖案的毛衣，無伴奏合唱團在戴特館的臺階上唱電影《洛基恐怖秀》的歌曲〈Time Warp〉。貝克曼院長慘遭殺害讓慶祝活動更低調。不過，即使是這種安靜的興奮也足以讓灰影騷動。他們感受到人們的期盼，感受到無所不在的節慶氣氛，教室、圖書館、宿舍都滿滿歡樂。亞麗絲盡可能不受影響，但灰影真的很吵——嘆息、歡呼、聊天——讓她難以忽略。只有摩斯樓特別安靜，那裡是老貝遭到殺害的地方。活人覺得不妥，死人只想遠離殺人現場。

亞麗絲與梅西使盡渾身解數裝飾宿舍客廳，彌補她們拋下蘿倫的惡行。她們在整個天花板掛上紙花串，製造出哥德風花園的感覺。她們告訴蘿倫，梅西的教堂要舉辦家長捐糖果的慈善活動，她們要去幫忙，蘿倫只是說：「妳們兩個大壞蛋。」但還是繼續貼紙藤。晚上她要和草地曲棍球隊的朋友一起出去玩。

酒趴預計八點開始。亞麗絲倒酒，梅西在杯子裡裝上巧克力土和蟲蟲軟糖，蘿倫穿著性感園丁熱褲放音樂。亞麗絲和梅西完全沒喝酒，亞麗絲也努力忍住不吃糖。她認真聽從道斯的指示，結果就是餓到頭昏，並且因此心情惡劣。

那天一大早亞麗絲就去了黑榆莊。她整理郵件、幫柯斯莫裝飼料和水，然後走到一樓最裡面那間望向後花園的辦公室。她知道達令頓有時會在這裡工作；之前搜尋鬼新郎命案相關資料時，她甚至來這裡翻過紅木辦公桌的抽屜。

這間辦公室的感覺和黑榆莊其他部分不同。因為這裡屬於那個老人。這個房間廣大、陰鬱，大量使用深色木飾板，多年沒有使用過的壁爐佔據一整面牆。照片不多：黑白的阿令頓橡膠靴工廠，穿深色西裝的男人，牽著毫無笑容的小孩站在老式汽車前面，一張裱框的結婚照，從禮服的樣式判斷，應該是二十世紀初。阿令頓家的先人，當時衰敗的詛咒尚未降臨，閃亮的財務也尚未腐朽。

盒子在桌上，手掌大小的瓷盒，上面印著兒童在雪中玩耍的圖案。掀起蓋子可以看到內側印著阿令頓橡膠靴全體祝您聖誕快樂！藍色字體，四周裝飾雪花。盒身內側染上紅棕色。魔藥。阿令頓企圖看到界幕另一邊，這個夢想差點要了他的命，也帶他來到忘川會。

「樓上那個東西不是丹尼。」

老人站在亞麗絲身邊，她感覺到他逐漸靠近，希望能爬進她的身體，等不及想重溫有身體的感覺。亞麗絲最近狀況很不好，因為發生太多事：遇上萊納斯・雷特爾，夢見達令頓在防禦圈裡，不得不討好麥克・安賽姆，一直擔心她還來不及設法解決手上的難題，埃丹又會找上她。但她絕不會讓這個老傢伙再次上身，她的身體不是遊樂園設施，而且這個尖酸刻薄的老混蛋只在乎他的財產，根本不關心被他困在這棟城堡裡的小男孩。

「哦？」她轉身看穿著藍浴袍的丹尼爾・泰博・阿令頓三世。「達令頓倒楣才遇上你和你那個爛人兒子，而且這裡已經不是你的家了。**死亡乃美之母**。」她怒吼。背了那麼多華萊士・史蒂文斯的詩，終於派上用場了。

老人一臉憤慨消失了。

亞麗絲抬頭看天花板，接下來她就發現自己爬上樓梯、走向宴會廳。她沒有打算要去二樓。她只是來拿盒子，然後就要迅速撤離黑榆莊。難道她只是自欺欺人？她想在嘗試地獄通道之前再來見達令頓一次？這次她沒有反抗操縱她的力量。她任由自己被帶往宴會廳的高溫與金光中。

他站在防禦圈的邊緣，視線鎖定她。他是她記憶中的惡魔，赤裸、怪異、美麗。不是在夢中和她說話的青年。高溫似乎在他們四周起伏移動，不只是單純的氣溫變化，她的皮膚能感受到能量爆裂。防禦圈閃了一下。顏色是不是變淡了？像在她夢中一樣逐漸消失？

「我們很快就會去救你，」她說，「做好準備。」

「我無法撐太久。」

「你一定要撐住。萬一……萬一行不通，我們會回來加強防禦。」

「你們儘管試試吧。」

亞麗絲莫名想起萊納斯・雷特爾，悠閒坐在米白沙發上，挑釁她，要她出手，她覺得不太舒服。

「今晚就舉行儀式。」她說。

「為什麼要等？」

「找出地獄通道、湊齊四個願意下地獄的殺人凶手組成搜救隊，要做到這些並不容易。而且道斯說在能量強大的夜晚，成功機率會比較高。」

「隨妳吧，輪行者。這支舞由妳決定舞步。」

亞麗絲多希望真是如此。她有種強烈的衝動想要靠近，但心中的恐懼同樣強烈。

「夢裡的那個是你嗎？是真的嗎？現在呢？」

他笑著說：「史坦，現在不是討論哲學的時候。」和夢中一模一樣。

她的手臂汗毛直豎。不過，那是肯定的意思嗎？還是惡魔又用謎題嚇唬她？

「妳為什麼要做這種事？」他問。惡魔冰冷的聲音發生變化，現在他只是達令頓，非常害怕，等不及想找到回家的路。「為什麼要拿生命與靈魂冒險？」

亞麗絲不知道該如何回答。她賭上了她的未來、媽媽的安危、她自己的安危。她要求其他人一起用生命下注。透納認為這是一場聖戰。梅西想要揮舞曾經用來傷害她的武器。崔普需要現金。道斯愛達令頓。他是她的朋友，是少數願意花時間瞭解她的人，因此對她而言太過珍貴，不能失去。然而，對亞麗絲而言達令頓是什麼？導師？保護者？盟友？這些詞似乎都不足以形容。難道她心中某個柔軟的部位愛上了忘川會金童？還是說這種感情難以稱之為愛或欲望？

「你還記得嗎？你曾經跟我講解過亥倫魔藥的成分？」她問。

她依然可以看見他站在庫房的黃金坩堝旁，優雅雙手以乾淨俐落的動作移動。他正在說明忘川會的職責，但她根本沒有在聽。他的袖子捲起來，手臂肌肉起伏的動作讓她感到很不自在、難以專注。她非常努力讓自己對達令頓的俊美免疫，但難免有時會疏於防備。

「史坦，我們站在生與死之間。我們揮舞別人不敢舉起的武器。這就是報酬。」

「痛苦慘死的機會？」當時她問。

「真野蠻。」他搖著頭說。「戰鬥確實是我們的義務，但我們還有更重要的責任，我們必須看其他人不肯看的東西，而且不能移開視線。」

此刻，站在這間宴會廳裡，她說：「你沒有迴避。即使你不喜歡在我身上看到的東西。你依然注視。」

達令頓的眼眸有如火光般變動閃爍。從金黃色變成琥珀色。從明亮變成陰暗。「或許我只是看到怪物同類。」

感覺就好像一隻冰冷的手將她推開。一個警告。她沒有蠢到拒絕接受。

「或許吧。」亞麗絲低語。

她強迫自己轉身離開宴會廳，沿著黑暗的走道前進。她強迫自己不准跑。

說不定他們只是兩個殺人凶手，受到詛咒而必須忍受彼此相伴，兩個遭受天譴的靈魂努力尋找回家的路。也可能他們只是兩個怪物，喜歡另一個怪物回望的感覺。但他們兩個都已經被太多人遺棄過。她不會遺棄他。

一對提燈

出處：法國阿基坦；十一世紀

捐贈者：手稿會，一九五九

據信是隱居的僧侶為了隱藏禁書而發明。只要提燈不滅，幻象便會一直持續。身在提燈光圈外的人越接近會越感到恐懼。使用一般蠟燭即可，用完必須換新。手稿會之所以捐贈，是因為其能量節點上方的儲存器在使用時造成干擾，導致兩名一九五七年度成員在黑暗中迷失超過一週。

——引自《忘川會庫房目錄》，眼目潘蜜拉・道斯修訂

萬聖節是新教節日。若是不肯慶祝就只能躲起來，否則遲早會有人逼你戴上面具，以行樂之名要求你到處惡作劇。

——忘川會日誌，雷蒙・華許—惠特利

（希利曼學院，一九七八）

26

十一點整，他們在圖書館會合，躲在利諾尼亞與兄弟會閱覽室的角落。道斯剛好選了亞麗絲最喜歡的位置，平常她會在坐在這裡讀書，腳架在暖氣上，不知不覺睡著。多少次她透過波紋玻璃看著中庭，全然不知道那是通往地獄的道路。

他們從庫房拿來一對提燈，分別放在小自習室門口的兩個對角。這對燈製造出的其實不是幻象，而是一片濃濃的黑影，會嚇跑好奇的人。

十一點四十五分，廣播提醒學生即將閉館。人們紛紛收拾東西，慢吞吞走出大門，準備回宿舍或公寓，他們踏著勉強的腳步經過那些萬聖節狂歡的人。接著保全來巡邏，用手電筒照亮書架與閱讀桌。

亞麗絲和其他人默默等待，看著角落燈籠搖曳的火光，毫無必要地緊貼牆壁，盡可能保持安靜。崔普穿著策畫餐會的同一套衣服：Polo衫、休閒西裝外套、反戴棒球帽。透納一身感覺很昂貴的健身裝加羽絨外套。道斯穿著全套運動服。梅西選了軍裝長褲配黑毛衣，感覺像特戰部隊最俏麗的成員。亞麗絲穿的是忘川會運動服，她不知道今晚會發生什麼事，但她不希望好好的衣服又被魔法毀掉。

午夜過後不久，燈光毫無預兆突然熄滅，只剩下地板上的保全燈。圖書館安靜下來。道斯拿出保溫瓶。為了干擾保全系統，她像上次去皮博迪一樣準備了暴風茶，但這次泡得比較久，而且換了個保溫更強的容器。

「動作快。」她說。「我不知道茶能撐多久。」

他們先帶梅西去中庭就位，亞麗絲與道斯幫她穿上鹽盔甲——護臂、胸甲，頭盔實在太大。她甚至還有一把鹽劍。雖然看起來很厲害，但亞麗絲懷疑遇上萊納斯．雷特爾那種怪物是否有用。當梅西從口袋拿出裝著亥倫魔藥的試管，亞麗絲有股衝動想要從她手中打掉。但現在已經來不及告誡或擔憂了。梅西做出了選擇，他們需要她在這裡擔任他們的護衛。亞麗絲看著她打開軟木塞，喝掉裡面的東西，她緊閉雙眼，樣子像在喝苦藥。梅西抖了一下、咳了幾聲，然後眨眨眼大笑。

至少她沒有第一口就被毒死。

梅西在水池邊就定位，節拍器放在她腳邊的地上，他們擠在圖書館正面保全櫃臺旁邊，確認羅斯步道上沒有學生出沒，然後溜到門外。

「動作快。」道斯催促，他們一個接一個劃破手臂。

「應該要割手掌吧？」崔普說。「電影裡都這樣演。」

「電影裡的人傷口不會感染，」透納反駁，「而且我需要用手。」

亞麗絲這才發現他的外套下藏著槍套和手槍。「那東西在地獄應該不管用。」

「反正帶著也沒壞處。」他回答。

道斯從口袋拿出一個小瓶子，把裡面的油倒在拇指上，然後抹在他們的前額上。這應該是就是曼陀羅油。

「準備好了嗎？」道斯問。

「地獄我來啦！」崔普說。

「小聲一點。」透納斥責。但亞麗絲欣賞崔普的熱忱。

道斯做個深呼吸。「開始吧。」

他們各自用手指沾了一點手臂流出的血。

「士兵先。」道斯說。亞麗絲在入口的四根柱子抹上血。接著換道斯，她把血蓋在亞麗絲的血上，然後換透納，最後是崔普。

他看看混合的血跡，後退一步。「我們怎麼知道——」

崔普還沒說完，就聽到一下類似嘆息的聲音，一股風吹過來，彷彿打開了窗戶。

古埃及象形文下方的沉重木門消失了，只剩下一片黑暗。看不見圖書館的中央大廳，沒有生命也沒有光。感覺就像注視虛無。冷風哀鳴。

「噢。」道斯說。

他們全都嚇呆了，只能默默站著，亞麗絲意識到，雖然他們說了那麼多、做了那麼多準備，其實他們根本不相信真的會成功。儘管來到耶魯之後她經歷了那麼多奇蹟與驚恐，然而，地獄通道就藏在他們眼皮子下面這種事，她依然覺得太扯。以前是否有另一群傻瓜，站在這個以鮮血開啟的門戶前、這個生與死的關卡前恐懼顫抖？道斯宣稱地獄通道從來有使用過。但亞麗絲不禁懷疑，如果不打算用，何必建造？

「亞麗絲第一個走，對吧？」崔普問，聲音有點發抖。

看到那一片虛空，她的勇氣也萎縮了。但現在沒時間猶豫。她聽見街道上有人走過來。史坦，來救我，他說，拜託。

亞麗絲摸摸口袋裡的瓷盒，邁步走進去。

什麼都沒有發生。她站在史特林圖書館挑高的中央大廳，看起來和之前沒有不同。

道斯撞上她，她們跌跌撞撞往兩邊讓開，透納和崔普接著進來。

「我不懂。」崔普說。

「我們必須走完整個通道。」道斯說。「這只是開頭而已。」

他們排成一行，穿過大廳走向滋養之母壁畫：士兵、學者、教士、王子，籠罩在黑暗中。緩慢前進的奇異隊伍。他們在壁畫前右轉，在知識之樹下方的拱門再次用血做標記。再一次，前方的走廊消失，彷彿現實崩解，只留下一片虛無。再一次，亞麗絲做個深呼吸，有如準備下水的潛水員，然後往前邁開腳步。

右手邊，他們經過亞麗絲要進去的玻璃門，但現在還沒輪到她。士兵必須關閉迴圈。他們沿著走廊前進，經過站在學生背後偷看的死神，進入以約斯特·阿曼木刻作品裝飾的門廳。亞麗絲隱約看到上方鑄鐵人魚的輪廓，分裂的魚尾，既是怪物也是人、既是人也是怪物。

亞麗絲手臂上的傷口開始乾了，所以她得用力擠出血。他們一個接一個用血塗抹石蜘蛛旁的門，就在耶魯的校訓下方。光明與真實。當門消失，只留下一片漆黑幽暗，這句話感覺簡直像在開玩笑。

「這是你的位置。」道斯低語，自從進來之後，他們當中第一次有人說話。

崔普咬緊牙關、緊握雙拳。亞麗絲看得出來他微微顫抖。她有點期待他會轉身衝出圖書館。

沒想到他只是堅定地點一下頭。

亞麗絲捏一下他的肩膀。崔普很容易被看輕，但此刻他像其他人一樣面對著無形的恐懼，他一句抱怨也沒有。「另一邊見。」

他們繼續走，經過另一個狹窄的門，過去就是大學圖書館長辦公室。這裡比前面更黑，牆壁彷彿朝他們壓迫而來。辦公室感覺不只是沒人而已，更像是所有人突然逃跑，椅子歪歪斜斜，紙張亂七八糟。

這道門平凡無奇，但另一側裝飾大型石造日晷，還有兩個彩繪玻璃騎士守衛。

他們重新割破手臂，在門框上抹血，這次同樣黑暗虛無開啟、寒風吹出，但他們已經有了心理準備。

「保持冷靜。」透納就位時說。

那道密門就在他們後方，在那個雕刻暴躁拉丁文的石造壁爐旁，除非知道那一塊牆板藏著門，否則根本看不出來。亞麗絲與道斯穿過密門，進入另一個陰暗小門廳，基本上毫無作用——除非要繞中庭一圈。

她們出去的地方是利諾尼亞與兄弟會閱覽室，之前他們躲藏的自習室對面。這裡也一樣，感覺好像被棄置，彷彿那些人剛逃跑不久，還能感受到他們的存在。

終於，她們站在庭院的正式入口，石造門楣以金字刻上瑟琳這個名字。亞麗絲不想把道斯丟在這裡。她不想獨自走在大教堂般的漆黑建築裡。

「壁龕全都是空的。」道斯說。

「是嗎？」亞麗絲完全不懂。

道斯雙手捧著銀製調音笛，語氣平靜穩定。「圖書館裡到處可以看見壁龕，一般裡面都會放聖人的雕像，例如教堂就是這樣。但這裡的全是空的。」

「為什麼？」

「沒有人知道。有人認為是因為錢花光了。有人說建築師希望製造廢棄感，好像寶物都被偷走了。」

「妳怎麼想？」亞麗絲問。她感覺得出來，她們處在未知的境界，這個故事、這些話，能支持道斯繼續走下去。

「我不知道，」道斯終於說，「每個人都有空空的地方。」

「道斯，我們會帶他回家。我們一定能活著出來。」

「我相信妳。至少第一部分。」她做個深呼吸，挺直肩膀。「我等著看。」

亞麗絲將她的血抹在門口。道斯跟著做。這次那道雙扇門彷彿往內塌陷，當陰風吹來，門像紙一樣摺起來。現在風聲更大了，淒厲哀鳴，就好像黑暗另一邊的東西知道他們來了。

「看。」道斯說。

門上方的銘文變成不同的語言。

「什麼意思？」亞麗絲問。

「我不知道。」道斯說。她好像快喘不過氣了。「我甚至沒看過這種文字。」

亞麗絲必須強迫自己往前走。但她知道前方不會更輕鬆。從來都不會。

「做好準備。」她對道斯說，然後繞回入口、再次走過大廳。士兵。必須獨自走完這條路的人。滋養之母慈愛地看著她，藝術與學者相伴左右，旁邊站著真實，全身赤裸象徵毫無隱瞞。

亞麗絲走到壁畫前才驚覺發生了變化。現在畫裡的人全都盯著她。雕塑家、僧侶、手持鏡子的真實、拿著火炬的光明。他們全都看著她，而且畫家賦予的人類臉孔也變得很不自然。他們的臉感覺像面具，看向她的眼睛太明亮、太有生命，閃耀飢餓。

她強迫自己往前走，她很想回頭確認有沒有人物掙脫畫面悄悄跟上她，但拚命克制。她經過知識之樹，注意到中央的浮雕壁龕，空的。為什麼以前她從來沒注意過？

終於，她抵達通往中庭的玻璃門。入口有一片黃藍搭配的彩繪玻璃，她查過，圖案是「獅窟中的聖丹尼爾」。

「達令頓，我們來救你了。」她低語。她聽見節拍器輕輕的滴答聲響。

她再次摸摸口袋裡的瓷盒。我從一開始就呼喊著妳的名字。她用拇指沾血抹在門上。

門消失了。亞麗絲望著漆黑虛無，感覺到寒意，聽見風聲呼嘯，最後是飄浮在風聲之上，調音笛柔美的中央C音調。一起來吧、一起來吧。她走進中庭。

她的靴子一碰到石板小徑，地面就開始震動。

「靠。」崔普在她左手邊某處尖聲說。

現在她能看見了：平凡的夜晚，梅西在庭院中央，另外三個角落站著道斯、崔普、透納。

她持續向前，大步往水池走去，腳步配合節拍器的聲音。每一步都引發一場小地震。碰、碰、碰。亞麗絲幾乎站不穩。

她看到梅西在前方，她的神情驚恐，盡可能不跌倒。

現在他們全都東倒西歪，中庭的石磚在他們腳下崩塌，但節拍器繼續滴答響。

說不定地面會打開把他們吞下去。說不定道斯說的活埋是這個意思。

「應該這樣嗎？」崔普大喊。

「繼續走。」亞麗絲高聲命令，蹣跚向前。

「水池！」梅西大聲說。

四方形水池裡的水滿出來，水淹過四個小天使，聚集在水池外的地面，然後從石板縫隙間流向他們。亞麗絲莫名有種鬆一口氣的感覺，幸好不是血。

水碰到她的靴子。是熱的。

「好臭。」崔普抱怨。

「硫磺。」透納。

只是一條河罷了，亞麗絲告訴自己。雖然她不知道是哪條河。陰陽邊界都是以河流劃分，在那樣的地方，陽界變得可以穿透，能夠進入死後的世界。

他們涉水而過，水位越來越高，他們站在池邊互相看著，池水沸騰冒泡。四個小天使坐在水池四角落注視中央，眼睛緊盯著，但什麼都沒有。或許他們只是在看守，等候門開啟。

道斯用力咬著下唇，胸口隨著短淺的喘息起伏。崔普不停點頭，彷彿隨著只有他能聽見的音樂打拍子，可能是《運動大帝國》裡的曲子。透納神情嚴肅，嘴巴抿成一條線，顯示出決心。四個人當中，只有他面對過類似的場面。他很可能在值勤時踹開門，完全不知道另一邊會有什麼麻煩等著。但這次其實不是那樣，對吧？

他們是朝聖者。他們是太空人。他們等於死了。

「數到三。」道斯說，聲音乾啞。

他們一起數，在水流聲中幾乎聽不見。

一。

一陣風突然吹起，之前從黑暗中吹來的那種風。這次的風讓中庭的樹木搖晃、窗框裡的玻璃震動。

二。

腳下的石頭發光，道斯驚呼。亞麗絲低頭看，沒有石板、沒有青草。她望進水中，水只是不停往下流。

道斯絕望地看梅西一眼，將銀製調音笛交給她。「顧好我們。」她懇求。

「如果有危險就快跑。」亞麗絲說。

三。

他們對上彼此的視線，一起伸手抓住水池邊緣。

《地獄反轉》上．完

登場人物

亞麗絲・史坦

生長於洛杉磯的貧困地區，意外得到進入耶魯大學的機會，在忘川會擔任「但丁」一職，負責監督祕密社團魔法儀式。達令頓失蹤後，接替他成為「味吉爾」。

丹尼爾・阿令頓（達令頓）

在忘川會擔任「味吉爾」一職，負責監督祕密社團魔法儀式，及引導但丁。在一次任務中意外失蹤。

潘蜜拉・道斯

研究生，在忘川會擔任「眼目」一職，負責打理忘川會的庶務。

亞伯・透納

警探，擔任「百夫長」一職，負責警察局與忘川會的聯繫。

艾略特・桑鐸院長

忘川會顧問，負責忘川會與大學的聯繫。塔拉命案的凶手。最後被貝爾邦所殺。

蜜雪兒・阿拉梅丁
達令頓的味吉爾。

瑪格麗特・貝爾邦
耶魯大學女性研究教授。真實身分為鬼新郎之妻黛西，藉由吞噬人的靈魂來維持肉體。和亞麗絲一樣都是「輪行者」。

崔普・海穆斯
骷髏會員。

蘿倫
亞麗絲的室友。

梅西
亞麗絲的室友。

布雷克・齊利
耶魯長曲棍球選手，曾在比賽中惡意傷人。濫用魔法的力量侵犯女生，被桑鐸操縱試圖殺死亞麗絲，後被道斯所殺。

里納德・畢肯（里恩）
亞麗絲的毒販前男友，住在公寓「原爆點」。

海倫・華森（海莉）
「原爆點」居民。亞麗絲借用其力量殺死了「原爆點」的其他人。

埃丹・夏斐爾
賣大麻給里恩的毒販。

麥克・安賽姆
忘川會理事，桑鐸院長死後，暫代監督的角色。

雷蒙・華許－惠特利
忘川會新任執政官。

萊納斯・雷特爾
埃丹的討債對象。

骷髏會
Skull & Bones

死亡平等，不分貧富。

1832

魔法種類	動物或人類臟卜。 以動物或人類內臟預知未來。
知名校友	美國第二十七屆總統威廉・霍華・塔虎脫 第四十一屆總統老布希 第四十三屆總統小布希 前國務卿約翰・凱瑞

捲軸鑰匙會
Scroll & Key

擁有照亮這片黑暗之地的力量，
擁有復活這個死亡世界的力量。

1842

魔法種類	在物品上下咒，空間移動魔法。 靈體時空移動。
知名校友	前國務卿迪安・艾其遜 漫畫家蓋瑞・杜魯道 作曲家柯爾・波特 記者史東・菲利普斯

書蛇會
Book & Snake

萬物常變；易而不朽。

1863

魔法種類	召靈術或降靈術，骸骨復活。
知名校友	揭發水門事件的記者鮑伯・伍德華 前中情局長波特・戈斯 黑人權利運動家凱瑟琳・克利佛 前駐法大使查爾斯・瑞夫金

狼首會
Wolf's Head

群體之力為狼。狼之力為群體。 1883

魔法種類	化獸術。
知名校友	小說家斯蒂芬·文森·貝內特 育兒專家班傑明·斯波克 古典音樂作曲家查爾斯·艾伍士 藝術收藏家山姆·瓦格斯塔夫

手稿會
Manuscript

夢將人們送往夢，幻覺無極限。 1952

魔法種類	鏡子魔法、魅惑魔法。
知名校友	演員茱蒂·佛斯特 新聞主播安德森·庫柏 前白宮聯絡室主任大衛·格根 演員柔依·卡山

奧理略會
Aurelian

1910

魔法種類	文字魔法—文字約束、語言占卜。
知名校友	海軍上將理查·里昂 前駐聯合國大使薩曼莎·鮑爾 物理學家約翰·B·古迪納夫

聖艾爾摩會

St. Elmo's

1889

魔法種類	氣象魔法，自然元素魔法，召喚暴風雨。
知名校友	美式足球明星卡爾文·西爾 前司法部長約翰·艾許克羅夫特 演員艾利森·威廉斯

貝吉里斯會

Berzelius

1848

魔法種類	無。爲彰顯瑞典化學家貝吉里斯的精神而創建。貝吉里斯創造出化學元素表，使鍊金術成爲歷史。
知名校友	無

地獄反轉 上

Hell Bent

作　　者　莉・巴度格 Leigh Bardugo
譯　　者　康學慧 Lucia Kang

責任編輯　黃蕨菁 Bess Huang
責任行銷　鄧雅云 Elsa Deng
封面裝幀　許晉維 Jin Wei Hsu
版面構成　譚思敏 Emma Tan
校　　對　許芳菁 Carolyn Hsu

發 行 人　林隆奮 Frank Lin
社　　長　蘇國林 Green Su

總 編 輯　葉怡慧 Carol Yeh
主　　編　鄭世佳 Josephine Cheng
行銷經理　朱韻淑 Vina Ju
業務處長　吳宗庭 Tim Wu
業務專員　鍾依娟 Irina Chung
　　　　　李沛容 Roxy Lee
業務秘書　陳曉琪 Angel Chen
　　　　　莊皓雯 Gia Chuang

發行公司　悅知文化　精誠資訊股份有限公司
地　　址　105台北市松山區復興北路99號12樓
專　　線　(02) 2719-8811
傳　　真　(02) 2719-7980
網　　址　http : //www.delightpress.com.tw
客服信箱　cs@delightpress.com.tw
I S B N　978-626-7406-93-9
建議售價　新台幣４５０元
首版一刷　２０２４年07月

國家圖書館出版品預行編目資料

地獄反轉 上／莉・巴度格(Leigh Bardugo)作；康學慧譯. -- 初版. -- 臺北市：悅知文化 精誠資訊股份有限公司,2024.07
冊；公分
譯自: Hell Bent
ISBN 978-626-7406-93-9 (上冊：平裝)

874.57　　113008534

建議分類｜翻譯文學